가면의 고백

KAMEN NO KOKUHAKU
by MISHIMA Yukio

Copyright © HIRAOKA Iichiro, 1949
Korean translation copyright © MUNHAKDONGNE Publishing Corp., 2009
All rights reserved.

Korean translation rights by arrangement with Hiraoka Iichiro, Japan
through THE SAKAI AGENCY and SHINWON AGENCY.

이 책의 한국어관 저작권은 THE SAKAI AGENCY와 신원 에이전시를 통해
Hiraoka Iichiro, Japan과 독점 계약한 (주)문학동네에 있습니다.
저작권법에 의해 한국 내에서 보호를 받는 저작물이므로 무단 전재와 무단 복제를 금합니다.

이 도서의 국립중앙도서관 출판예정도서목록(CIP)은 서지정보유통지원시스템 홈페이지(http://seoji.nl.go.kr)와
국가자료공동목록시스템(http://www.nl.go.kr/kolisnet)에서 이용하실 수 있습니다.
(CIP제어번호: CIP2009003147)

세계문학전집
011

三島由紀夫 : 仮面の告白

가면의 고백

미시마 유키오 장편소설
양윤옥 옮김

문학동네

일러두기

1. 신초샤 간행 원서에 실린 미주는 다나카 미요코(田中美代子)가 단 것으로, 이를 한국어판에서는 선별하거나 압축하여 각주로 처리한 후 *로 표기하였다.
2. 역주도 *로 표기한 후 말미에 '옮긴이'라고 밝혔다.

차례

1장	9
2장	41
3장	97
4장	195

미시마 유키오, 그 인간과 문학(사에키 쇼이치)	229
『가면의 고백』에 대하여(후쿠다 쓰네아리)	239
해설 ǀ 가면을 쓴 작가의 고백(허호)	247
옮긴이의 말	261
미시마 유키오 연보	265

아름다움—아름다움이라는 놈은 무섭고 끔찍한 것이야! 일정한 잣대로는 정할 수가 없거든. 그래서 무서운 거야. 왜 그런지 신께서는 인간에게 자꾸 수수께끼만 던져주신다니까. 아름다움 속에서는 양쪽 강 언덕이 하나로 만나고 모든 모순이 함께 살고 있어. 나는 교육이라고는 전혀 못 받았지만, 이건 꽤 연구를 많이 해서 생각해낸 거야. 실로 신비는 무한하다니까! 이 지구상에는 어지간히도 많은 수수께끼가 인간을 괴롭히고 있어. 이 수수께끼가 풀린다면, 그건 젖지 않고 물속에서 나오는 것 같은 일이지. 아아, 아름다움이라고! 게다가 내가 도저히 참을 수 없는 건 아름다운 마음과 뛰어난 이성을 가진 훌륭한 인간까지도 왕왕 성모(마돈나)의 이상을 가슴에 품고 출발하였으나 결국 악행(소돔)의 이상으로 끝난다는 거야. 아니, 아직도 한참 더 무서운 게 있지. 즉 악행(소돔)의 이상을 마음에 품은 인간이 동시에 성모(마돈나)의 이상 또한 부정하지 않고 마치 순결한 청년 시절처럼 저 밑바닥에서 아름다운 이상의 동경을 미음속에 불태우고 있는 거야. 야아, 실로 인간의 마음은 광대해, 지나치게 광대할 정도지. 나는 할 수만 있다면 그걸 좀 줄여보고 싶다니까. 에이, 제기랄, 뭐가 뭔지 도통 모르겠네, 정말! 이성의 눈에는 오욕으로 보이는 것이 감정의 눈에는 훌륭한 아름다움으로 보이니 말이야. 애초에 악행(소돔) 속에 아름다움이 있는 건가?

……그나저나 인간이라는 건 자신이 찔리는 것만 이야기하고 싶어 하는 거야.

—도스토옙스키, 『카라마조프 가의 형제들』
3부 3장 치열한 마음의 참회—시(詩)

1장

오래도록 나는 내가 태어났을 때의 광경을 보았노라고 우겼다. 그 말을 꺼낼 때마다 어른들은 웃었고, 나중에는 애가 나를 놀리는 건가, 하는 생각이 드는지 이 창백하고 어린애답지 않은 아이의 얼굴을 가벼운 미움이 담긴 눈빛으로 바라보았다. 어쩌다 별로 가깝지 않은 손님 앞에서 그런 말을 꺼내기라도 하면 자칫 백치인 줄로 오해할까 걱정하신 할머니는 다소 엄한 목소리로 내 말을 가로막으며 저쪽에 가서 놀라고 하셨다.

그 말을 듣고 웃는 어른들은 으레 과학적인 설명으로 나를 설득하려 드는 것이 보통이었다. 아기는 그때 아직 눈이 뜨이지 않는다든가, 만에 하나 뜨였다 해도 기억에 남을 만큼 또렷한 관념을 얻을 수 없다든가 하는 식으로, 어린아이의 마음이 받아들일 수 있게 풀어서 설명해주려고 애쓸 때 보이는 약간 연극적인 열의로 이야기를 시작하는 것이 정석이었다. 그리고 어때, 그렇지? 하고 아직도 의심스러운 기색인 내 작은 어깨를 흔드는 겨를에, 그들은 문득 내 꿍꿍이에 깜빡 넘어갈 뻔했다고 깨닫는 모양이었다. 어린애라고만 생각했더니 이거 방심하면 안 되겠군, 이 녀석이 내게 덫을 놓아 '그 얘기'를 끄집어내려는 게 틀림없어, 그런 거라면 어째서 좀더 어린애답게 순진한 방식으로 묻지 못할까? 나는 어디서 태어났느냐, 나는 어떻게 태어났느냐, 라고 말이야. ─그들은 새삼 입을 다문 채, 은근히 기분이 상했다는 듯 엷은 웃음을 띠고 지그시 나를 바라보는 것이 정해진 결말이었다.

하지만 그건 지나친 생각이었다. 나는 '그 얘기' 따위는 듣고 싶지 않았다. 그러잖아도 어른들의 기분을 상하게 할까봐 노상 겁을 내던 내 머릿속에 무슨 덫을 놓느니 하는 꿍꿍이가 떠오를 리 없었다.

어떻게 설득하려 하건 또한 어떻게 웃어넘기건, 나는 내가 태어난 광경을 보았다는 체험에 대한 믿음이 있었다. 아마도 그 자리에 함께 있었던 사람이 내게 말해준 기억이거나 아니면 내 멋대로 해본 공상이거나 둘 중의 하나일 것이다. 하지만 딱 한 군데, 생생하게 내 눈으로 직접 보았다고 생각할 수밖에 없는 부분이 있었다. 그것은 갓난아이를 씻겨내는 큰 대야의 테두리였다. 새로 만들어 상쾌한 나뭇결이 그대로 드러난 나무대야, 그 안쪽에서 보고 있으려니 가장자리에 어슴푸레하게 빛이 비치고 있었다. 그 부분의 나뭇결만 유독 눈부셔서 마치 황금으로 만들어진 것 같았다. 흔들거리는 물의 혀끝이 테두리를 곧 핥을 것 같으면서도 아슬아슬하게 닿지 않았다. 하지만 테두리

아래의 물은 반사 때문인지 아니면 거기에도 빛이 비쳐들었는지, 따스하게 빛을 되쏘며 작디작게 빛나는 물결들끼리 끊임없이 마주치는 것처럼 보였다.

―이 기억에 대한 가장 유력한 반박은 내가 태어난 시간이 한낮이 아니라는 것이다. 나는 밤 아홉시에 태어났다. 방 안에 비쳐들 햇빛이 있었을 리 없다. 아하, 그러면 전등 불빛이었나? 그렇게 나를 놀려대도, 나는 아무리 한밤중이라도 그 대야 한군데만은 햇빛이 비쳤을 거라고 생각하는 배리(背理)에 별다른 어려움 없이 들어설 수 있었다. 그리고 대야에서 흔들흔들 반짝이는 빛의 테두리는 내가 분명하게 보았던 나 자신의 첫 목욕으로 기억 속에서 수없이 나부꼈다.

지진 재해* 이 년 후에 나는 태어났다.

그 십 년 전, 조부가 가라후토 장관 재직 시절**의 의옥 사건으로 부하의 죄에 책임을 지고 자리에서 물러난 뒤(나는 미사여구를 농하려는 것이 아니다. 조부가 품었던 인간에 대한 어리석은 신뢰의 완벽함이란, 내 반생에 걸쳐 따로 비교할 만한 어떤 다른 인물을 찾을 수 없을 정도였다), 우리집은 콧노래라도 흥얼거리고 싶을 만큼 느긋한 속도로 내리막길을 굴러 내려가기 시작했다. 막대한 빚과 차압, 집의 매각, 그리고 궁핍이 서서히 조여올수록 어두운 충동처럼 점점 더 타

---

* 1923년 9월 1일, 간토(關東) 지역에서 일어난 대지진.
** 미시마 유키오의 조부는 1908년부터 1914년까지 가라후토(현재의 사할린 지역) 청장관으로 재직했고, 당시 이른바 '가라후토 의옥(疑獄) 사건'으로 사임하였으나 후에 무죄 판결을 받았다.

오르는 병적인 허영. —그리하여 내가 태어난 곳은 분위기가 별로 좋지 못한 동네 한 귀퉁이에 자리잡은 낡은 셋집이었다. 허세만 가득한 철문과 정원, 그리고 변두리 예배당만큼 널찍한 서양식 방이 있었다. 언덕 위에서 보면 이층 건물이고 언덕 아래에서 보면 삼층 건물, 침침하게 어두운 느낌이 나는 어딘지 복잡한 모양새의 오만한 집이었다. 컴컴한 방들이 다닥다닥 많고, 하녀가 여섯 명 있었다. 조부, 조모, 아버지, 어머니, 도합 열 명의 가족이 낡은 서랍장처럼 삐걱거리는 그 집에서 먹고 자고 했다.

조부의 사업에 대한 욕심, 조모의 병과 낭비벽은 집안에 괴로움을 몰고 오는 씨앗이었다. 어딘가 수상쩍은 추종자들이 들고 오는 도면(圖面)에 혹해서 조부는 황금빛 꿈을 꾸며 자주 먼 지방으로 여행을 떠났다. 오랜 명문가 출신의 조모는 조부를 미워하고 멸시했다. 그녀는 고집스럽고 꿋꿋한 혹은 미친 듯이 시적인 영혼의 소유자였다. 지병인 뇌신경통이 멀리서부터 서서히 착실하게 그녀의 신경을 파먹고 있었다. 동시에 그것은 무익한 명석함을 그녀의 이지력에 더해주었다. 죽음에 이르기까지 계속된 이 광조(狂燥)의 발작이 조부가 장년 시절에 저지른 죄의 유물이라는 것을 과연 어느 누가 알았을까.

아버지는 이 집에서 가냘프고 아름다운 신부, 나의 어머니를 맞아 들였다.

1925년 1월 14일 아침, 진통이 어머니를 덮쳤다. 밤 아홉시에 650돈*의 작은 아기가 태어났다. 초칠일 저녁, 플란넬 내의와 크림색의

---

* 척관법에 의한 무게의 단위. 한 돈은 약 3.75그램이다(옮긴이).

두 겹 비단 속옷, 귀인의 비백무늬 기모노를 입히고, 조부가 일가 앞에서 봉서지*에 내 이름을 적고 삼보**에 얹어 도코노마***에 올려놓았다.

한참이 지나서도 내 머리칼은 금빛이었다. 올리브기름을 노상 바르자 검어졌다. 아버지와 어머니는 이층에서 살았다. 이층에서 아기를 키우는 건 위험하다는 구실을 붙여, 태어나서 사십구 일째 되던 날 조모는 어머니의 손에서 나를 빼앗았다. 늘 닫혀 있고 질병과 노년의 냄새로 숨 막히는 조모의 병실에서, 병상에 나란히 이부자리를 펴고 나는 키워졌다.

태어난 지 막 일 년이 되려는 참에 나는 계단 셋째 칸에서 굴러떨어져 이마가 찢어졌다. 조모는 연극을 보러 나갔고 그사이에 삼촌과 숙모 들은 잠시 긴장을 풀고 마음껏 떠들고 있었다. 그러다 어머니가 문득 이층에 물건을 가지러 올라갔다. 그 어머니를 쫓아가다가 질질 끌리는 기모노 옷자락이 발에 걸려 넘어진 것이다.

가부키좌로 소식이 날아갔다. 조모는 당장 집으로 돌아와 현관 앞에서 오른손에 짚은 지팡이에 몸을 기대고 선 채, 마중 나온 아버지를 지그시 바라보며 묘하게 침착한, 한 자 한 자 새기는 듯한 어조로 말했다.

"벌써 죽었더냐?"

---

* 주름 없는 백지. 의식용으로 사용되었다(옮긴이).
** 신불이나 귀인 앞에 공양물을 받쳐 내는 굽 달린 나무 쟁반(옮긴이).
*** 일본식 방의 상좌에 바닥을 한 단 높여 만든 대. 족자와 장식물 등을 놓는다(옮긴이).

"아뇨."

조모는 무당처럼 확신에 찬 걸음으로 집 안으로 들어섰다……

— 다섯 살 되던 해 설날 아침, 나는 붉은 커피 같은 것을 토했다. 주치의가 와서 "책임을 못 지겠다"고 말했다. 내 팔에는 마치 바늘꽂이처럼 캠퍼 주사*며 포도당 주사가 수없이 꽂혔다. 손목에서도 팔꿈치 안쪽에서도 맥이 짚이지 않는 상태로 두 시간이 지났다. 사람들은 나의 사체를 보았다.

상복이며 유품이 될 장난감을 챙기고 일족이 하나둘 모여들었다. 그러고 나서 한 시간쯤 지나 소변이 나왔다. 박사인 큰외삼촌이 "살겠군"이라고 했다. 심장이 움직이기 시작한 증거라는 것이다. 조금 지나 다시 소변이 나왔다. 희미한 생명의 활기가 내 볼에 서서히 되살아났다.

그 질병 — 자가중독** — 은 나의 고질병이 되었다. 증세는 한 달에 한 번, 때로는 가볍게 때로는 무겁게 나를 찾아왔다. 수도 없이 위기가 닥쳤다. 내 의식은 나를 향해 다가오는 질병의 발소리를 통해 그것이 죽음과 가까운 병인지, 아니면 죽음과 아직 거리가 먼 병인지를 가려들을 수 있게 되었다.

최초의 기억, 신기하게 또렷한 영상으로 내 생각을 어지럽히는 기

---

* 장뇌액(樟腦液). 쇠약한 혈관운동신경을 흥분시키기 위한 주사로, 예전에는 중증 환자의 강심제로서 빈번하게 사용되었다.
** 소아에게서 보이는 주기성 구토증. 자율신경이 불안정한 어린아이가 피로할 때 주로 일어난다고 여겨진다.

억은 그때쯤에 시작되었다.

손을 잡아준 이가 어머니인지 간병인인지 하녀인지 아니면 숙모인지, 그건 알지 못한다. 계절도 분명하지 않다. 잔뜩 찌푸린 오후의 햇살이 그 언덕길에 늘어선 모든 집들에 꽂히고 있었다. 나는 누구인지 모를 그 여자에게 손을 잡힌 채 집 쪽을 향해 언덕길을 올라갔다. 맞은편에서 내려오는 자가 있어 여자는 내 손을 잡아당기며 길을 비켜 멈춰 섰다.

이 영상은 수없이 복습되고 강화되고 집중되고, 그때마다 새로운 의미가 덧붙여졌음에 틀림없다. 왜냐하면 막연한 주위의 정경 속에서 그 '언덕길을 내려오는 자'의 모습만이 부당한 정밀성을 띠고 있기 때문이다. 그도 그럴 것이 이 광경이야말로 나의 반생을 괴롭히고 위협해온 것의 최초의 기념비적 영상이기 때문이다.

언덕길을 내려온 이는 한 젊은이였다. 그는 분뇨 통을 앞뒤로 짊어지고 더러운 수건을 머리에 질끈 묶고, 혈색 좋은 아름다운 뺨과 반짝이는 눈을 하고 발로 앞뒤 무게에 균형을 잡아가며 언덕길을 내려왔다. 그는 분뇨 수거인—똥지게꾼—이었다. 작업화를 신고 **몸에 붙는 감색 작업복을 입고** 있었다. 다섯 살의 나는 이상할 만큼 그 모습을 뚫어지게 지켜보았다. 아직 그 의미는 정확하지 않았지만 어떤 힘의 최초의 계시, 혹은 어둡고 신비한 부름이 내게 말을 걸어온 것이었다. 그것이 분뇨 수거인의 모습에서 처음으로 나타났다는 사실은 참으로 우화적이다. 왜냐하면 분뇨는 대지의 상징이니까. 내게 부름을 던져온 것은 뿌리이신 어머니의 악의 넘치는 사랑임에 틀림없었으니까.

나는 이 세상에 몸을 얼얼하게 만드는 어떤 종류의 욕망이 있음을 예감했다. 지저분한 몰골의 젊은이를 올려다보며 나는 저 사람처럼 되고 싶다는 욕구, 저 사람이고 싶다는 욕구에 휩싸였다. 그 욕구에 두 가지 중요한 요소가 있었다는 것이 또렷하게 생각난다. 한 가지는 그의 감색 작업복이고, 또 하나는 그의 직업이었다. 감색 작업복은 하반신의 윤곽을 명료하게 드러냈다. 그것은 부드럽게 움직이며 나를 향해 걸어오는 것 같았다. 나는 그 감색 작업복을 향해 걷잡을 수 없이 마음이 기우는 것을 느꼈다. 어째서인지는 나로서도 알 수 없었다.

그의 직업一. 이때, 다른 아이들이 어느 정도 크면 다들 육군대장이 되기를 원하는 것과 마찬가지로 내게는 '분뇨 수거인이 되고 싶다'는 동경(憧憬)이 떠올랐다. 동경의 원인은 감색 작업복에 있었다고 할 수 있지만 결코 그뿐만은 아니었다. 이 주제는 그 자체로 내 안에서 강화되고 발전하며 특이한 전개를 보였다.

말하자면 그의 직업에 대해 나는 어떤 날카로운 비애, 몸이 타는 듯한 비애에의 동경을 느꼈던 것이다. 지극히 감각적인 의미에서 '비극적인 것'을 나는 그의 직업에서 느꼈다. 그의 직업에서 '온몸을 바치고 있다'고 할 만한 어떤 느낌, 혹은 자포자기적인 느낌, 혹은 위험에 대한 친근한 느낌, 허무와 활력의 어지러운 혼합이라고 할 느낌, 그런 것들이 흘러나와 다섯 살의 내게 번개처럼 들이닥쳐 단숨에 나를 사로잡았다. 분뇨 수거라는 직업을 나는 오해했었는지도 모른다. 다른 어떤 직업을 누군가에게서 듣고 그의 차림새를 보고 그것이라 잘못 생각하고 억지로 끼워맞췄는지도 모른다. 그러지 않고는 이 일이 설명되지 않는다.

왜냐하면 이 정서와 똑같은 주제가 이윽고 꽃전차* 운전사와 지하철 검표원에게로 옮겨 갔고, 내가 알지 못하는, 또한 그곳에서 내가 영원히 배제된 것처럼 여겨지는 '비극적인 생활'을 그들에게서 강렬하게 느꼈기 때문이다. 특히 지하철 검표원의 경우에는 당시 지하철역 구내에 감돌던 고무 같은 박하 냄새가 그의 푸른 제복 가슴팍에 줄줄이 달린 금단추와 맞아떨어지면서 '비극적인 것'에 대한 연상을 손쉽게 불러일으켰다. 내 마음은 그런 냄새 속에서 생활하는 사람을 왠지 모르게 '비극적'이라고 인식했다. 내 관능이 그것을 원하지만 내게는 영원히 거부된 어떤 장소에서, 나와는 관계없이 이어지는 생활이나 사건, 그런 사람들, 이것들이 내가 생각하는 '비극적인 것'의 정의였다. 거기에서 내가 영원히 거부되리라는 비애감이 항상 그들과 그들의 생활로 옮겨 가고 하나의 꿈이 되어서, 가까스로 나는 나 자신의 비애를 통해 그곳에 끼어들려는 것 같았다.

그렇다면 내가 느꼈던 '비극적인 것'이란, 내가 그곳에서 거부당하리라는 데 대한 재빠른 예감이 몰고 온 비애의 투영에 지나지 않았는지도 모른다.

또 하나의 최초의 기억이 있다.

여섯 살 때는 글을 읽고 쓸 수 있었다. 그 그림책을 읽지 못한 것을 보면 아마도 다섯 살 때의 기억이 틀림없다.

---

* 차량 주위를 꽃이며 전등으로 장식한 전차. 국경일이나 기념일에 운행했다(옮긴이).

그 무렵 수많은 그림책 중에서 단 한 권, 그것도 좌우 두 페이지에 걸쳐 실린 한 장의 그림이 집요하게 나의 편애를 받았다. 그 그림을 가만히 들여다보고 있으면 기나긴 따분한 오후를 잊을 수 있었지만 누군가 다가오면 어쩐지 창피해서 급히 다른 페이지를 펼쳤다. 간병인이나 하녀가 늘 곁에서 돌봐주는 것이 너무 성가셨다. 하루 종일 그림만 들여다보며 살고 싶었다. 그 페이지를 펼칠 때는 가슴이 두근거리고, 다른 페이지로 넘어가면 눈에 들어오지도 않았다.

그것은 백마에 올라타 검을 높이 치켜든 잔 다르크의 그림이었다. 말은 사납게 코를 벌름거리며 늠름한 앞다리로 모래먼지를 박차고 있었다. 잔 다르크가 몸에 걸친 백은의 갑옷에는 아름다운 문장(紋章)이 있었다. 그는 아름다운 얼굴을 투구 사이로 내보이며 늠름한 자세로 칼날을 푸른 하늘로 치켜들고, '죽음'인지 아니면 또 다른 것인지, 아무튼 어떤 불길한 힘을 지니고서 뛰쳐오르는 대상에 맞서고 있었다. 나는 그가 다음 순간 살해될 것이라고 믿었다. 서둘러 다음 페이지를 펼치면 살해된 그의 그림이 나올지도 모른다. 그림책의 그림이 무슨 겨를엔가 어느새 '다음 순간'으로 옮겨 가버릴지도 모른다……

하지만 어느 날, 간병인이 무심코 그 페이지를 펼치며 옆에서 흘끔 훔쳐보는 내게 이렇게 말했다.

"도련님, 이 그림 이야기 알아요?"

"몰라."

"이 사람, 남자 같죠? 근데 사실 여자래요. 여자가 남자 같은 차림새를 하고 전쟁터에 나가 나라를 위해 몸을 바쳤다는 이야기예요."

"여자?"

나는 뭔가에 얻어맞은 듯한 기분이었다. 그인 줄만 알았는데 그녀인 것이다. 이 아름다운 기사(騎士)가 남자가 아니라 여자라니, 도무지 말이 되지 않았다(지금도 내게는 여자의 남장에 대한 뿌리 깊은, 설명하기 어려운 혐오증이 있다). 그것은 특히 그의 죽음에 대해 내가 품었던 달콤한 환상에 대한 잔혹한 복수, 인생에서 내가 만난 최초의 '현실이 떠안긴 복수'와도 같았다. 아름다운 기사의 죽음에 대한 찬미를, 후년에 나는 오스카 와일드의 다음과 같은 시구에서 찾아냈다.

갈대와 등심초 사이에 살해되어 쓰러진
기사는 아름답다……

이후로 나는 그 그림책을 팽개쳤다. 손에 들지도 않았다.

위스망스는 소설 『저 너머』*에서 '이윽고 대단히 교묘하고도 치밀한 잔혹함과 미묘한 죄악으로 단숨에 바뀌어버릴 성질의 존재가 되어' 질 드 레**의 신비주의적 충동은 샤를 7세의 칙서에 의해 그가 호위직을 맡았던 잔 다르크의 다양하고 믿기 어려운 사적(事蹟)을 목격함으로써 함양되었다, 라고 하였다. 전혀 반대의 기회와 인연(즉 혐오

---

* 프랑스 소설가 위스망스의 장편소설. 주인공인 작가 뒤르탈은 중세 성주 질 드 레의 업적을 조사하는 사이에 신비학에 강하게 이끌려 악마 예찬, 검은 미사, 연금술, 주술, 점성술 등의 연구에 몰두했다.
** 브르타뉴의 성주로 샤를 7세 휘하에 들어가 잔 다르크를 도와 각지의 전쟁에 참여, 수많은 공을 세웠다. 후에 신비사상이며 악마 예배, 연금술 등에 탐닉하고 마지막에는 대량 유아학살자로 지목되어 처형당했다. 페로의 동화 『푸른 수염』이 여기에서 힌트를 얻었다고 알려져 있다.

의 기회와 인연으로서)이기는 하지만, 나의 경우도 오를레앙의 소녀가 톡톡히 제 역할을 한 것이었다.

— 그리고 또 하나의 기억.

땀 냄새다. 땀 냄새가 나를 몰아세우고 나의 동경을 부채질하고 나를 지배했다……

귀를 기울이면 저벅저벅하는 발소리, 어지럽고 몹시 희미한, 위협하는 듯한 울림이 들려온다. 간간이 나팔 소리가 섞이고 단순하면서도 묘하게 애절한 노랫소리가 다가온다. 나는 하녀의 손을 잡고, 빨리, 빨리, 라고 재촉하면서, 어서 그녀의 품에 안겨 대문 앞으로 나가고 싶어 마음이 바빴다.

훈련을 받고 돌아오는 군대가 우리집 문 앞을 지나가는 것이었다. 어린아이를 좋아하는 병사가 던져주는 빈 총알 통을 이번에는 몇 개나 받을 수 있을지, 나는 항상 두근거리는 마음으로 행렬을 기다렸다. 조모가 위험하다고 받지 못하게 했기 때문에 이 즐거움에는 비밀스러운 기쁨까지 덧붙었다. 둔중한 군화의 울림이며 더러워진 군복, 어깨에 걸머진 총기의 숲은 어떤 아이도 매료시키기에 충분했다. 그러나 나를 매료시키고 그들에게서 총알 통을 받는 즐거움의 숨은 동기가 된 것은 오로지 그들의 땀 냄새였다.

병사들의 땀 냄새, 그 바닷바람 같은, 황금으로 달궈진 해안의 공기 같은 냄새, 그 냄새가 내 콧구멍을 사로잡고 나를 취하게 했다. 내 생애 최초의 냄새에 대한 기억은 바로 이것인지도 모른다. 그 냄새는 물론 바로 성적인 쾌감으로 연결되지는 않았으나, 병사들의 운명과 그

직업이 품은 비극성, 그들의 죽음, 그들이 보게 될 머나먼 나라들, 그런 것에 대한 관능적인 욕구를 내 안에 서서히, 그리고 뿌리 깊게 눈 뜨게 하였다.

……내가 인생에서 처음으로 만난 것은 그러한 이형(異形)의 환영이었다. 그것은 실로 교묘한 완성성을 띠고 처음부터 내 앞에 서 있었다. 무엇 하나 빠진 것 없이. 무엇 하나, 후년의 내가 나 자신의 의식이나 행동의 원천을 그곳에서 찾아보아도 빠진 것이라고는 전혀 없이 완벽한 형태로.

내가 어린 시절부터 인생에 대해 품었던 관념은 단 한 번도 아우구스티누스풍의 예정설의 선을 벗어나지 않았다. 수없이 무익한 망설임이 나를 괴롭혀왔으며, 지금 나를 괴롭히는 이 망설임 또한 일종의 타락의 유혹이라고 생각하면 나의 '결정론'에 흔들림은 없었다. 나는 이른바 내 평생 불안의 총계의 메뉴판을, 아직 그것을 읽을 수 있기도 전에 받아버린 것이다. 나는 그저 냅킨을 두르고 식탁에 앉기만 하면 되었다. 지금 이런 기교(奇矯)한 글을 쓰는 것마저도 메뉴판에 분명하게 실려 있었고, 처음부터 나는 그것을 보았을 터였다.

유년 시절은 시간과 공간이 분규(紛糾)된 무대이다. 이를테면 화산 폭발이라든가 반란군의 봉기, 어른들로부터 들은 세계 여러 나라의 뉴스와, 눈앞에서 일어난 조모의 발작이나 집 안에서 벌어지는 자질구레한 다툼, 그리고 방금까지 몰입하고 있던 옛날이야기 속 세계의 공상적인 사건, 이러한 세 가지가 내게는 언제나 똑같은 가치를 지닌 같은 계열의 것들로 생각되었다. 나는 이 세계가 장난감 나무 블록 구축물 이상으로 복잡한 것이라 생각하지 않았고, 이윽고 내가 가지 않으면 안 되는 이른바 '사회'가 옛날이야기의 '세계' 이상으로 현란한 것일 줄은 생각도 하지 못했다. 하나의 한정이 무의식 속에 시작되고 있었다. 그리고 다양한 공상은 처음부터 이 한정에 맞서려는 저항 아래에서, 비범하게 완전한, 그 자체가 하나의 치열한 바람과도 같은 절망을 내비치고 있었다.

밤, 나는 침상 위에서 그 주위를 둘러싼 어둠의 연장선상에 찬연한 도회지가 떠오르는 모습을 보았다. 그곳은 기묘하게 고요하고, 또한 광휘와 비밀로 가득 차 있었다. 그곳을 방문하는 사람의 얼굴에는 분명 하나의 비밀스러운 각인이 찍힐 터였다. 한밤중에 집으로 돌아오는 어른들은 그들의 말투나 행동 속에 어딘지 모르게 비밀스러운 신호 같은 것, 프리메이슨과도 같은 것을 남겨놓았다. 또한 그들의 얼굴에는 뭔가 번들거리는, 마주 바라보기 두려운 피로가 있었다. 만지면 손끝에 은가루를 남기는 크리스마스 가면처럼, 그들의 얼굴에 손을 댄다면 한밤의 도회지가 그들에게 색칠한 그림물감의 색깔을 알 수 있을 것 같았다.

이윽고 나는 '밤'이 바로 내 곁에서 장막을 걷어올리는 것을 보았다. 그것은 쇼쿄쿠사이 덴카쓰*의 무대였다. (드물게도 그녀가 신주쿠의 극장에 출연했을 때였는데, 같은 극장에서 그 몇 년 뒤에 관람했

---

* 메이지 후기에서 쇼와 시대에 걸쳐 마술계의 왕좌를 차지했던 여자 마술사. 수천 종의 마술을 고안해내 한 시대를 풍미했다(1886~1944).

던 단테라는 마술사의 무대는 덴카쓰의 공연보다 훨씬 더 규모가 큰 것이었지만, 그 단테도 또한 만국박람회의 하겐벡 서커스*도 최초의 덴카쓰처럼 나를 경악하게 만들지는 못했다.)

그녀는 풍만한 몸과 팔다리를 묵시록의 음란한 여인**과도 같은 의상으로 휘감고 무대 위를 태연히 산보했다. 마술사 특유의 망명 귀족처럼 한껏 거드름을 피우는 대범함과, 짐짓 침울한 듯한 애교와 여장부다운 언행들이 기묘하게도 싸구려만이 발하는 대담한 광휘에 몸을 내맡긴 가짜 의상이며, 샤미센을 타는 여자 같은 진한 화장이며, 발끝까지 칠한 분이며, 인공 보석을 주렁주렁 매단 화려한 팔찌 등과 함께 어떤 멜랑콜릭한 조화를 이루고 있었다. 부조화가 드리우는 그늘 밑의 고운 살결이 거꾸로 독특한 조화를 이끌어냈던 것이다.

'덴카쓰가 되고 싶다'는 바람이 '꽃전차 운전사가 되고 싶다'는 바람과 본질적으로 다르다는 것을 나는 희미하게나마 깨닫고 있었다. 가장 뚜렷한 차이점은 전자에게는 '비극적인 것'에의 갈망이 전혀라고 해도 좋을 만큼 결여되어 있다는 것이었다. 덴카쓰가 되고 싶다는 희구에 대해 나는 동경과 꺼림칙함이 초조하게 뒤섞인 듯한 그 느낌을 맛보지 않아도 되었다. 그런데도 나는 가슴의 고동을 애써 억눌러가며, 어느 날 어머니의 방에 숨어 들어가 옷장 서랍을 열었다.

어머니의 기모노 중에서 가장 치렁치렁하고 눈부시게 화려한 기모

---

* 독일의 대규모 동물 흥행단. 1933년 3월 초 일본에 건너와 도쿄 시바의 만국 부인어린이 박람회에 출연했다.
** 요한묵시록 17장 4절에 '여자는 주홍과 진홍색 옷을 입고 금과 보석과 진주로 단장하고'라고 기록되어 있다.

노가 질질 끌려나왔다. 나는 유성물감으로 선홍색 장미를 그려 넣은 허리띠를 터키의 재상처럼 몸에 빙빙 둘렀다. 치리멘* 보자기로는 머리를 감쌌다. 거울 앞에 서서 보니 즉흥적으로 둘러본 이것이 『보물섬』에 나오는 해적의 두건과 비슷해 보여 나는 미칠 듯한 기쁨으로 얼굴이 달아올랐다. 그러고도 작업은 아직 많이 남아 있었다. 나의 일거수일투족, 손끝 움직임 하나하나까지 신비함을 빚어내기에 적합한 것이어야만 했다. 나는 둥근 손거울을 허리띠 사이에 끼우고 얼굴에 가볍게 분을 발랐다. 그리고 막대 모양의 은빛 손전등이며 금을 새겨넣은 고풍스러운 만년필이며, 무엇이건 눈부신 빛을 발하는 것은 모조리 몸에 지녔다.

이러고서 나는 참으로 얌전하게 조모의 방으로 들어갔다. 미칠 듯한 기쁨과 웃음을 미처 억누르지 못한 채로,

"덴카쓰다, 나는 덴카쓰야!"

라고 외치며 방 안을 내달렸다.

그곳에는 병상의 조모와 어머니, 누군지 모를 손님과 병실 뒷바라지를 하는 하녀가 있었다. 내 눈에는 아무도 보이지 않았다. 나는 너무도 열광한 나머지 내가 분한 덴카쓰가 수많은 이의 눈길을 받고 있다는 의식에만 빠져들어 나 자신밖에는 보고 있지 않았다. 그러나 퍼뜩 한순간 나는 어머니의 얼굴을 보았다. 어머니는 새파랗게 질려 넋이 나간 듯 앉아 있었다. 그리고 나와 눈이 마주치자 스륵 시선을 내려뜨렸다.

---

* 견직물의 일종으로 바탕을 쪼글쪼글하게 한 고급 비단(옮긴이).

나는 깨달았다. 눈물이 번졌다.

그 순간 나는 무엇을 이해했고, 혹은 이해하도록 추궁당했던 것일까? '죄에 앞서는 회한'이라는 후년의 주제가 여기에서 그 실마리를 암시적으로 드러냈던 것일까? 아니면 거기에서 사랑의 시선 아래 놓였을 때 고독이 얼마나 꼴사납게 보이는가 하는 교훈을 받아들이고, 동시에 또한 나 자신의 사랑의 거절 방식을 그 이면에서 배워 들였던 것일까?

─하녀가 나를 붙잡았다. 나는 다른 방으로 끌려갔고 이 발칙한 가장은 닭이 털을 뜯기듯 순식간에 벗겨졌다.

분장에 대한 욕구는 활동사진을 보기 시작한 후로 한층 더해갔다. 그것은 열 살쯤까지 뚜렷하게 계속 이어졌다.

어느 날인가 나는 서생(書生)*과 함께 〈프라 디아볼로〉**라는 음악영화를 보러 갔다. 디아볼로로 분한 배우의 소매 끝에 기다란 레이스가 나부끼던 궁정복이 잊히지 않았다. 나도 저런 걸 입어보고 싶어, 저런 가발을 써보고 싶어, 라고 하자 서생은 경멸에 찬 웃음을 보였다. 그런 그도 곧잘 하녀들 방에서 야에가키히메*** 흉내를 내서 하녀

---

* 남의 집에 들어가 잔심부름을 해주고 그 대가로 학비를 보조받아 학업을 이어가는 학생(옮긴이).
** 원작은 19세기 이탈리아 테라치나 부근의 작은 마을을 무대로 산적 두목 프라 디아볼로를 둘러싼 남녀 간의 사랑의 갈등을 묘사한 희가극이다. 동명의 영화는 당시 수입된 것으로 생각된다.
*** 일본의 창극인 가부키의 대표작 중 하나에 등장하는 여주인공. 가부키의 3대 여주인공의 하나로 꼽힌다.

들을 웃기곤 한다는 것을 나는 알고 있었다.
 덴카쓰에 이어 나를 매혹시킨 것은 클레오파트라였다. 저물어가던 어느 해의 눈 오는 날, 알고 지내던 의사 선생님을 졸라 함께 활동사진 극장에 갔다. 연말이라서 관객은 많지 않았다. 의사 선생님은 팔걸이에 발을 얹고 잠이 들어버렸다. ─ 나는 혼자서 기묘한 것을 탐하는 눈으로 바라보았다. 수많은 노예들이 받쳐 든 고풍스럽고 기괴한 가마를 타고 로마로 들어서는 이집트의 여왕을. 눈두덩 전체에 아이섀도를 칠한 침울한 눈매를. 그녀가 입은 초자연적인 의상을. 그리고 또한 페르시아 융단 안에서 나타난 그 호박빛 반라의 자태를.
 나는 이번에는 조모와 부모의 눈을 피해 (이미 충분히 죄의 환희를 느끼며) 누이와 동생들을 상대로 클레오파트라 분장 놀이에 골몰했다. 나는 이 여장(女裝)에서 무엇을 기대했을까? 나중에야 나는 나와 똑같은 양상의 기대를 로마 쇠퇴기의 황제, 로마 고신(古神)의 파괴자, 데카당스한 제왕 헬리오가발루스에게서 발견했다.

 여기까지 나는 두 종류의 전제에 대한 이야기를 마쳤다. 잠시 복습해두는 것이 좋으리라. 첫번째 전제는 분뇨 수거인과 오를레앙의 소녀와 병사의 땀 냄새다. 두번째 전제는 쇼쿄쿠사이 덴카쓰와 클레오파트라다.
 또 하나 이야기하지 않으면 안 되는 전제가 있다.

 어린아이의 손이 미치는 한 마음껏 옛날이야기들을 섭렵하면서도 나는 왕녀들은 사랑하지 않았다. 왕자만을 사랑했다. 살해당하는 왕자들, 죽음의 운명에 놓인 왕자들은 더욱 사랑했다. 살해되는 젊은 남자들이라면 모조리 사랑했다.

그러나 나는 아직도 알지 못했다. 수없이 많은 안데르센 동화 중에서도 어째서 「장미의 요정」에 등장하는, 연인이 기념으로 준 장미에 입을 맞추는 찰나 악당의 커다란 칼에 찔려 살해되고 목이 잘려나가는 아름다운 젊은이만이 내 마음에 깊은 그림자를 드리우는지를. 어째서 많고 많은 와일드의 동화 중에서도 「어부와 인어」에 나오는, 인어를 품에 안은 채 바닷가 모래사장에 끌어올려지는 젊은 어부의 망해(亡骸)만이 나를 매혹시키는지를.

물론 나는 아이다운 다른 것도 충분히 사랑했다. 안데르센 동화 중에서 좋아하는 것은 「밤꾀꼬리」였고, 그밖에도 아이답게 많은 만화책을 즐겼다. 하지만 내 마음이 걸핏하면 죽음과 밤과 피바람을 향해 내달리는 것을 막을 수는 없었다.

'살해되는 왕자'의 환영은 집요하게 나를 쫓아왔다. 몸매가 고스란히 드러나는 왕자들의 타이츠 차림과 그들의 잔혹한 죽음을 연결 지어 공상하는 일이 어째서 그토록 즐거운지 어느 누가 내게 설명해줄 수 있을까. 여기 한 편의 헝가리 동화가 있다. 원색으로 인쇄된, 지극히 사실적인 그 삽화는 오래도록 내 마음을 사로잡았다.

삽화의 왕자는 검은 타이츠 차림이다. 가슴팍에 금실로 수를 놓은 장밋빛 상의를 입고, 주홍빛 안감이 슬쩍 내보이는 짙은 감색 망토를 걸치고, 초록과 황금색이 어우러진 벨트를 허리에 둘렀다. 초록금빛의 투구, 진홍빛 검, 초록빛 가죽 화살통이 그의 무장(武裝)이다. 흰 가죽장갑을 낀 왼손으로 활을 잡고 오른손은 숲의 늙은 나뭇가지에 걸친 채 늠름하고도 침통한 표정으로, 당장이라도 그를 덮치려 노리는 용의 무시무시한 입을 내려다보고 있다. 그 표정에서는 죽음에 대한 결의가 보인다. 만약 이 왕자가 용을 퇴치한 승리자로 운명 지어졌다면 내게 미친 고혹감은 얼마간 옅어졌으리라. 그러나 다행히 왕자는 죽음의 운명을 짊어지고 있었다.

하지만 이 죽음의 운명은 유감스럽게도 완벽하지는 않았다. 왕자는 누이를 구하고 아름다운 요정 여왕과 결혼하기 위해 일곱 번이나 죽음의 시련을 견뎌야 하는데, 입에 문 다이아몬드의 마력 덕분에 다시 일곱 번 되살아나 성공의 행복을 맛보기에 이르는 것이다. 앞서 묘사했던 그림은 첫번째 죽음—용에게 씹어먹히는 죽음—을 겪기 바로 직전의 광경이었다. 그 뒤에 왕자는 '거대한 거미에게 붙잡혀 독액이 몸 안에 주입되어 냠냠쩝쩝 먹히기'도 하고 물에 빠져 죽기도 하며 불에 태워지기도 하고 벌이며 뱀에 쏘이고 물리며 크고 날카로운 칼날을 헤아릴 수 없이 촘촘히 줄지어 꽂아놓은 구덩이에 몸을 내던지기도 하고 '큰비가 오듯이' 무수히 쏟아지는 돌덩이에 맞아죽기도 한다.

'용에게 씹어먹히는 죽음'의 대목은 그중에서도 특히 상세하게 이렇게 적혀 있었다.

'용은 당장에 쩝쩝거리며 왕자를 씹어먹었습니다. 잘게 으깨지는 동안 왕자는 너무도 아파서 견딜 수가 없었지만, 그 시간을 꾹 참고 견뎌 완전히 갈기갈기 찢기고 나자 갑자기 다시 원래의 몸이 되어 풀쩍 용의 입 속에서 뛰쳐나왔습니다. 몸에는 가벼운 상처 하나 없었습니다. 용은 그 자리에 쓰러져 죽어버렸습니다.'

나는 이 대목을 백번도 넘게 읽었다. 하지만 그냥 지나칠 수 없는 결점으로 여겨진 것이 '몸에는 가벼운 상처 하나 없었습니다'라는 문장이었다. 이 문장을 읽으면 나는 지은이에게 배신당한 기분이었고, 분명 지은이가 결정적인 실수를 한 것이라고 생각했다.

이윽고 적당한 조치로 나는 한 가지 방법을 고안해냈다. 그것은 이 부분을 읽을 때 '갑자기 다시'에서부터 '용은'까지를 손으로 가리고 읽는 것이었다. 그러자 이 글은 내 마음에 꼭 드는 이상적인 모습을 드러냈다. 그것은 이렇게 읽혔다……

'용은 당장에 쩝쩝거리며 왕자를 씹어먹었습니다. 잘게 으깨지는 동안 왕자는 너무도 아파서 견딜 수가 없었지만, 그 시간을 꾹 참고 견뎌 완전히 갈기갈기 찢기고 나자 그 자리에 쓰러져 죽어버렸습니다.'

—이런 식의 삭제 방식에서 어른들은 배리(背理)를 읽어낼까? 그러나 이 어리고 거만한, 자신의 취향에 빠져버리기 쉬운 검열관은 '완전히 갈기갈기 찢기고'라는 문구와 '그 자리에 쓰러져'라는 문구 사이의 명료한 모순을 뻔히 알면서도 둘 중 어느 하나도 포기하기 힘들었던 것이다.

한편으로 나는 나 자신이 전사하거나 살해당하는 장면을 공상하는 데도 열광했다. 그러면서도 죽음에 대한 공포는 남들보다 두 배는 강했다. 하녀를 골탕 먹여 울리고 난 다음날 아침, 그 하녀가 아무 일도 없었다는 듯이 환한 얼굴로 아침식사를 거들기 위해 나타나면 나는 그 웃음 띤 얼굴에서 갖가지 의미를 읽어냈다. 그것은 충분한 승산에서 오는 악마적인 미소로밖에 생각되지 않았다. 그녀는 나에 대한 복수로 아마도 독살이라는 방법을 쓸 것이다. 내 가슴은 공포로 물결쳤다. 분명 독약은 된장국에 집어넣었을 게 틀림없다. 그런 생각이 드는 아침에는 절대로 된장국에 손을 대지 않았다. 그리고 식사를 마치고 자리에서 일어나면서 '어때, 안 넘어갔지?' 하는 표정으로 하녀의 얼굴을 빤히 쳐다봐주는 일이 몇 번인가 있었다. 하녀는 식탁 건너편에서 독살 기도가 어그러진 데 대한 낙담으로 어쩔 줄 몰라 하며, 차게 식고 작은 먼지까지 둥둥 뜬 된장국을 아쉬운 듯이 바라보는 것처럼 느껴졌다.

조모가 나의 병약함을 다스리기 위해 그리고 내가 나쁜 짓을 배우면 안 된다는 염려로 근방의 사내아이들과 노는 것을 금지했기 때문에, 하녀나 간호사를 빼면 나의 놀이 상대는 조모가 이웃에서 골라준 세 명의 여자아이뿐이었다. 소리가 크게 나거나 문이 거칠게 열리고 닫히거나 장난감 나팔, 씨름, 장난치는 소리나 울림도 조모의 오른쪽 무릎 신경통에 해가 되었기 때문에 우리의 놀이는 보통 여자아이들보다 더 조용한 것이어야 했다. 나는 오히려 혼자서 책을 읽거나 나무 블록을 쌓거나 마음대로 실컷 공상에 빠져들거나 그림을 그리거나 하는 쪽을 훨씬 더 좋아했다. 나중에 누이동생과 남동생이 태어나자 그 아이들은 아버지의 배려로 (나처럼 조모의 손에 맡겨지지 않고) 어린아이답게 자유롭게 컸지만, 나는 그들의 자유인지 난폭인지 모를 것을 조금도 부러워해본 적이 없었다.

그러나 사촌누이네 집에 놀러가게 되면 사정은 달라졌다. 그곳에서는 나도 한 명의 '사내아이'이기를 요구했다. 내가 일곱 살 되던 이른 봄, 초등학교 입학이 멀지 않은 즈음에 어떤 사촌 누이―스기코라고 해두자―의 집을 찾았을 때 기념할 만한 사건이 일어났다. 나를 데려간 조모가 날더러 많이 컸다고 칭찬하는 큰어머님들의 부추김에 신이 나서 그곳에서 내놓은 내 식사에 특별한 예외를 허락해준 것이다. 앞서도 말했던 자가중독의 빈번한 발작 때문에 그해까지 조모는 내게 '등 푸른 생선'을 먹지 못하게 했다. 그때까지 나는 생선이라면 넙치나 가자미, 도미 같은 흰살 생선밖에 알지 못했고, 감자는 으깨서 고운체에 거른 것만, 과자도 달콤한 앙금이 든 것은 안 되고 가벼운 비스킷이나 웨하스나 마른 과자뿐이었으며, 과일류는 얇게 썬 사과나 귤 조금밖에 허락되지 않았다. 처음으로 먹어본 등 푸른 생선―방어였다―을 나는 몹시 신이 나서 먹었다. 그 맛은 일단 내게 어른 자격이 한 가지 주어졌다는 의미이긴 했지만, 언제나 그렇듯 그것을 느낄 때마다 반드시 어딘지 불편한 모종의 불안―어른이 되는 것에 대한 불안―의 무게 또한 약간 씁쓸하게 혀끝에 느껴지기도 했다.

스기코는 건강하고 생명력 넘치는 아이였다. 그 집에 머물며 한 방에서 나란히 잘 때면 아무리 기다려도 잠이 오지 않는 나는, 머리를 베개에 얹자마자 마치 기계처럼 간단히 잠에 떨어지는 스기코를 가벼운 질투와 감탄의 마음으로 지켜보았다. 그 아이의 집에 있을 때 나는 우리집에 있는 것보다 몇 배나 자유로웠다. 나를 빼앗아가려는 가상의 적―즉 나의 아버지와 어머니―이 그곳에는 없기 때문에 조모는 안심하고 나를 자유롭게 놓아주었다. 집에 있을 때처럼 늘 자신의 눈이 닿는 범위 안에 잡아둘 필요가 없었던 것이다.

그런데 정작 자유를 얻은 나는 그다지 그 자유를 누릴 수가 없었다. 나는 병에서 회복되어 처음 걸음을 떼는 환자처럼 보이지 않는 의무를 강제로 받아들여야 하는 듯한 답답함을 느꼈다. 오히려 게으른 병상이 그리웠다. 그리고 여기서는 내가 한 사람의 사내아이이기를 누구도 말하지 않는 가운데 요구하고 있었다. 마음과는 동떨어진 연기가 시작되었다. 남의 눈에 연기로 비치는 것이 나로서는 본질로 돌아가고자 하는 욕구의 표현이고, 남의 눈에 자연스러운 나로 비치는 것이 곧 연기라는 메커니즘을 그 무렵부터 나는 희미하게 이해하기 시작했다.

그 본의 아닌 연기가 나로 하여금 '전쟁놀이하자!'라고 말하게 하는 것이었다. 스기코와 또 한 명의 사촌 누이, 이 여자아이 둘이 나의 상대였기 때문에 전쟁놀이는 그리 적합한 놀이가 아니었다. 더구나 상대 아마조네스는 별로 내켜하지 않는 기색이었다. 내가 전쟁놀이를 하자고 나선 것도 한 차례의 반전을 거쳐서 나온 체면치레였다. 말하자면 여자들에게 알랑거리지 않고 조금은 못살게 굴어주어야 한다는, 거꾸로 뒤집힌 체면 때문이었다.

어스름이 내리는 집 안팎을 뛰어다니며, 우리는 서로 따분해하면서도 서툰 전쟁놀이를 계속했다. 나무 덤불 뒤에서 스기코가 입으로 탕탕 기관총 소리를 냈다. 나는 이쯤에서 끝내야겠다고 생각했다. 집 안으로 도망쳐 들어와 탕탕탕 소리를 연발하며 나를 쫓아오는 여병사들을 보고는 가슴팍을 쥐어잡고 방 한가운데 털썩 쓰러졌다.

"왜 그래, 오빠?"

―여병사들이 심각한 얼굴로 다가왔다. 눈도 뜨지 않고 손도 움직

이지 않은 채 나는 대꾸했다.

"난 전사했어."

나는 뒤틀린 꼬락서니로 쓰러져버린 나 자신의 모습을 상상하는 데서 커다란 기쁨을 느꼈다. 내가 총에 맞아 죽어가는 상황에는 더할 수 없는 유쾌함이 있었다. 가령 정말로 총알을 맞는다 해도 나라면 아플 리가 없을 거라고 생각했다……

유년 시절……

나는 그 시절의 상징과도 같은 정경을 맞닥뜨린다. 지금의 나는 그 정경을 나의 유년 시절 그 자체로 느낀다. 그것을 보았을 때, 유년 시절이 나를 떠나려 흔드는 결별의 손을 나는 느꼈다. 나의 내적인 시간이 송두리째 내부에서 피어올라 이 한 장의 그림 앞에 멈춰 서고, 그림 속의 인물과 움직임과 소리를 정확하게 모방하여, 그 모사(模寫)가 완성됨과 동시에 원화였던 광경은 시간 속으로 녹아 사라지고, 내게 남겨진 것이라고는 유일한 모사―내 유년 시절의 정확한 박제―에 지나지 않으리라는 사실을 나는 예감하였다. 누구의 유년 시절에나 이런 사건 한 가지씩은 준비되어 있을 것이다. 단지 그것이 자칫 사건이랄 수도 없는 사소한 모양새를 취하기 쉽기 때문에 미처 깨닫지 못하고 지나쳐버릴 뿐이다.

―그 광경은 이러했다.

언젠가 여름 축제의 군중들이 우리집 문을 넘어 들이닥친 것이다.

조모는 축제에 선발된 목수*를 어떻게 구슬렸는지 마치 자기 아랫사람처럼 부렸는데, 다리가 좋지 않은 당신과 손자인 나를 위해 마을 축제 행렬이 우리집 앞으로 지나가게끔 은근히 청탁을 넣었다. 원래 이 곳은 축제 행렬이 지나갈 길이 아니었지만 목수가 이리저리 손을 쓴 덕분에, 행렬은 해마다 일부러 약간 돌아서 우리집 앞을 지나는 것이 상례가 되어 있었다.

나는 집안사람들과 함께 문 앞에 서 있었다. 당초 문양의 철문은 좌우로 활짝 열리고 문 앞의 석대에는 말끔하게 물이 뿌려졌다. 웅웅거리는 북소리가 서서히 다가왔다.

곧이어 노랫말이 띄엄띄엄 귀에 들어오는 노동요의 애달픈 곡조가 무질서한 축제의 웅성거림을 뚫고 그저 겉으로만 요란한 이 난장판의 참된 주제라 할 만한 것을 알려왔다. 그것은 인간과 영원의 지극히 비속한 만남, 어떤 경건한 난륜(亂倫)에 의해서밖에 성취되지 않는 만남의 슬픔을 호소하는 것만 같았다. 해독하기 힘들게 얽히고설킨 소리의 집단은 어느 틈엔가 앞소리꾼이 든 지팡이의 금속음, 큰북의 둔중한 울림, 미코시를 걸머멘 장정들의 잡다한 추임새로 분별되어 들려왔다. 내 가슴은 (그때쯤부터 격렬한 기대감은 기쁨이라기보다 오히려 고통으로 변했다) 거의 서 있을 수 없을 만큼 괴롭게 고동쳤다. 지팡이를 든 신관은 여우 가면을 쓰고 있었다. 나는 이 신비한 짐승의 금빛 눈이 홀리려는 듯 나를 뚫어지게 바라보면 나도 모르는 사이에 곁에 있던 집안사람의 옷자락에 매달려, 눈앞의 행렬이 안겨주는 공

---

* 일본의 전통 행사인 마츠리에서 신위나 혼백을 모신 미코시(神輿) 행진을 선두에서 지휘하는 사람을 가리킨다. 여러 사람이 메고 가는 미코시 꼭대기에서 행렬의 속도와 방향을 이끄는 위험한 일이어서 높은 곳에 올라가 정교한 일을 하는 집 짓는 목수 중에서 선발하곤 했다(옮긴이).

포에 가까운 환희에서 여차하면 도망칠 태세를 갖추었다. 내가 인생에 맞서는 태도는 그즈음부터 이러했다. 너무도 기다리고 기다리던 것, 너무도 사전의 공상으로 지나치게 꾸며진 것에서는 결국 도망치는 수밖에 다른 방도가 없었다.

이윽고 잡역부들이 금줄을 친 찬조금 상자를 걸머지고 지나가고 어린이 미코시가 경망스럽게 까불거리며 지나가자, 검정과 황금빛의 장엄한 대(大) 미코시가 다가왔다. 그것은 이미 먼 곳에서부터 꼭대기의 금빛 봉황이 이리저리 떠도는 물결 사이의 새처럼 웅성거림을 따라 눈부시게 뒤흔들리는 모습만으로도 일종의 번뜩이는 불안을 우리에게 던져주고 있었다. 그 미코시 주위에만 열대의 공기와도 같은 독한 무풍 상태가 떠돌았다. 그것은 악의를 담은 느릿함으로 젊은이들의 벌거벗은 어깨 위에서 뜨겁게 뒤흔들리는 것처럼 보였다. 홍백의 굵은 밧줄, 검은 칠에 황금빛을 더한 난간, 빈틈없이 꽉 닫힌 금칠의 문짝 속에는 캄캄한 가로세로 넉 자의 어둠이 있어서, 구름 한 점 없는 초여름의 한낮 속에 끊임없이 상하좌우로 요동치며 도약하는 정사각의 텅 빈 밤이 공공연히 군림하는 것이었다.

미코시는 우리 눈앞에까지 다가왔다. 똑같이 맞춘 유카타를 건성으로 걸쳐 맨살을 드러낸 젊은 축들이, 마치 미코시가 술에 취해 비틀대는 듯한 움직임으로 이리저리 무리를 지으며 뭉쳐졌다. 그들의 발은 뒤엉키고 그들의 눈은 지상의 것을 보는 것 같지 않았다. 큼직한 부채를 쥔 젊은이가 한 톤 높은 부르짖음으로 무리의 주변을 뛰어다니며 추임새를 넣었다. 미코시는 이따금 흔들흔들 기울었다. 그러면 다시 미친 듯한 앞소리가 그것을 다시 일으켜세웠다.

그 순간 언뜻 보기에는 지금까지와 똑같이 떼로 몰리며 도는 것으로 보이던 이 한 무리에서 어떤 힘이 작동하려는 의지를 우리집 어른들이 직감했는지, 갑자기 나는 내가 붙잡고 있던 어른의 손에 의해 뒤쪽으로 떠밀렸다. "위험해!"라고 누군가가 외쳤다. 그다음은 뭐가 뭔지 알 수 없었다. 나는 누가 손을 잡아당기는 대로 앞마당을 뛰어 달아났다. 그리고 안쪽 현관을 지나 집 안으로 뛰어들었다.

나는 누군가와 이층으로 달려올라갔다. 베란다로 나가서 당장이라도 앞마당을 향해 사태처럼 몰려들려 하는 시커먼 미코시 장정패들을 숨을 죽이고 바라보았다.

어떤 힘이 그들을 그런 충동으로 내몰았을까. 그로부터 한참 동안 나는 생각했다. 하지만 알 수 없었다. 그 수십 명의 젊은이가 계획적으로 우리집 문 안으로 치고 들어오려는 생각을 한다는 것이 어떻게 가능할까.

정원의 나무들이 유쾌하게 짓밟혔다. 진짜 축제였다. 이제 싫증이 나서 지겹기만 하던 앞마당이 전혀 다른 세계로 변한 것이다. 미코시는 그곳을 빈틈없이 빙 돌았고 관목은 우지끈 부러지고 짓밟혔다. 무슨 일이 벌어졌는지조차 나는 이해하기 어려웠다. 소리들은 중화되어 뒤섞이고, 마치 그곳에 동결된 침묵과 의미 없는 굉음이 번갈아가며 찾아오는 것만 같았다. 색채 또한 금색 붉은색 보라색 초록 노랑 감색 흰색이 약동하며 솟구쳐서, 어떤 때는 금색이, 어떤 때는 붉은색이 그곳 전체를 지배하는 한 톤의 색깔처럼 느껴졌다.

그러나 단 한 가지 선명한 것이 나를 놀라게 하고 안타깝게 하고 내 마음을 까닭 모를 괴로움으로 가득 채웠다. 그것은 미코시를 멘 젊은

이들의, 세상에도 외설스러운 너무도 노골적인 도취의 표정이었다……

이미 그즈음 일 년여 동안, 나는 괴상한 장난감을 받은 아이 같은 고민에 빠져 있었다. 열세 살이었다.

그 장난감은 걸핏하면 제 몸피를 늘려서, 쓰기에 따라서는 꽤 재미있는 장난감이라는 것을 은근히 내비치는 것이었다. 그런데 그 어디에도 사용법이 적혀 있지 않아서 장난감이 나더러 놀자고 덤벼들기라도 하면 나는 당황하지 않을 수 없었다. 이 굴욕감과 초조감이 쌓이고 쌓여 때로는 장난감을 상처 입혀버리고 싶은 마음까지 들기도 했다. 하지만 결국 달콤한 비밀을 알려주겠다는 듯한 얼굴의 그 뻔뻔스러운 장난감에게 굴복하고, 제멋대로 구는 꼴을 하릴없이 바라보는 수밖에 없었다.

그래서 나는 좀더 마음을 열고 장난감이 원하는 바에 귀를 기울이기로 했다. 그렇게 생각하고 보니 이 장난감에는 이미 일정의 확고한 기호(嗜好), 말하자면 질서라는 게 갖춰져 있었다. 기호의 계열은 유년 시절의 기억에 더하여 여름 바다에서 본 나체의 청년이랄지 진구가이엔 풀장에서 본 수영선수, 사촌 누나와 결혼한 거무스레한 살빛의 청년, 수많은 모험소설의 용감한 주인공 등등이 차례차례 연결되어 있었다. 그때까지 나는 그러한 계열을 다른 시적인 계열과 뒤섞어 놓았던 것이다.

이 장난감 역시 죽음과 피바람과 탄탄한 육체를 향해 머리를 쳐들었다. 서생에게서 몰래 빌려오던 야담 잡지의 표지 그림에서 보이는 피투성이 결투 장면이나, 배를 가른 젊은 사무라이의 그림, 총알을 맞고 이를 악물며 군복의 가슴팍을 움켜쥔 손 사이로 피를 흘리는 군인의 그림, 신출내기라서 아직 살이 찌지 않은 탄탄한 근육의 스모 선수 사진…… 그런 것들을 보면 이 장난감은 당장 호기심의 머리를 쳐들었다. '호기심'이라는 표현이 타당하지 않다면 '사랑'이라고 바꾸어도, 혹은 '욕구'라고 바꾸어도 좋으리라.

나의 쾌감은 이런 것들을 알게 되면서 서서히 의식적이고도 계획적으로 움직이기 시작했다. 선택과 정리가 행해졌다. 야담 잡지 표지 그림의 구도가 만족스럽지 않다 싶으면 일단 색연필로 본을 떠서 그리고 그것을 바탕으로 충분한 수정을 하였다. 그것은 가슴에 입은 총상을 끌어안고 주저앉은 서커스의 청년이나, 추락하여 두개골이 쪼개지고 머리의 대부분을 핏물에 담근 채 쓰러진 외줄타기 곡예사 등의 그림이었는데, 학교에 가 있는 동안에도 혹시 내 방 책상 서랍에 넣어둔 이 잔학한 그림들이 발각되지 않을까 하는 두려움 때문에 수업 내용이 변변히 귀에 들어오지 않았다. 그런 그림을 그리자마자 곧 찢어버리는 일은 나의 장난감의 그것에 대한 애착 때문에 도저히 불가능했던 것이다.

이리하여 나의 뻔뻔스러운 장난감은 자신의 일차적인 목적은 물론 이차적인 목적 — 이른바 '악습'을 위한 목적 — 도 이루지 못한 채 헛된 나날을 보냈다.

내 주위에서는 여러 가지 환경적 변화가 일어났다. 우리 일가는 내가 태어난 집을 떠나 다른 동네의 서로 반 블록도 떨어지지 않은 두 집으로 나뉘어 이사했다. 한쪽은 조부모와 나, 그리고 다른 한쪽은 부모님과 여동생, 남동생이 제각기 가족을 이루었다. 그사이 아버지는 관청의 명을 받아 유럽 각국을 돌고 왔다. 얼마 뒤 부모님 쪽 일가만 다시 집을 옮겼다. 아버지는 그 참에 드디어 나를 자신의 가족으로 다시 거둬들이려는 참으로 늦은 결심을 했다. 그가 '신과 비극'이라고 제목을 붙인 조모와 나의 극적인 이별 장면을 거쳐 나는 아버지의 새로운 집으로 함께 옮겨 갔다. 원래 자리에 그대로 있던 조부모 집과의 사이에는 이미 몇 개의 기차역과 시 전차 정류장이 끼어들어 있었다. 조모는 밤낮으로 내 사진을 끌어안고 울었고, 일주일에 한 번씩 찾아와 자고 가야 한다는 조약을 내가 어쩌다 깨기라도 하면 당장 발작을 일으켰다. 열세 살의 나에게는 깊은 정을 품은 육십 세의 연인이 있었던 것이다.

그사이에 아버지는 가족을 남기고 오사카로 전임했다.

어느 날 감기 기운 때문에 학교를 쉬게 된 나는 아버지가 외국에 나갔을 때 사 온 화집 몇 권을 내 방으로 가져와 꼼꼼히 들여다보았다. 특히 이탈리아 각 도시의 미술관 안내 화집 중 그리스 조각을 사진판으로 실어놓은 것에 나는 흠뻑 빠져들었다. 수많은 명화 역시 나체를 그린 것에 한해서는 흑백 사진판 쪽이 내 취향에 맞았다. 아마도 그 편이 더 사실적으로 보인다는 단순한 이유 때문이었을 것이다.

그때 손에 든 화집은 그날 처음으로 보는 것들이었다. 인색한 아버지가 아이 손을 타서 더럽혀지는 것을 꺼려해 책장 깊숙이 감춰두기도 했고(아마 절반은 내가 명화 속의 벌거벗은 여자에게 빠져들지 않을까 하는 염려에서였겠지만, 그건 얼마나 큰 착각이었던지!), 나도 나대로 그런 책들에 대해서는 야담 잡지의 표지를 넘어서는 기대를 품지 않았기 때문이다.—나는 얼마 남지 않은 페이지를 왼편으로 한 장 넘겼다. 그러자 그 한 귀퉁이에서 나를 위해 그곳에서 오래도록 기다리고 있었다고밖에 생각할 수 없는 한 장의 그림이 모습을 드러냈다.

그것은 제노바의 팔라초 로소에 소장된 구이도 레니의 〈성 세바스티아누스〉였다.

티치아노풍의 우울한 숲과 저녁 어스름이 내린 하늘의 어둑한 원경을 배경으로, 약간 기울어진 검은 수목의 줄기가 그의 형틀이었다. 몹시 아름다운 청년이 벌거벗은 몸으로 그 나무 줄기에 묶여 있었다. 팔은 높직하게 엇갈렸고, 양 손목을 꽁꽁 묶은 밧줄이 나무에 이어져 있었다. 그 밖에 다른 밧줄의 매듭은 보이지 않고, 청년의 벗은 몸을 덮은 것이라고는 허리를 느슨하게 감은 하얀 천 조각뿐이었다.

그것이 순교도(殉敎圖)라는 것은 나도 알고 있었다. 하지만 르네상스 말기의 탐미적인 절충파 화가가 그린 이 세바스티아누스 순교의 그림은 오히려 이교적인 향기를 짙게 풍기는 것이었다. 왜냐하면 안티노우스*와도 견줄 만한 이 육체에는 다른 성자들에게서 보이는 포교의 쓰디쓴 고통이나 노후의 흔적은 전혀 없고, 오로지 청춘과 광채와 아름다움과 즐거움만이 있었기 때문이다.

그 비할 데 없이 흰 나체는 엷은 어둠이 깔린 배경 앞에서 빛나고 있었다. 친위병으로서 활을 당기고 검을 휘둘렀던 그 늠름한 팔뚝이 아무런 무리 없는 각도로 쳐들려, 머리칼 바로 위에서 꽁꽁 묶인 손목이 십자로 엇갈렸다. 얼굴을 아주 조금 들어 하늘의 영광을 바라보는 듯한 눈이 깊고 평안하게 뜨여 있었다. 불룩 튀어나온 가슴에도, 팽팽한 복부에도, 약간 비틀린 허리 주위에도 감돌고 있는 것은 고통이 아니라 어딘가 음악과도 같은 나른한 일락(逸樂)의 술렁거림이었다. 왼편 겨드랑이와 오른편 옆구리에 깊숙이 박힌 화살이 없다면, 그것은 어쩌면 로마의 경기자가 저녁 어스름이 내리는 정원수에 기대어 피곤한 몸을 달래는 모습처럼 보였다.

화살은 팽팽하고 향기로운 청춘의 살 속으로 파고들어, 더할 수 없는 고통과 환희의 불길로 그의 육체를 내부에서부터 태워버리려 하고 있었다. 하지만 흐르는 피는 그려지지 않았고 다른 세바스티아누스 그림에서 볼 수 있는 무수한 화살도 그려지지 않은 채, 그저 두 개의 화살이 흡사 돌계단에 떨어진 나뭇가지의 그림자처럼 고요하고 단려

---

* 비티니아 태생의 그리스 미소년. 그 미모로 하드리아누스 황제의 총아가 되었으나 황제를 따라 나일 강에 나갔다가 익사하였다. 황제는 그의 죽음을 애도하며 이집트에 안티노우스 시를 건설했고 각지에 사원을 세웠다.

(端麗)한 그림자를 그의 대리석 같은 살갗 위에 떨어뜨리고 있었다.
 하지만 위와 같은 판단과 관찰은 모두 나중에 가서야 이루어진 것이다.
 그 그림을 처음 본 순간 나의 모든 존재는 모종의 이교도적인 환희로 뒤흔들렸다. 내 피는 끓어오르고 내 육체의 기관은 분노의 빛으로 넘실거렸다. 이 거대한, 금방 터질 듯이 부풀어오른 나의 일부는 여느 때 없이 격하게 나의 행사를 기다리고 나의 무지를 꾸짖으며 분노해 헐떡거렸다. 내 손은 나도 모르게 어느 누구에게도 말할 수 없는 움직임을 시작했다. 나의 내부로부터 어둡고 번쩍거리는 것이 빠른 걸음으로 공격해 올라오는 기척이 느껴졌다. 그렇게 생각하는 사이에 그것은 핑그르르 아득한 도취와 함께 튀어올랐다……
 ─잠시 뒤에 나는 내가 마주하고 있던 책상 주위를 상처 입은 마음으로 둘러보았다. 창밖의 단풍나무는 환한 그림자를 내 잉크병이며 교과서며 사전이며 화집의 사진판이며 노트 위에 펼쳤다. 희고 탁한 비말(飛沫)이 교과서의 금박 제목, 잉크병 가장자리, 사전 한 귀퉁이에 떨어져 있었다. 어떤 것은 나른한 꼴로 방울져 떨어지고, 어떤 것은 죽은 물고기의 눈처럼 둔탁한 빛을 내고 있었다. ……다행히 화집은 내 순간적인 손의 제지로 더럽혀지는 봉변을 면했다.
 이것이 나의 최초의 ejaculatio*이며, 또한 최초의 서툴고 돌발적인 '악습'이었다.

---

* 라틴어로 사정(射精).

〔히르슈펠트*가 성도착자들이 특히 좋아하는 회화 및 조각 1위로 '성 세바스티아누스 그림'을 꼽은 것은 나의 경우 흥미로운 우연이었다. 이것은 성도착자, 특히 선천적인 성도착자에게는 도착적 충동과 사디스틱한 충동이 구별하기 어렵게 착종되어 있는 경우가 압도적이라는 사실을 추측하기에 아주 적합한 예다.

성 세바스티아누스는 3세기 중엽에 태어나 후에 로마 군대의 친위대장이 되었으며, 서른 살가량의 짧은 생애를 순교로 마감했다고 전해진다. 그가 죽은 해인 서기 288년은 디오클레티아누스 황제의 치세였다. 벼락출세한 황제로 온갖 고생 끝에 권력을 쥐게 된 그는 특유의 온화 정책으로 흠모를 받았으나, 부제(副帝) 막시미아누스가 기독교에 깊은 혐오감을 갖고 있어 기독교적 평화주의의 신념에 따라 징병을 기피한 아프리카 청년 막시밀리아누스를 사형에 처했다. 백인(百人)대장 마르켈스의 사형도 똑같은 종교적 조치에 의거한 것이었다. 성 세바스티아누스의 순교는 이같은 역사적 배경 아래에서 이해할 수 있었다.

친위대장 세바스티아누스는 은밀히 기독교에 귀의했는데, 옥에 갇힌 기독교인들을 위로하고 시장(市長)과 그 밖의 사람들을 개종으로 인도한 행위가 폭로되어 디오클레티아누스로부터 사형 선고를 받았다. 무수한 화살을 맞고 내버려진 그의 시신을 매장하기 위해 한 경건한 과부가 찾아왔고 그의 몸에 아직 따스한 기운이 있는 것을 발견했다. 정성 들여 간호한 결과 그는 소생했다. 하지만 몸을 추스르자마자

---

* 독일의 성(性) 과학자로 동성애에 대한 법적 취급의 정당화를 주장했다.

즉시 황제에게 대항하여 그들의 신을 모독하는 발언을 했기 때문에 이번에는 곤봉으로 타살되었다.
　이 '전설적인 소생'이라는 주제는 '기적'이 필요해서 나온 것일 뿐이다. 그토록 많은 화살을 맞은 상처에서 어떤 육체가 다시 살아날 수 있단 말인가!
　나는 나의 관능적이고 격한 환희가 어떠한 성질의 것이었는지 좀더 깊이 있게 이해해주기를 바라는 마음에서, 내가 한참 뒤에 지은 미완성의 산문시를 다음에 싣는다.

성 세바스티아누스(산문시)

　언젠가 나는 교실 창문 밖에서 바람에 흔들리는 그리 크지 않은 나무 한 그루를 보았다. 나무를 바라보는 동안 내 가슴은 고동쳤다. 그것은 놀랍도록 아름다운 나무였다. 끝이 둥그스름한 단정한 삼각형을 잔디 위에 쌓아올리고, 촛대처럼 좌우대칭으로 손을 내민 수많은 가지가 그 묵직한 녹음을 받쳐주고, 녹음 아래에는 어두운 흑단 대좌처럼 흔들림 없는 나무 줄기가 얼핏 내보였다. 완성된 교치(巧緻)를 빚어내며 게다가 '자연'의 저 우아한 방기(放棄)의 분위기 또한 잃지 않으며, 그 나무는 스스로가 그의 창조자인 듯 밝은 침묵을 지키며 서 있었다. 그것은 또한 명백하게 하나의 작품이었다. 그리고 아마도 음악의. 실내악을 위해 만들어진 독일 악장(樂匠)의 작품. 성악(聖樂)이라 해야 할 종교적인 고요한 일락이 벽걸이 태피스트리 도안처럼 위엄과 그리움을 가득히 들려주는 음악……

그러므로 또한 나무의 형태와 음악의 유사성이 나에게 어떤 의미를 품고 다가오고 그 두 가지가 얽혀 한층 강하고 깊은 것이 되어 나를 덮쳤을 때, 말로 표현하기 힘든 영묘한 감동은 적어도 서정적인 것이 아니라 종교와 음악의 교섭에서 보이는 듯한, 저 어두운 도취와 같은 종류였다고 해도 이상하지 않았으리라. '바로 이 나무가 아니었을까?' — 문득 나는 내 마음에 물었다.

'젊은 성자가 손을 뒤로 묶인 채, 비가 쏟아진 뒤처럼 그 둥치에 성스러운 피를 뚝뚝 흘렸던 나무. 최후의 고통으로 타오르는 그 젊은 살을(그것은 아마도 지상의 온갖 쾌락이며 고뇌의 마지막 증거이며 흔적) 거칠게 비벼대며 몸부림쳤던 그 로마의 나무가?'

순교사(殉敎史)에 전해오는 바에 따르면 디오클레티아누스가 등극한 후 몇 년 동안 거칠 것 없는 새의 비상과도 같은 무봉의 권력을 꿈꾸었을 때, 그 옛날 하드리아누스 황제의 사랑을 받던 이름 높은 동방의 노예를 연상하게 하는 유연한 체구와, 바다와도 같은 비정한 반역자의 눈빛을 두루 갖춘 근위병 젊은 대장이 금단의 신께 헌신한 죄로 체포되었다. 그는 아름답고 오만했다. 그의 투구에는 거리의 아가씨들이 아침마다 보내는 흰 백합 한 송이가 꽂혔다. 거친 연병의 휴식 시간에 그의 사내다운 머릿결을 따라 백합이 우아하게 고개 숙인 채 꽂혀 있는 모습은 마치 백조의 목덜미와도 같았다.

어느 누구도 그가 어디에서 태어나고 어디에서 왔는지 알지 못했다. 그러나 사람들은 예감했다. 노예의 체구와 왕자의 용모를 지닌 이 젊은이는 그저 스쳐 지나갈 나그네로서 이곳에 왔다는 것을. 이 엔디미온*은 양을 이끄는 목자라는 것을. 그는 어떤 목장보다 녹음 짙은 목장의 목자로서 선택된 자라는 것을.

또한 몇몇 아가씨는 그가 바다에서 왔다는 믿음을 품었다. 그의 가슴에서 바다의 높은 부르짖음이 들려왔으므로. 그의 눈에는 바닷가에서 태어나 그곳을 떠나야 했던 이의 눈동자 깊은 곳에, 바다가 눈에 보이는 형체로 건네준 신비한, 사라지지 않는 수평선이 떠 있었으므로. 그가 내쉬는 숨결은 한여름 바닷바람과도 같이 뜨겁고, 이제 막 건져올린 해초의 냄새를 풍겼으므로.

세바스티아누스— 젊은 근위대장—가 드러낸 아름다움은 살해될 아름다움이 아니었을까. 핏기 어린 고깃덩이의 감칠맛과 뼈를 뒤흔드는 다디단 술의 맛으로 오감을 키워온 건강한 로마의 여자들은 세바스티아누스 자신은 미처 알지 못했던 흉흉한 운명을 일찌감치 알아보았고, 그런 까닭에 그를 사랑했던 것이 아닐까. 그의 하얀 피부 안쪽을, 머지않아 그 살이 갈기갈기 찢길 때 그 틈을 노려 달려나가리라고 기회를 엿보며, 그녀들의 피는 보통 때보다 한층 맹렬하고도 빠르게 휘휘 돌고 있었다. 그러한 피의 격렬한 소망을 그녀들이 어떻게 듣지 않을 수 있었으랴.

박명이 아니다. 절대로 박명이 아니었다. 좀더 불손하고도 흉흉한 운명이었다. 휘황하다고 할 만한 운명이었다.

예를 들어 한창 감미로운 키스 중에도 산 채로 느끼는 죽음의 고통이 수도 없이 그의 미간을 떠돌았을지도 모른다.

---

* 그리스 신화에 나오는 미남자로 달의 여신 셀레네의 사랑을 받았다. 그녀의 부탁으로 불후의 젊음을 유지하기 위해 제우스로부터 '영원의 잠'을 받는다.

그 자신 또한 희미하게 예감하고 있었다. 그의 앞길에 그를 기다리는 것은 순교밖에 없다는 것을. 범속으로부터 그를 멀리 떼어놓을 것은 이 비운의 징표밖에 없다는 것을.

─그날 아침 세바스티아누스는 바쁜 군인의 직무에 몰려 밤이 걷히자마자 자리를 박차고 일어났다. 그가 그날 새벽녘에 꾼 한 가지 꿈─불길한 까치가 가슴팍에 몰려들어 퍼덕이는 날개로 그의 입을 덮는 꿈─은 아직 베갯머리를 떠나지 않았다. 하지만 밤마다 몸을 눕히던 누추한 침상은 매일 밤 그를 바다의 꿈으로 유혹하던, 막 건져올린 해초의 냄새를 풍겼다. 그는 창가에 서서 시끄럽게 덜걱거리는 갑옷을 입으며 저 너머 신전을 에워싼 숲의 하늘에서 마자로트 별자리의 별들이 지는 것을 보았다. 이 장려한 이단의 신전을 바라볼 때마다 그의 미간에는 그에게 가장 잘 어울리는, 거의 고통에 가까운 모멸의 표정이 떠올랐다. 그는 유일신의 성스러운 이름을 부르고 경외하는 성서 두세 구절을 읊조렸다. 그러자 그 희미한 음성을 수만 배로 되돌려주는 메아리처럼 신전 방향에서, 밤하늘을 갈라놓은 둥근 기둥 근처에서 장엄하게 울려퍼지는 신음 소리가 분명하게 들려왔다. 하늘을 우르릉 울리며 뭔가 이상한 퇴적물이 무너져내리는 듯한 소리였다. 그는 미소를 지었다. 그리고 시선을 아래로 떨어뜨려 언제나처럼 새벽 어스름 속에 아직 잠에 빠진 백합을 손에 장식하고 새벽 기도를 위해 살그머니 그의 처소로 올라오는 아가씨들을 보았다……〕

중학교 2학년의 겨울이 깊어갔다. 우리는 긴 바지에도, 호칭 없이 서로의 이름을 마구 불러대는 습관에도(초등학교 시절에는 이름 뒤에 점잖은 호칭을 붙여 부르라는 선생님의 지시를 받았다. 또한 한여름에도 무릎을 덮는 긴 양말을 신어야 했다. 긴 바지를 입게 되면서 가장 먼저 느낀 기쁨은 이제 두 번 다시 그 질긴 양말 고무줄에 허벅지를 졸리지 않아도 된다는 것이었다), 선생님을 바보로 여기는 미풍(美風)에도, 찻집에서 경쟁적으로 서로의 주머니를 털어먹는 것에도, 학교 숲을 마구 헤집고 다니는 정글놀이에도, 기숙사 생활에도 익숙해졌다. 단지 내게는 기숙사 생활만이 미지의 세계였다. 왜냐하면 신중하기 그지없는 부모님이 나의 병약함을 내세워 거의 전원이 강제적으로 입소하게 되어 있던 중학교 1, 2학년의 기숙사 생활에서 나를 제외해달라고 부탁했기 때문이다. 내가 못된 짓을 배워서는 안 된다는 오직 그 이유 때문이었다.

자택에서 통학하는 학생은 겨우 몇 명밖에 안 되었다. 2학년 마지막 학기에 그 적은 인원에 신참 한 사람이 덧붙었다. 오미(近江)였다. 난폭한 행동을 해서 기숙사에서 쫓겨났던 것이다. 그때까지 그에게 그다지 주의를 기울이지 않았던 나는 그 추방으로 인해 이른바 '불량학생'이라는 유서 깊은 낙인이 찍히자 갑작스럽게 그에게서 잠시도 눈을 뗄 수 없게 되었다.

뚱뚱하게 살이 찐 붙임성 좋은 친구 하나가 볼에 보조개를 재며 내게로 찾아왔다. 이러는 건 대부분 비밀스러운 정보를 쥐고 있을 때였다.

"아주 근사한 이야기가 있는데 말이야."

나는 스팀 곁에서 슬그머니 물러섰다.

친구와 복도로 나가 바람이 휘몰아치는 활터가 내려다보이는 창가에 기대섰다. 그곳이 대략 우리의 밀담 장소였다.
"있지, 오미가……" 친구는 말하기 난처하다는 듯 벌써 얼굴을 불그레하게 붉혔다. 이 아이는 초등학교 5학년 때쯤 아이들이 그것에 대한 이야기를 하면 그 즉시 부정했는데, 그 말투가 제법 대단했다.
"그런 얘기는 틀림없이 거짓말이야. 나는 다 알아."
그는 또 어떤 친구의 아버지가 중풍에 걸렸다는 말을 듣고는 중풍은 전염병이니 그 친구와는 되도록 가까이하지 말라고 내게 충고한 적도 있었다.
"오미가 뭘 어쨌다는 거야?"
집에서는 여전히 어린아이 같은 말을 쓰면서도 나는 학교에 가면 어느 누구 못지않게 험악한 말투를 사용했다.
"이건 정말이야. 오미 그놈, '경험자'란다!"
꽤나 그럴싸한 말이었다. 그는 벌써 두세 번쯤 낙제를 했을 터였다. 체격이 빼어나고 얼굴 윤곽에는 우리를 뛰어넘는 어떤 특권과 같은 젊음의 색채가 있었다. 그의 이유 없는 모멸의 천성에는 기품이 있었다. 그에게 걸리면 이 세상 어느 것도 모멸을 면치 못했다. 우등생은 우등생이기 때문에, 교사는 교사이기 때문에, 순사는 순사이기 때문에, 대학생은 대학생이기 때문에, 회사원은 회사원이기 때문에 그에게서 모멸의 눈길을 받고 비웃음을 사기에 마땅한 자들이 되었다.
"와……"
어째서인지는 모르지만 순간 나는 교련 시간에 오미가 익숙한 솜씨로 소총을 손질하던 장면을 떠올렸다. 교련 교사와 체조 교사에게만은 파격적으로 사랑받고 우대를 받는 그의 멋진 소대장 모습이 생각났다.

"그러니까 그게……"

—친구는 중학생들만 아는 큭큭거리는 음탕한 비밀 웃음을 흘렸다.

"그 녀석 그거, 굉장히 크대. 나중에 '상놈놀이' 할 때 한번 만져봐. 그러면 알 테니까."

—'상놈놀이'라는 것은 이 학교 중학교 1, 2학년 사이에서 어김없이 유행하는 전통적인 놀이였다. 진짜 놀이가 으레 그렇듯이 그것은 놀이라기보다 오히려 질병에 가까웠다. 대낮, 모두가 바라보는 앞에서 그것은 이루어졌다. 누군가가 멍하니 서 있다. 그러면 다른 한 사람이 슬금슬금 곁으로 다가가 목표물을 겨냥해 손을 뻗는다. 제대로 잡았을 때 승리자는 멀리 도망쳐서 소리를 질러댔다.

"와아, 진짜 크다, A 거, 진짜 크다!"

이 놀이는 그 짓을 부르는 충동이 무엇이건 간에, 겨드랑이에 낀 교과서고 뭐고 모두 내동댕이치면서 표적이 된 곳을 양손으로 가리려고 허둥대는 피해자의 우스꽝스러운 꼴을 보기 위해서 존재하는 것 같았다. 하지만 엄밀히 말하자면 그들은 웃음에 의해 해방된 자신들의 수치를 발견해내고, 피해자의 붉어진 뺨으로 구현된 공통의 수치심을 한 단 높은 웃음의 발판 위에서 마음껏 조롱하며 만족감을 느끼려는 것이었다.

피해자는 미리 약속이라도 한 듯이 이렇게 외쳤다.

"에잇, 이 순 상놈 B야!"

그러면 주위의 코러스가 그 말에 박자를 맞추었다.

"에잇, 이 순 상놈 B야!"

─오미는 이 놀이의 고수였다. 공격은 신속했고 대부분 성공으로 끝을 맺었다. 어쩌면 그의 공격을 모두가 암묵적으로 은근히 기다렸던 것이 아닌가 짐작되는 구석이 있었다. 그 대신 그는 참으로 빈번하게 피해자로부터 복수를 당했다. 하지만 누구의 복수도 성공을 거두지 못했다. 그는 늘 호주머니에 손을 꽂고 다녔는데, 복병이 다가옴과 동시에 주머니 속의 한 손과 바깥의 또 다른 손으로 순식간에 이중의 갑옷을 만들어버렸다.

친구의 말은 나의 내부에 독한 잡초와도 같은 상념을 키웠다. 이제까지 나는 다른 친구들과 마찬가지로 지극히 천진한 마음으로 상놈놀이에 가담했었다. 하지만 그 친구의 말이 내가 무의식적으로 엄격하게 변별해두고 있던 저 악습(나 혼자만의 사적인 생활)과 이 놀이(나의 공적인 생활)를 어떻게도 피할 수 없이 하나의 선상에 올려놓게 한 것 같았다. 그것은 '만져봐'라는 그 친구의 말이 다른 순진한 친구로서는 이해할 수 없는 특별한 의미를 갑작스럽게, 또한 여지없이 내 안에 장진한 사실로 확인되었다.

그 이후 나는 '상놈놀이'에 끼지 않았다. 내가 오미를 습격하게 될 순간이 두려웠고, 그보다 오미가 나를 습격하게 될 순간은 더욱 더 두려웠다. 놀이가 시작될 듯한 기미가 보이면(사실 이 놀이가 시작되는 모습은 폭동이나 반란이 아주 사소한 계기에서 시작되는 것과 비슷했다) 나는 아이들을 피해 한참 떨어진 곳에서 그저 오미의 모습만 눈 한 번 깜빡이지 않고 지켜보았다.

……하지만 오미의 감화는 우리가 의식하기 전부터 이미 우리를

범하기 시작했다.

예를 들면 양말이 그랬다. 그즈음 우리 학교에는 이미 군대식 교육이 침식해 들어왔고, 유명한 에키(江木) 장군의 '실질강건'이라는 유훈을 되살려 화려한 머플러나 양말은 금지되어 있었다. 머플러는 불가, 셔츠는 흰색, 양말은 검정 아니면 무늬 없는 것이 규정이었다. 하지만 오미만은 흰 비단 머플러와 화려한 무늬의 양말을 빠뜨리지 않았다.

금지 조항에 대한 이 최초의 반역자는 자신의 악덕을 반역이라는 아름다운 이름으로 바꿔버리는 신비한 재주를 가진 자였다. 반역이라는 미학에 소년들이 얼마나 약한지를 그는 몸으로 꿰뚫고 있었다. 그와 친한 교련 교사—이 시골뜨기 하사관은 마치 오미의 부하 같았다—앞에서 일부러 아주 천천히 흰 비단 머플러를 목에 둘렀고, 금단추가 달린 외투를 나폴레옹처럼 좌우로 헤벌린 채 펄럭거리고 다녔다.

그러나 어리석은 군중의 반역은 항상 예외 없이 쩨쩨한 모방에 불과하다. 할 수 있다면 그것이 몰고 올 위험은 철저히 피하고 오로지 반역의 달콤한 맛만 누리기 위해 우리는 오미의 반역 중에서 화려한 양말만을 표절했다. 나 또한 그런 예에서 벗어나지 못했다.

아침에 학교에 가면 우리는 수업 시작 전의 소란스러운 교실에서 의자에 앉지 않고 일부러 책상 위에 올라앉아 떠들어댔다. 화려하고 새로운 무늬의 양말을 신고 온 날 아침에는 멋들어지게 바지 주름 선을 바짝 접어올리고 책상에 걸터앉았다. 그러면 당장 눈치 빠른 탄성이 응답을 해왔다.

"우우, 시건방진 양말!"

― '시건방지다'는 말보다 더 멋진 찬사를 우리는 알지 못했다. 하지만 그런 말을 할 때면 말하는 쪽도 그 말을 듣는 쪽도, 정렬 시간 직전이 아니면 나타나지 않는 오미의 저 오만한 눈빛을 떠올리는 것이었다.

눈이 그친 어느 아침, 나는 몹시 이른 시간에 학교에 나갔다. 전날 친구가 전화를 걸어와 내일 아침에 눈싸움을 하자고 했기 때문이다. 다음날의 즐거움에 잔뜩 기대를 품은 밤에는 제대로 잠을 이루지 못하는 성격이라서 나는 그날 아침 지나치게 일찍 잠이 깼고, 등교 시간과 상관없이 곧장 학교로 갔다.

눈은 신발이 가까스로 파묻힐 정도로 쌓여 있었다. 아직 해가 뜨지 않은 시간, 세상의 경치는 눈 때문에 아름다운 것이 아니라 음침하게 보였다. 눈은 거리 풍경의 상처를 감추는 지저분한 붕대처럼 보였다. 거리의 아름다움은 상처의 아름다움일 뿐이기 때문이었다.

학교 앞 역이 가까워지면서 나는 아직 자리가 많이 빈 전차 창문 너머로 공장이 늘어선 거리 건너편에 느릿느릿 해가 떠오르는 것을 보았다. 풍경은 기쁜 빛으로 가득 찼다. 불길하게 솟아오른 굴뚝들의 종렬(縱列), 단조로운 슬레이트 지붕의 어두운 기복이 아침 해를 받은 눈의 가면이 요란하게 깔깔거리는 웃음의 그늘에서 잔뜩 겁에 질려 있었다. 눈 풍경이 펼치는 이 가면극은 자칫하면 혁명이나 폭동 같은 비극적인 사건을 연출할 것만 같았다. 눈에 빛이 반사되어 창백해진 얼굴의 행인들도 어쩐지 가담자들처럼 느껴졌다.

학교 앞 역에 내렸을 때 역사 옆의 운수회사 사무소 지붕에서 벌써 눈이 녹아 떨어지는 소리가 들렸다. 마치 아침 햇빛이 뚝뚝 녹아 떨어지는 것 같았다. 신발이 끌고 온 진흙이 덕지덕지 묻은 콘크리트 위 가짜 진창에, 차례차례 환성을 지르며 햇빛이 몸을 던져 추락사하는 것이었다. 그중 한 빛은 멋모르고 내 목덜미에도 몸을 던졌다……

교문 안에는 아직 아무도 발을 디딘 흔적이 없었다. 로커룸에도 열쇠가 채워져 있었다.

2학년이 쓰는 일층 교실 창을 열고 나는 숲의 눈을 내다보았다. 숲의 언덕길에는 학교 뒷문에서 이쪽 교사를 향해 올라오는 작은 길이 있었다. 눈에 찍힌 큼직한 발자국이 그 길을 올라와 창 바로 아래까지 이어져 있었다. 발자국은 창문 아래에서 다시 뒤로 돌아 왼편으로 비스듬히 보이는 과학실 건물 뒤쪽으로 사라졌다.

누군가가 벌써 학교에 온 것이다. 뒷문으로 올라와 교실 창을 한 차례 흘끔 넘겨다보고 아무도 없는 것을 알게 되자 혼자서 과학실 뒤쪽으로 걸어간 게 틀림없었다. 뒷문으로 학교를 드나드는 학생은 거의 없었다. 그중 한 사람인 오미는 여자의 집에서 학교에 다닌다는 소문이 돌았다. 그러나 정렬 시간 직전이 아니면 결코 모습을 드러내지 않는 그였다. 하지만 그가 아니라면 다른 누구일지 짐작이 가지 않았고, 큼직한 발자국을 봤을 때는 역시 오미일 거라는 생각이 들었다.

나는 창문으로 몸을 내밀어 그 발자국이 짚고 간 싱싱한 검은 흙빛을 바라보았다. 그것은 뭔가 확고한, 힘이 넘치는 발자국으로 보였다. 말로 표현할 수 없는 힘이 나를 그 발자국 쪽으로 끌어당겼다. 몸을 거꾸로 내던져 발자국에 얼굴을 파묻고 싶다고 생각했다. 하지만 늘 그렇듯 나의 우둔한 운동신경이 내 몸의 안전을 꾀했기 때문에 나는 가방을 책상에 내려놓고 꾸물꾸물 창틀을 기어올라갔다. 교복 가슴팍의 호크가 돌로 된 창틀에 눌리면서 내 약한 갈비뼈를 스치며 비애의 달콤함이 뒤섞인 아픔을 주었다. 창을 넘어 눈 위로 뛰어내렸을 때, 그 가벼운 통증은 내 가슴을 유쾌하게 긴장시키고 파르르 떨리는 듯한 위험한 정서로 가득 채웠다. 내 오버 슈즈를 슬쩍 그 발자국에 맞추었다.

큼직하게 보인 발자국은 나와 거의 비슷한 크기였다. 나는 발자국의 주인도 그즈음 우리 사이에 유행하던 오버 슈즈를 신었으리라는 사실을 깜빡 잊고 있었다. 그렇다면 발자국은 오미의 것이 아닐 터였다. ─하지만 그 검은 발자국을 더듬어 따라갔다가는 내가 품은 기대감이 배반당할지도 모른다는 불안한 기대조차 어쩐지 나를 매혹시켰다. 오미는 이때 내 기대의 일부에 지나지 않았고 나보다 먼저 와서 눈에 발자국을 찍고 간 사람에 대한, 침범당한 미지에 대한 복수와도 같은 동경심이 나를 사로잡았는지도 모른다.

나는 숨을 헐떡거리며 발자국을 쫓아갔다.

징검돌을 건너는 양, 어떤 곳은 거뭇거뭇 번들거리는 흙의, 어떤 곳은 마른 풀의, 어떤 곳은 더러워진 단단한 눈의, 어떤 곳은 돌바닥의 발자국 형태를 따라 걸어갔다. 그러자 어느새 내가 성큼성큼 걷는 오미의 걸음새와 꼭 닮게 걷고 있다는 것을 깨달았다.

과학실 뒤편의 응달을 지나가자 널찍한 경기장 앞 고개턱에 다다랐다. 삼백 미터 타원 코스도, 그것이 빙 둘러싼 울퉁불퉁한 필드도 모두 구분 없이 반짝거리는 눈에 뒤덮여 있었다. 필드 한 귀퉁이에 두 그루의 느티나무 거목이 나란히 서 있고, 거기에서 길게 뻗어나온 아침 그림자는 범하지 않고 녀둘 수 없는 위대함의 유쾌한 오류라고나 할 의미를 눈 풍경에 붙여주고 있었다. 거목은 푸른 겨울 하늘과 아래로부터 올라오는 눈빛의 반사광, 옆으로 들어오는 아침 햇살 등으로, 플라스틱과도 같은 치밀함을 지니고 우뚝 솟은 채 시든 잔가지와 나무 기둥의 갈라진 틈으로 사금처럼 반짝이는 눈을 간간이 떨어뜨렸다. 그 들릴 듯 말 듯한 소리까지도 멀리멀리 메아리를 만들 만큼, 경기장 너머의 기숙사와 그 뒤로 이어진 잡목 숲은 아직 잠에 빠져 꿈쩍도 않는 모습이었다.

나는 눈앞에 펼쳐진 눈부심 때문에 한순간 아무것도 보지 못했다. 눈 풍경의 색깔은 말하자면 신선한 폐허였다. 고대의 폐허가 아니고는 있을 수 없는 무한한 빛과 반짝임이 이 거짓된 상실 위에 찾아온 것이었다. 그 폐허의 한 귀퉁이, 오 미터 폭 코스의 눈밭 위에 거대한 글자가 그려져 있었다. 가장 가까운 큼직한 동그라미는 O였다. 그 너머에는 M이 있고 다시 그 옆에는 장대한 I가 나란히 새겨져 있었다.

오미였다. 내가 더듬어 따라온 발자국이 O로 이어지고, 다시 O에서 M으로, M에서는 I의 중간에 서서 흰 머플러 위로 가만히 고개를 숙이고 외투 호주머니에 손을 꽂은 채 오버 슈즈를 눈 위에 질질 끌며 글자를 만들고 있는 오미의 모습에까지 가 닿았다. 그의 그림자는 필드 끝의 느티나무 그림자와 평행을 이루며 방약무인하게 마음껏 눈 위에 길게 늘어져 있었다.

나는 뺨을 붉히며 장갑으로 눈을 뭉쳤다.

눈덩이를 던졌다. 닿지 않았다. 그러나 I자를 다 쓴 오미는 무심코 내 쪽으로 시선을 돌렸다.

"어이!"

오미가 어쩌면 거칠게 대꾸하리라는 걱정을 하면서도 나는 정체를 알 수 없는 열정에 몰려 그렇게 외치자마자 고개턱의 급한 비탈길을 뛰어내려갔다. 그러자 뜻밖에도 힘차고 다정한 외침이 나를 향해 울려왔다.

"야, 글자 밟으면 안 돼!"

분명 그날 아침의 오미는 보통 때와는 다른 것 같았다. 그는 집에 돌아가도 절대로 숙제를 하지 않기 때문에 교과서는 항상 로커에 그대로 팽개쳐두고, 외투 호주머니에 양손을 찔러 넣은 채 등교하고, 멋들어지게 외투를 벗고서 아슬아슬한 시간에 정렬 끄트머리에 붙어서는 것이 보통이었다. 하지만 그날 아침만은 이토록 이른 시간부터 혼자 시간을 때우고 있었을 뿐 아니라, 평소에는 어린애 취급을 하며 상대도 해주지 않던 나를 특유의 친밀함의 표현인 험상궂게 웃는 얼굴로 맞아준 것이다! 그 웃는 얼굴을, 그 싱그러운 하얀 치아를 나는 얼마나 기다려왔던가.

하지만 가까이 다가갈수록 그 웃음이 확실해지자 내 마음은 조금 전에 '어이!' 하고 불렀던 열정도 어딘가로 잊어버린 채, 참을 수 없이 주눅이 들면서 꼭꼭 닫혀버렸다. 어떤 깨달음이 나를 가로막은 것이었다. 그의 웃음이 '들켜버렸다'는 약점을 얼버무리기 위한 웃음이었다는 사실이 나에게, 아니, 내가 그려왔던 그의 영상에 큰 상처를 입혔던 것이다.

나는 눈 위에 그려진 거대한 그의 이름 OMI를 본 순간, 그의 고독을 구석구석까지 거의 무의식적으로 이해했다. 그가 이렇게 아침 일찍 학교에 나온 이유, 그 자신도 자세히는 알지 못할 본질적인 그 동기까지도 이해했다. ―나의 우상이 지금 내 앞에서 마음의 무릎을 꿇고 눈싸움을 하려고 일찍 왔다는 둥의 구차한 변명을 하려 든다면, 나는 그의 잃어버린 자긍심보다 훨씬 더 중요한 것을 내 안에서 잃게 될 터였다. 내 쪽에서 미리 그것을 막아야 한다는 생각에 나는 초조해졌다.

"오늘은 눈싸움 못 하겠다." 마침내 내가 말했다. "눈이 더 내릴 줄 알았는데."

"응."

그는 김이 샜다는 듯한 얼굴을 했다. 그 단단한 턱선은 다시 굳어지고, 나에 대한 모종의 아픈 멸시가 되살아났다. 그의 눈은 나를 어린아이로 여기려는 노력으로 다시금 밉살스럽게 번득였다. 눈 위에 그려진 글자에 대해 내가 전혀 캐묻지 않는 것을 그의 마음 일부가 감사하고 있고, 그런 감사의 마음에 저항하려 애쓰는 그의 고뇌가 나를 매혹시켰다.

"흥, 완전 어린애 같은 장갑을 끼고 있네."

"어른들도 털장갑 껴."

"안됐다. 너는 가죽 장갑 끼는 맛도 모르지? 이거 봐."

오미가 눈에 젖은 가죽 장갑을 갑자기 내 달아오른 뺨에 들이댔다. 나는 흠칫 몸을 피했다. 생생한 육감이 뺨에 타오르고 낙인처럼 흔적을 남겼다. 나는 자신이 참으로 맑은 눈으로 그를 응시하고 있다는 것을 느꼈다.

―이때부터 나는 오미를 사랑했다.

이런 조잡한 말이 허용된다면, 그것은 내가 태어나서 처음 느낀 사랑이었다. 게다가 그것은 명백히 육체적인 욕망과 하나로 이어진 사랑이었다.

나는 여름, 아니 초여름이라도 빨리 와주기를 기다리고 또 기다렸다. 그의 벗은 몸을 볼 기회를 그 계절이 가져다줄 것이다. 나아가 나는 좀더 낯부끄러운 욕망을 마음 깊은 곳에 품고 있었다. 그것은 그의 그 '커다란 것'을 보고 싶다는 욕망이었다.

두 개의 장갑이 내 기억의 전화(電話)에서 혼선을 일으킨다. 이 가죽 장갑과 앞으로 이야기하게 될 행사 때 끼는 흰 장갑, 둘 중의 어느 하나는 기억의 진실이고 다른 하나는 기억의 거짓일 것이다. 그의 험상궂은 얼굴에는 가죽 장갑 쪽이 더 잘 어울릴지도 모른다. 또한 그의 험상궂은 얼굴에는 오히려 흰 장갑 쪽이 더 잘 어울릴지도 모른다.

험상궂은 얼굴이라 해도 그것은 그저 흔해빠진 청년의 얼굴이 아직 어린 소년들 틈에 달랑 혼자 섞여 있는 인상에 지나지 않았다. 체격은 물론 뛰어났지만 키는 우리 중 가장 큰 학생보다도 한참 작았다. 단지 해군사관의 군복 비슷한 우리 학교의 딱딱한 교복은 아직 다 크지 않은 소년의 몸으로는 멋지게 입어낼 수 없었는데, 오미만이 자신의 교복에 충실한 중량감과 일종의 육감을 그 안에 가득 채우고 있었다. 감색 교복 위로 그것이라고 뚜렷이 짐작할 수 있는 어깨며 가슴팍의 근육을 질투와 사랑이 엉긴 시선으로 쳐다본 것은 나 혼자만이 아닐 터였다.

그의 얼굴에는 뭔지 모를 어두운 우월감 같은 것이 늘 떠돌았다. 그것은 아마도 상처 입을수록 더욱더 타오르는 종류의 것이었다. 낙제, 추방…… 그런 비운이 그에게는 좌절한 의욕의 상징처럼 생각되는 모양이었다. 어떤 의욕? 나는 막연히 그의 '악한' 영혼이 부추기는 의욕이 분명코 있으리라 상상했다. 그리고 그 거대한 음모는 자신조차도 아직 충분히 알지 못하는 것임에 틀림없었다.

얼굴은 둥근 편이었다. 거무스름한 뺨에는 불손한 광대뼈가 솟았고 잘생기고 두툼한, 너무 높지 않은 코 밑에 깔끔하게 실로 마감한 듯한 입술과 늠름한 턱이 자리잡은 그 얼굴에서는 온몸에 넘실거리는 피의 흐름이 느껴졌다. 거기 있는 것은 한 벌의 야만스러운 영혼의 의상이었다. 어느 누가 그에게서 '내면'을 기대할 것인가. 그에게 기대할 것은 우리가 먼 과거에 놓아두고 온 알 수 없는 완전성의 모형뿐이었다.

한번은 그가 무슨 변덕이 났는지 내가 우리 나이에 그다지 어울리지 않는 어려운 책을 읽는 것을 보고 구경하러 온 적이 있었다. 나는 대충 애매한 미소로 그 책을 감춰버렸다. 수치심 때문이 아니었다. 그가 서적 따위에 흥미를 갖는 것, 그러다가 어떤 어설픈 구석을 내보이는 것, 그가 자신의 무의식적인 완전성을 싫어하게 되는 것, 그런 갖가지 예측이 나로서는 괴로웠기 때문이다. 이 어부가 이오니아의 고향 땅을 잊어버릴까봐 두려웠던 것이다.

수업중에도, 운동장에서도 끊임없이 그의 모습을 훔쳐보는 동안 나는 그의 완전무결한 환영을 만들어내고 말았다. 기억 속에 있는 그의 영상에서 어떤 결점도 발견해내지 못하는 것은 그 때문이다. 이런 소설풍의 서술에 불가결한 인물의 어떤 특징, 사랑받을 만한 버릇, 인물을 생생히 보여주는 몇몇 결점들, 그런 것을 기억 속의 오미에게서는 하나도 찾아낼 수 없다. 대신 나는 다른 무수히 많은 것을 찾아냈다. 그것은 거기에 있는 무한한 다양성과 미묘한 뉘앙스였다. 즉 나는 그에게서 이런 것들을 찾아냈다. 생명력의 완전함에 대한 정의를, 그의 눈썹을, 그의 이마를, 그의 눈을, 그의 코를, 그의 귀를, 그의 볼을, 그의 광대뼈를, 그의 입술을, 그의 턱을, 그의 목울대를, 그의 목구멍을, 그의 혈색을, 그의 피부색을, 그의 힘을, 그의 가슴을, 그의 손을, 그 밖의 무수한 것들을.

그것을 바탕으로 도태가 이루어지고 일련의 기호(嗜好) 체계가 완성되었다. 내가 지적인 인간을 사랑할 마음이 생기지 않는 것은 그의 탓이었다. 내가 안경을 쓴 동성에게 전혀 마음이 동하지 않는 것은 그의 탓이었다. 내가 힘과 흘러넘치는 피의 인상과 무지와 거친 손놀림과 건방진 말투와 어떠한 이지에도 파먹힌 구석이 없는 육체에 갖춰진 야만스러운 슬픔을 사랑하기 시작한 것은 그의 탓이었다.

─그런데 이 발칙한 기호는 내게 처음부터 윤리적인 불가능성을 품고 있었다. 무릇 육체의 충동만큼 윤리적인 것은 없다. 이지를 통한 이해가 혼입되기 시작하면 나의 욕망은 당장 시들었다. 상대에게서 발견되는 아주 조금의 이지조차도 내게는 이성의 가치 판단을 강요하는 것이었다. 사랑과 같은 상호적인 작용에서는 상대에 대한 요구가 그대로 나 자신에 대한 요구가 되기 때문에, 상대의 무지를 원하는 마음은 일시적이나마 나의 절대적인 '이성에의 모반'을 요구했다. 그것은 어차피 불가능한 일이었다. 그래서 나는 언제까지고 이지의 침범을 당하지 않은 육체의 소유자, 즉 불량배, 잠수부, 병사, 어부 등을

그들과 어떤 말도 나누지 않도록 조심해가면서 열렬한 냉담함으로 멀리서 찬찬히 바라보는 수밖에 없었다. 말이 통하지 않는 열대 야만의 땅이 내가 살기에 적합한 나라였는지도 모른다. 그러고 보니 야만의 땅의 푹푹 찌는 듯한 치열한 여름에 대한 동경이 한참 어릴 때부터 내 안에 있었다⋯⋯

자, 흰 장갑 이야기로 돌아가자.

우리 학교에서는 행사 때면 흰 장갑을 끼고 등교하는 것이 전통이었다. 조개 단추가 손목에서 침울하게 빛나고 손등에는 명상적인 세 줄기 바느질 선이 잡힌 흰 장갑은, 그것을 끼는 것만으로도 의식이 거행되는 강당의 어스레함이며, 끝나고 나서 받는 시오제* 빵과자, 하루가 한가운데서 밝은 소리를 내며 좌절하는 듯한 쾌청한 행사날의 이미지를 떠오르게 했다.

겨울 축제 날, 아마도 기원절**이었을 것이다. 그날 아침에도 오미는 드물게 일찌감치 학교에 나와 있었다.

정렬 시간까지는 아직 한참 남아 있었다. 교사(校舍) 옆에 있는 빙빙 돌리는 통나무 놀이기구에서 1학년을 쫓아내는 것이 2학년들의 냉혹한 즐거움이었다. 빙빙 돌리는 통나무처럼 유치한 놀이는 한껏 경멸하면서도 마음속에서는 아직 그런 놀이에 미련이 남아 있던 2학년

---

* 나라(奈良)의 오래된 양금 빵과잣집. 중국에서 귀화한 임정인(林淨因)이 일본 최초로 이 양금 빵과자를 만들었다고 한다.
** 옛 4대 명절 중 하나. 매년 2월 11일에 궁중에서 의식이 거행되고 국민은 축일로서 이 날을 기렸다. 현재 일본의 건국기념일.

들이, 1학년을 무리하게 쫓아냄으로써 그 놀이를 본심에서가 아니라 그저 심심풀이 삼아 한번 해보는 것이라는 적당한 체면치레의 구실을 얻는 것이었다. 1학년들은 조금 떨어진 곳에 둥그렇게 둘러서서 2학년들의 구경꾼을 의식하는 난폭한 승부를 지켜보았다. 적당히 흔들리는 통나무 위에 두 사람이 올라서서 상대방을 밀어 떨어뜨리는 승부였다.

오미는 마치 피할 수 없는 궁지에 몰린 자객 같은 자세로 통나무 한가운데 두 발을 짚고 끊임없이 새로운 적들에게 시선을 던지고 있었다. 그를 당해낼 동급생은 없었다. 이미 몇 사람이 통나무 위에 뛰어올랐다가 그의 민첩한 손에 나동그라져 아침 해에 반짝이기 시작한 땅바닥의 서릿발을 깔아뭉갰다. 그때마다 오미는 권투선수가 하듯이 양손의 흰 장갑을 이마 앞에서 맞대며 익살스러운 표정을 지었다. 1학년들은 그에게 쫓겨났다는 것도 잊고 갈채를 보냈다.

내 시선은 그의 흰 장갑을 따라갔다. 그것은 예리하게, 또한 기묘하도록 정확하게 움직이고 있었다. 늑대나 그 비슷한 젊은 짐승의 손과도 같았다. 이따금 그 손은 화살 끝의 깃털처럼 겨울 아침 공기를 가르며 적의 옆구리를 내리쳤다. 밑으로 떨어진 상대는 서릿발에 주저앉는 일도 있었다. 후려치는 순간에 기울어지는 몸의 중심을 바로잡으려고, 오미는 엷게 반짝이는 서리가 덮여 자칫 미끄러지기 쉬운 통나무 위에서 이따금 허우적거리는 모습을 보였다. 하지만 그의 유연한 허리 힘이 다시금 그를 자객 같은 자세로 되돌려놓았다.

돌아가는 통나무는 무표정하게, 흐트러짐 없는 파동을 좌우로 전달하고 있었다.

……보고 있는 사이에 문득 나는 불안에 휩싸였다. 도무지 마음이 가라앉지 않는 불가해한 불안이었다. 빙빙 도는 통나무의 흔들림에서 오는 현기증 같았지만 그런 건 아니었다. 말하자면 정신적인 현기증, 나의 내적인 균형이 그의 아슬아슬한 일거일동을 보는 것에 의해 찢기는 불안이었는지도 모른다. 이 현기증 속에는 또 두 가지 힘이 서로 겨루고 있었다. 나 자신을 보호하려는 힘과, 또 하나는 좀더 깊고도 심각하게 나의 내적인 균형을 와해시키려 드는 힘이었다. 뒤의 것은 인간이 때때로 의식하지 못한 채 몸을 내맡기게 되는 저 미묘하고도 은밀한 자살의 충동이었다.

"뭐야, 다들 겁쟁이만 모였구나? 이제 아무도 없냐?"

오미는 통나무 위에서 몸을 가볍게 좌우로 흔들며 흰 장갑 낀 두 손을 허리에 짚고 있었다. 모자에서 도금한 교표가 아침 햇살을 받아 빛났다. 나는 이토록 아름다운 그를 본 적이 없었다.

"내가 할 거야."

나는 자신이 그렇게 말해버리는 순간을, 차츰 커져가는 가슴의 고동으로 정확히 짚어냈다. 내가 욕망에 패하고 마는 순간은 항상 그랬다. 내가 그곳에 나가 통나무에 올라가 서리라는 것이, 나로서는 피하기 힘든 행동이라기보다는 예정된 행동인 것처럼 생각되었다. 한참 뒤에 그것 때문에 나는 나 자신을 '의지적인 인간'이라 착각하기도 했던 것이다.

"관둬라, 관둬. 질 게 뻔하다."

나는 비웃음의 환호를 받으며 통나무 끄트머리로 올라갔다. 올라가다가 발이 미끄러질 뻔하자 모두들 다시금 우우 소리를 질러댔다.

오미는 장난기 가득한 얼굴로 나를 맞았다. 그는 마음껏 익살스러운 짓을 하고 일부러 발이 미끄러지는 시늉을 하기도 했다. 그리고 장갑 낀 손가락 끝을 팔랑팔랑 흔들어 나를 놀렸다. 내 눈에 그것은 자칫하면 나를 찌르고 들 위험한 무기의 뾰족한 끝처럼 보였다.

나의 흰 장갑과 그의 흰 장갑이 몇 차례 맞부딪쳤다. 그때마다 나는 그의 손바닥 힘에 떠밀려 허우적거렸다. 나를 실컷 놀려먹을 생각인지, 패배가 너무 일찍 결정나지 않도록 일부러 힘을 조절하는 기색이 느껴졌다.

"아차, 떨어지겠네, 야, 너 진짜 세구나. 나 이제 졌어, 금방 떨어질 거야. 이거, 이거 봐."

그는 다시 혀를 빼물며 떨어지는 시늉을 해 보였다.

그 장난치는 얼굴을 보는 것이, 그가 자신의 아름다움을 그런 줄도 모르는 채 무너뜨리려 하는 것이 나로서는 견딜 수 없이 괴로운 일이었다. 나는 슬금슬금 뒤로 밀리면서 시선을 떨어뜨렸다. 그 틈새를 그의 오른손이 한방 밀어치고 들어왔다. 떨어지지 않으려고 내 오른손이 반사적으로 그의 오른손을 붙잡고 늘어졌다. 흰 장갑에 정확히 끼워진 손가락의 감촉을 나는 또렷하게 움켜쥐었다.

그 한순간, 나의 눈과 그의 눈이 마주쳤다. 말 그대로 한순간이었다. 그의 얼굴에서 장난스러운 표정이 사라지고 수상쩍을 만큼 진솔한 표정이 넘실거렸다. 적의인지 미움인지 알 수 없는, 그야말로 깨끗하고 강렬한 것이 활시위처럼 팽팽히 당겨져 있었다. 어쩌면 그건 내 지나친 지레짐작이었는지도 모른다. 손끝을 잡아당기는 바람에 몸의 균형을 잃은 순간, 오히려 어이가 없어서 드러난 표정이었는지도 모른다. 하지만 나는 우리 두 사람의 손가락 사이에서 오간 번개 같은 힘겨룸과 함께 그를 응시한 한순간의 시선을 통해, 내가 그를—단지 그만을—사랑하고 있다는 것을 오미가 알아차렸다고 직감했다.

우리 둘은 거의 동시에 통나무에서 굴러떨어졌다.

나는 부축을 받고 땅바닥에서 일어섰다. 나를 일으켜 세워준 것은 오미였다. 그는 내 팔을 거칠게 끌어올리더니 아무 말 없이 내 옷의 흙을 털어주었다. 그의 팔꿈치와 장갑에도 서리가 반짝거리는 흙이 묻어 있었다.

나는 비난하듯이 그를 올려다보았다. 그가 내 팔을 잡은 채 걸음을 옮겼기 때문이다.

우리 학교는 초등학교 시절부터 계속 같은 반으로 올라가기 때문에, 어깨를 걸거나 팔을 끼는 정도의 친밀함은 당연한 것이었다. 때마침 정렬을 알리는 호루라기 소리가 울렸고 아이들은 저마다 비슷한 모습으로 운동장을 향해 걸음을 서둘렀다. 오미가 나와 함께 굴러떨어진 것도 슬슬 지켜보기 싫증 나는 놀이의 끝마무리에 지나지 않았고, 나와 오미가 팔을 끼고 걸어가는 것도 특별히 눈에 띄는 장면은 아닐 터였다.

하지만 그의 팔에 기대 걷는 나의 기쁨은 무상(無上)의 것이었다. 천성적으로 허약한 탓인지 기쁨을 느낄 때면 꼭 불길한 예감이 뒤섞여 따라오곤 했지만, 그의 팔의 단단하고 긴박한 느낌은 내 팔을 통해 온몸으로 퍼져가는 것만 같았다. 세상 끝까지 그렇게 걸어가고 싶다고 나는 생각했다.

하지만 정렬 장소에 이르자 그는 싱겁게 내 팔을 놓고 자기 자리에

줄을 섰다. 그러고는 두 번 다시 내 쪽을 돌아보지 않았다. 식이 진행되는 동안, 나는 내 흰 장갑에 묻은 흙의 얼룩과 네 사람 건너에 서 있는 오미의 흰 장갑에 묻은 흙의 얼룩을 수없이 견주어보았다.

— 이러한 오미에 대한 까닭 모를 경모(傾慕)의 마음에 나는 의식적인 비판도, 물론 도덕적인 비판도 하지 않았다. 의식적인 집중에 들어갈 기미가 보이면 이미 나는 거기에 없었다. 지속과 진행을 보이지 않는 사랑이라는 게 있다면 내 경우가 바로 그랬다. 오미를 바라보는 내 시선은 언제나 '최초의 일별'이었고, 좀더 말하자면 '겁초(劫初)의 일별'이었다. 무의식적인 조작이 여기에 관여하여 내 열다섯 살의 순결을 끊임없이 침식 작용으로부터 지켜내려 하고 있었다.

이것이 사랑이었을까? 일견 순수한 형태를 유지하며 그후에도 수없이 되풀이되었던 이런 종류의 사랑에도 그 나름의 독특한 타락이며 퇴폐가 갖춰져 있었다. 그것은 세상 모든 사랑의 타락보다 좀더 사악한 타락이었고, 퇴폐한 순결은 세상의 온갖 퇴폐 중에서도 가장 질이 나쁜 퇴폐였다.

하지만 오미에 대한 짝사랑, 내 인생에서 최초로 만난 이 사랑에서 나는 참으로 아무런 사심 없는 육욕을 날개 밑에 감춰둔 작은 새라고 해야 할 것이었다. 나를 혼란스럽게 만든 것은 획득의 욕망이 아니라 단지 순수한 '유혹' 그 자체였던 것이다.

적어도 학교에 있는 동안은, 특히 따분한 수업을 받을 때 나는 그의 옆얼굴에서 눈을 떼지 못했다. 사랑이란 누군가를 원하는 것이며 또한 상대도 나를 원하는 것이기도 하다는 사실을 알지 못한 내가 그 이상 어떤 일을 할 수 있었겠는가. 내게 사랑이란 작은 수수께끼 문답을 수수께끼인 채로 서로 묻고 대답하는 것에 지나지 않았다. 나의 경모의 마음은 그것이 어떤 형태로든 보상을 받는 경우는 상상조차 해보지 않았던 것이다.

그리 대단한 감기도 아니었는데 나는 학교를 쉬었고, 마침 그날이 3학년에 올라와 처음 맞는 봄 신체검사 날이라는 것을 그 다음날 학교에 갈 때까지도 깨닫지 못하고 있었다. 나는 검사 날 학교를 결석한 두세 명에 끼어서 함께 의무실로 갔다.

실내로 기어들어온 햇살 속에서 가스 스토브가 있는 듯 없는 듯 푸른 불꽃을 피우고 있었다. 온통 소독약 냄새뿐이었다. 항상 소년들의 벗은 몸이 밀치락달치락하던 신체검사 날 특유의 달콤한 젖을 끓이는 듯한 연한 복숭앗빛 냄새는 어디에도 없었다. 우리 두세 명의 결석자들은 으슬으슬 추워하며 별말 없이 셔츠를 벗었다.

나와 똑같이 항상 감기를 달고 사는 비쩍 마른 소년이 체중계 위에 올라섰다. 솜털이 가득한 초라하고 허여멀건한 등판을 보는 사이에 돌연 어떤 기억이 떠올랐다. 내가 항상 오미의 벗은 몸을 보기를 그토록 강렬하게 희구했었다는 것을. 어리석게도 신체검사라는 이 절호의 기회에 미처 생각이 미치지 못했다는 것을. 이미 그 기회는 지나갔고, 다시금 언제가 될지도 모르는 기회를 기다릴 수밖에 없다는 것을.

나는 파랗게 질렸다. 나의 벗은 몸에 일어난 허연 닭살로 일종의 추위와도 같은 후회를 알아보았다. 나는 멍한 눈길로 내 가느다란 두 팔뚝에 찍힌 비참한 우두 자국을 문질렀다. 이름을 부르는 소리가 들렸다. 체중계가 마치 나의 형 집행시각을 일러주는 교수대처럼 보였다.

"39.5!"

간호병 출신의 조수가 교의(校醫)에게 고했다.

교의는 차트에 '39.5'라고 적어 넣으며 "쯧쯧, 최소한 사십 킬로그램은 되어야지" 하고 혼잣말을 했다.

이런 종류의 굴욕감을 나는 신체검사 때마다 맛보아야 했다. 하지만 그날은 이 말이 조금 마음 편히 들렸던 것은 오미가 가까이에서 나의 굴욕을 목격하지 않았다는 안도감 때문이었다. 이 안도감은 한순간에 기쁨으로까지 성장하였다······

"좋아, 다음!"

조수가 매정하게 내 어깨를 밀쳐내도 나는 다른 때처럼 분노의 눈빛으로 그를 돌아보지 않았다.

하지만 내 최초의 사랑이 어떤 형태로 종말을 고할 것인지, 내가 희미하게나마 예감하지 못했을 리는 없었다. 어쩌면 그런 예감이 몰고 온 불안이 내 쾌락의 핵심이었는지도 모른다.

봄이 끝나가던 어느 하루, 그날은 여름을 위한 맞춤복의 가봉 날 같은 하루였고, 달리 말하자면 여름을 위한 무대의 최종 리허설 같은 하루였다. 진짜 여름이 닥쳤을 때 어떤 실수도 없도록 여름 선발대가 딱 하루 사람들의 옷장 서랍을 조사하러 온 날이었다. 이 검사를 받았다는 표시로 사람들은 그날만은 여름 셔츠를 입고 나오는 것이었다.

그런 반짝 더위에도 불구하고 나는 감기에 걸려 기관지가 망가진 상태였다. 배탈이 난 친구와 함께 체조 시간에 '견학'(체조 수업에 참가하지 않고 보기만 하는 것)을 하기 위해 필요한 진단서를 받으러 의무실로 갔다.

돌아오는 길, 체조장 건물을 향해 우리 둘은 되도록 느릿느릿 걸어갔다. 의무실에 다녀왔다고 하면 지각의 떳떳한 구실이 될 것이고, 그저 구경만 하며 앉아 있는 따분한 체조 시간은 조금이라도 짧은 편이 좋았다.

"아, 덥다."

― 나는 교복 윗도리를 벗었다.

"너, 괜찮아? 감기 걸렸다며? 그러다 체조하라고 하면 어쩌려고?"

나는 당황하며 다시 윗옷을 입었다.

"나는 배탈이니까 괜찮아."

이번에는 그 친구가 보란 듯이 윗옷을 벗었다.

체조장에 가보니 벽에 박힌 못에 재킷이 걸려 있었고 개중에는 와이셔츠까지 있었다. 삼십 명 남짓한 반 아이들이 체조장 건너편 철봉 주위에 모여 있었다. 어두운 실내 체조장에서 내다보니 바깥의 모래밭과 잔디가 있는 철봉 주위는 타는 듯이 밝았다. 나는 자신의 병약함에서 오는, 언제나 품고 있던 열등감에 사로잡혔다. 잔뜩 심통을 부리는 억지 기침을 해가며 나는 철봉 쪽을 향해 걸어갔다.

말라깽이 체조 교사가 내가 내민 진단서는 제대로 들여다보지도 않고 받아 들더니 다른 소리를 해댔다.

"자, 턱걸이 하자. 오미, 시범을 보여줘라."

― 나는 친구들이 슬금슬금 오미의 이름을 부르는 소리를 들었다. 체조 시간이면 그는 곧잘 어딘가로 슬쩍 숨어버리곤 했다. 무엇을 하

는지는 모르지만 그날도 오미는 잎사귀들이 빛을 흔들고 있는 푸른 나무 그늘 쪽에서 그제야 쓰윽 나타났다.

그 모습을 보자 내 가슴은 두근거리기 시작했다. 그는 와이셔츠도 벗어버리고 소매 없는 새하얀 러닝셔츠만 입고 있었다. 가무잡잡한 피부가 셔츠의 순백색을 자극적일 만큼 청결하게 보이게 했다. 그것은 멀리까지 냄새를 풍겨올 것 같은 흰빛이었다. 또렷한 가슴팍의 윤곽과 두 개의 젖꼭지가 이 석고에 양각되어 있었다.

"턱걸이 말입니까?"

그는 무뚝뚝하게, 하지만 자신만만하게 교사에게 물었다.

"응, 그래."

그러자 오미는 멋진 몸의 주인이 곧잘 내보이는 불손하고 짐짓 느리터분한 몸짓으로 모래 위에 천천히 손을 뻗었다. 아래쪽의 축축한 모래를 손바닥에 묻혔다. 그리고 몸을 일으키더니 두 손을 쓱쓱 비비며 머리 위의 철봉으로 시선을 던지는 것이었다. 그 눈빛에는 신을 모독하는 자의 결심이 번뜩이고, 그 위로는 언뜻 그림자를 떨어뜨린 5월의 구름이며 푸른 하늘이 싸늘한 모멸 뒤에 깃들어 있었다. 한 차례의 도약이 그의 몸을 관통했다. 그러자 닻 문신이 잘 어울릴 듯한 두 개의 팔이 순식간에 그 몸을 철봉에 매달았다.

"와아!"

급우들의 탄성이 둔중하게 떠돌았다. 그의 힘찬 철봉 기술에 대한 탄성이 아니라는 것이 우리 모두의 가슴을 쳤다. 그것은 젊음에 대한, 생명에 대한, 우월에 대한 탄성이었다. 그의 겨드랑이에 드러난 풍성한 털이 우리를 놀라게 한 것이었다. 그토록 수많은, 거의 불필요하다고 생각될 정도의, 이른바 울창한 여름 풀숲 같은 털이 거기에 있는 것을 아마 소년들은 처음 보았을 터였다. 털은 여름 잡초가 정원을 모조리 뒤덮고도 성이 차지 않는다는 듯 돌계단에까지 자라나는 것처럼, 오미의 깊게 팬 겨드랑이 밖으로 넘쳐나 가슴 양쪽까지 무성하게 우거져 있었다. 이 두 개의 검은 풀덤불은 햇빛을 받아 반들반들 빛나며 뜻밖에 하얀 그 주변의 살갗을 흰 모래사장처럼 투명하게 드러냈다.

두 팔이 팽팽하게 부풀고 어깨 근육이 여름 구름처럼 피어오르자, 그의 겨드랑이 풀덤불은 어두운 그림자 속으로 접혀 들어가 사라지고 가슴이 높직이 철봉과 스치며 미묘하게 떨렸다. 그렇게 턱걸이가 거듭되었다.

생명력, 단지 생명력의 무익한 엄청남이 소년들을 압도하고 굴복시킨 것이다. 생명 속에 내재된 어떤 과도한 느낌, 폭력적인, 완전히 생명 그 자체를 위한 것이라고밖에 설명할 수 없는 무목적의 느낌, 이 일종의 불쾌하고도 낯선 충일이 그들을 압도했다. 하나의 생명이 그 자신도 알지 못하는 사이에 오미의 육체에 숨어들어, 그를 점령하고 그를 찢어발기고 그로부터 넘쳐나서 호시탐탐 그를 능가하려 하고 있었다. 생명이라는 것은 그런 점에서 질병과도 비슷했다. 거친 생명에 파먹힌 그의 육체는 오직 전염을 두려워하지 않는 미친 듯한 헌신을 위해 이 세상에 자리잡은 존재였다. 전염을 두려워하는 사람들의 눈에 그의 육체는 일종의 비난으로 비칠 터였다. ─소년들은 주춤주춤 뒤로 물러섰다.

나 역시 마찬가지였지만 조금 달랐다. 나는 (얼굴을 붉히기에 충분한 일이지만) 그의 엄청난 생명력을 본 순간부터 erectio*가 일어나고 있었다. 춘추복 바지였기 때문에 혹시 남들이 알아보지 않을까 걱정스러웠다. 그런 불안이 아니더라도 아무튼 그때 내 마음을 점령한 것은 순진무구한 환희만은 아니었다. 내가 보고 싶어 하던 것이 바로 이것이었을 텐데 그것을 본 충격이 도리어 생각지도 못한, 전혀 다른 종류의 감정을 발굴해낸 것이었다.

그것은 질투였다—
무슨 숭고한 작업을 마침내 완수해낸 사람처럼 오미의 몸이 모래밭에 털썩 내려서는 소리를 나는 들었다. 나는 눈을 감고 고개를 저었다. 그것으로 내가 이제 오미를 사랑하지 않는다는 것을 나 자신에게 들려주었다.

그것은 질투였다. 그 때문에 오미에 대한 사랑을 나 스스로 포기하게 만들 만큼 강렬한 질투였다.
아마도 그 일은 그즈음부터 내게 싹트기 시작한 자아의 스파르타식 훈련법의 요구와도 관련이 있었을 것이다(이 책을 쓰는 것 자체가 이미 그런 요구의 한 발현이다). 유년 시절의 병약함과 익애(溺愛) 덕분에 남의 얼굴을 똑바로 쳐다보는 것조차 두려워하던 나는 그즈음부터 '강해지지 않으면 안 된다'는 한 가지 격률(格率)에 들씌워져 있었다. 나는 그를 위한 훈련을 학교로 오고 가는 전차 안에서 누구건 가릴 것 없이 승객의 얼굴을 지그시 노려보는 데서 찾아냈다. 대부분의 승객

---
* 라틴어로 발기(勃起).

은 허약해 보이는 창백한 소년이 잔뜩 노려보는 시선에 별반 무서워 할 것도 없이 귀찮다는 듯 얼굴을 돌려버렸다. 마주 노려보는 사람은 거의 없었다. 상대방이 얼굴을 돌리면 나는 이겼다고 생각했다. 이렇게 해서 나는 점차 사람 얼굴을 똑바로 바라볼 수 있게 되었다……

─사랑을 포기했다고 믿었던 나는 일단은 내 사랑이라는 것을 잊을 수 있었다. 이는 참으로 아둔한 짓이었다. 사랑의, 그보다 더할 수 없이 명백한 징표인 erectio에 대해 나는 깜빡 잊고 있었다. erectio는 실로 오랜 기간에 걸쳐 자각 없이 일어났고, 혼자 있을 때는 그것이 재촉하는 '악습'도 실로 오랜 기간에 걸쳐 자각 없이 이어지고 있었다. 성에 대해서는 이미 남 못지않은 지식을 가졌으면서도 나는 아직 차별감에 대해 고민하지 않았다.

그렇다고 나 자신의 상궤를 벗어난 욕망을 정상적인 것, 정통적인 것으로 믿었다는 말은 아니다. 친구들 모두가 나와 똑같은 욕망을 품고 있다고 잘못 생각하지도 않았다. 어이없게도 나는 낭만적인 소설을 너무 탐독한 나머지 마치 세상 물정 모르는 소녀처럼 남녀의 사랑이나 결혼에 갖가지 고상한 꿈을 걸고 있었던 것이다. 오미에 대한 사랑을 내팽개치듯이 수수께끼의 먼지 구덩이에 던져버리고 그 의미를 깊이 따져보려고 하지도 않았다. 그때는 지금 내가 '사랑'이니 '연애'라고 쓰는 그것들은 전혀 감지하지 못했었다. 나는 나 자신의 그러한 욕망과 내 '인생' 사이에 중대한 관련이 있으리라고는 꿈에도 생각지 못했다.

그런데도 불구하고 직감은 나의 고독을 요구했다. 그것은 이유를 알 수 없는 이상한 불안─유년 시절부터 이미 어른이 되는 데 대한 불안이 짙게 깔려 있었다는 사실은 앞에서도 말했지만—의 모습으로 나타났다. 내가 자란다는 것을 느끼면 언제나 이상하게 예리한 불안이 함께 따라왔다. 키가 쑥쑥 커서 해마다 바지 길이를 늘려야 하기 때문에 가봉 때 바짓단을 넉넉히 접어두던 그 시절, 어떤 집에서나 그렇듯이 나는 집 안 기둥에 내 키를 연필로 표시해나갔다. 그 작은 행사는 거실의 식구들 앞에서 치러졌고 내 키가 자랄 때마다 식구들은 나를 놀리기도 하고 마냥 좋아하기도 했다. 나는 억지로 웃는 얼굴을 지었다. 그러나 내가 어른처럼 키가 클 것이라는 상상에는 반드시 뭔가 무서운 위기의 예감이 따랐다. 미래에 대한 나의 막연한 불안은, 한편으로는 현실을 벗어나는 몽상의 능력을 키움과 동시에 나를 그 몽상으로 달아날 수 있게 해주는 '악습'으로 몰아세웠다. 불안이 그것을 시인해주었다.

"너는 분명 스무 살이 되기 전에 죽을 거야."

친구들은 나의 허약함을 그렇게 비웃었다.

"야, 지독한 소리도 다 한다."

나는 쓴웃음으로 얼굴이 굳어지면서 기묘하게 달콤하고 감상적인 혹닉(惑溺)을 이 예언에서 건져올렸다.

"내기할까?"

"그렇다면 나는 사는 쪽에 걸 수밖에 없겠지?" 하고 나는 대답했다. "너는 내가 죽는 쪽에 걸 테니까."

"그러네. 안됐지만, 네가 질 거야."

친구는 소년다운 잔혹함을 담아 그렇게 다시 말했다.

나만 그런 게 아니라 같은 학년의 급우들 모두 마찬가지였지만, 우리의 겨드랑이에는 오미의 그것처럼 왕성한 무엇은 아직 보이지 않았다. 어린 싹 같은 것이 슬쩍 내비치는 데 지나지 않았다. 따라서 그때까지 나도 거기에 그리 특별한 주의를 기울이지 않았다. 무성한 숲 덤불을 고정관념으로 만든 것은 명백히 오미의 겨드랑이였다.

목욕을 할 때 나는 오랫동안 거울 앞에 서 있었다. 거울은 내 벗은 몸을 무뚝뚝하게 보여주었다. 나는 마치 나중에 자라면 백조가 될 거라고 믿는 새끼오리와도 같았다. 이것은 그 영웅적인 동화의 주제와는 완전히 반대였다. 내 어깨가 언젠가는 오미의 어깨를 닮고 내 가슴이 언젠가 오미의 가슴과 비슷해지리라는 기대를, 눈앞의 거울이 보여주는 아무리 해도 닮을 길 없는 내 가녀린 어깨와 얄팍한 가슴에서 억지로 찾아보는 동안에, 엷은 얼음장 같은 불안은 여전히 내 마음 곳곳으로 번져나갔다. 그것은 불안이라기보다 일종의 자학적인 확신, '나는 절대로 오미를 닮을 수 없다'는 신탁과도 같은 확신이었다.

겐로쿠* 시절의 우키요에 판화에는 서로 사랑하는 남녀의 얼굴이 놀랄 만큼 닮게 그려져 있는 경우가 많다. 그리스 조각에서 표방하는 미의 보편적인 이상도 서로 닮은 남녀에게로 향했다. 여기에 사랑의 비밀스러운 의미가 담겨 있는 게 아닐까. 사랑의 아주 깊은 내면에는 한 치의 다름도 없이 상대를 닮고 싶다는 불가능한 열망이 흐르는 게 아닐까. 이 열망이 인간을 몰아세워서, 절대로 불가능한 것을 반대의 극점으로부터 가능하게 만들려고 무익한 몸부림을 치는 저 비극적인

---

* 에도 막부 제5대 쇼군 쓰나요시 치하의 연호. 1688~1704.

이반(離反)으로 인도하는 게 아닐까. 즉 서로 사랑한다는 것이 완벽하게 서로 닮는 것이 되지 못한다면, 차라리 서로 조금도 닮지 않으려고 애쓰는 그러한 이반을 그대로 환심을 사는 데 이용하려는 심리적 시스템이 있는 게 아닐까. 더구나 서글프게도 서로 닮는 것은 한순간의 환영인 채로 끝나버린다. 왜냐하면 사랑하는 소녀는 과감해지고 사랑하는 소년은 내성적이 된다고 해도, 그들은 서로 닮으려고 애쓰다가 언젠가는 서로의 존재를 건너뛰어 저 너머로, 이미 대상도 없는 저 너머로 떠나가는 수밖에 없기 때문이다.

내가 그것 때문에 사랑을 포기했다고 스스로를 타이를 만큼 강렬했던 질투는, 위와 같은 비밀스러운 의미에 비춰보면 역시 또 다른 사랑이었던 것이다. 나는 나 자신의 겨드랑이에 천천히, 조심스럽게, 아주 조금씩 싹트고 자라고 거뭇거뭇해져가는 '오미와 꼭 닮은 것'을 사랑하기에 이르렀다……

여름방학이 찾아왔다. 내게 그것은 오래도록 기다렸으나 막상 닥치고 보니 어떻게 처리해야 좋을지 모를 막간(幕間)이었고, 몹시 가고 싶었으면서도 막상 가보니 어쩐지 마음이 불편한 파티였다.

가벼운 소아결핵을 앓던 때부터 의사는 내가 강렬한 자외선을 쬐는 것을 금했다. 바닷가의 직사광선에 삼십 분 이상 몸을 드러내는 일은 특히 금물이었다. 이 금제는 깨질 때마다 즉각적인 발열로 내게 보복을 가했다. 학교 수영 연습에도 참여할 수 없었던 나는 지금까지도 헤엄을 칠 줄 모른다. 후년에 나의 내부에서 집요하게 자라나 틈만 나면 나를 뒤흔들던 '바다의 매혹'과 연결지어 생각해보면, 내가 헤엄칠

줄 모른다는 사실은 퍽 암시적이다.

하지만 그즈음의 나는 아직 바다의 저항하기 어려운 유혹을 만나지 못했고, 그저 하나에서 열까지 나에게는 적합하지 않은 여름이라는 계절, 게다가 까닭을 알 수 없는 동경이 나를 들뜨게 하는 여름이라는 계절을 어떻게든 무료하지 않게 지내보려고 어머니며 동생들과 A해안에서 그 여름을 보냈다.

……문득 정신을 차리자 나는 바위 위에 홀로 남겨져 있었다.
조금 전까지 나는 동생들과 해변을 따라 작은 물고기들이 번뜩이는 바위 틈새를 뒤적이며 이 바위 터까지 왔었다. 생각했던 만큼 물고기들이 눈에 띄지 않자 어린 동생들은 슬슬 지겨워하기 시작했다. 그런 참에 하녀가 내려와 어머니가 계신 모래밭 파라솔 밑으로 우리를 데려가려 했고, 신경질적인 얼굴로 동행을 거절한 나를 놔두고 동생들만 데려갔던 것이다.
여름 한낮의 태양이 바다 표면에 끊임없이 따귀를 내리치고 있었다. 해안 전체가 하나의 거대한 현기증이었다. 바다 끝에는 저 여름 구름이 웅장하고 위대한, 슬픔에 잠기게 하는 예언자와도 같은 모습을 반쯤 바다에 담근 채 묵묵히 머물러 있었다. 구름의 근육은 설화석고처럼 창백했다.
모래사장 쪽에서 나아간 두세 척의 요트며 작은 배, 몇 척의 어선이 먼 바다에서 망설이듯 오락가락하고, 인기척이라고는 그 배에 탄 사람들 외에는 아무도 없었다. 정교하고도 치밀한 침묵이 이 모든 것들을 덮고 있었다. 바다의 미풍이 미묘한, 무언가 깊은 속내가 있는 비밀을 알려주려는 듯한 얼굴로 쾌활한 곤충처럼 보이지 않는 날갯짓을 내 귓가에 전해주러 오곤 했다. 이 근처 해안은 바다 쪽으로 기울어진 평평하고 유순한 바위로 이루어져 있어서 내가 걸터앉은 곳처럼 험악한 바위는 두서너 개 정도였다.

 파도는 처음에 불안한 초록빛 주머니 모양으로 먼 바다 쪽에서 바다 표면을 미끄러져 들어왔다. 바다로 툭 튀어나간 나지막한 바위들은 구원을 요청하는 하얀 손 같은 비말을 높직하게 치켜들어 그것을 가로막으면서도, 그 깊은 충일감에 온몸을 담그며 결박에서 풀려나 둥둥 자유로이 떠다니기를 꿈꾸는 것처럼 보였다. 하지만 초록빛 주머니는 순식간에 바위들을 내팽개쳐두고 떠나갔다가 다시 똑같은 속도로 해변을 향해 미끄러져 들어오는 것이었다. 이윽고 무언가가 이 초록빛 옷감 속에서 잠이 깨어 부스스 일어섰다. 물결도 덩달아 거칠어져서 바닷가에 내리치는 거대한 바다 도끼의 날카롭게 벼려진 칼날을 남김없이 우리 앞에 드러냈다. 이 짙푸른 기요틴은 하얀 피의 물보라를 일으키며 떨어졌다. 그러면 잘려나간 파도의 머리를 뒤쫓아 소용돌이치며 떨어지는 한순간의 파도의 등덜미가 최후의 비명을 지르는 사람의 눈동자에 떠오르는 지순한 푸른 하늘을, 이 세상 것이 아닌 그 청색을 비춰내는 것이었다. ─이윽고 바닷물 사이로 드러나는 침식당한 평평한 바위들은 파도의 습격을 받은 순간에야 하얗게 일어서는 거품 속에 몸을 감추었지만 그 여파가 물러가는 참에는 찬란하게 빛을 냈다. 눈부신 빛에 소라게가 비틀거리고 게는 꼼짝달싹 못한 채 찰싹 달라붙어 있는 것을 나는 바위 위에서 내려다보았다.

 고독감이 즉각 오미에 대한 회상과 뒤섞였다. 그것은 이런 식이었다. 오미의 생명력 넘치는 고독, 생명이 그를 꽁꽁 얽어매고 있는 데서 생성되는 고독, 그러한 것에의 동경심이 나로 하여금 그의 고독을 닮고자 원하기 시작했고, 지금 약간 외면적으로 오미의 그것과 비슷한 나의 고독, 바다의 횡일(橫溢)을 마주하고 있는 이 허무한 고독을 그를 모방한 방법으로 마음껏 누리고 싶은 마음이 들게 하였다. 나는 오미와 나, 일인이역을 연기하는 것이었다. 이 연기를 위해서는 조금이나마 그와의 공통점을 찾아내야 했다. 그렇게 되면 오미 자신은 아마도 무의식에 품고 있는 것에 지나지 않을 그의 고독을, 내가 그가 되어서, 마치 그 고독이 쾌락으로 가득한 것이라도 되는 양 의식적으로 휘두를 수 있고, 오미를 보고 내가 느끼는 쾌감을 이윽고 오미 자신이 느낄 쾌감으로 만드는 공상의 성취에까지 도달할 수 있을 터였다.

성 세바스티아누스의 그림에 매혹당한 이래로 나는 벌거숭이가 될 때마다 저도 모르게 두 손을 머리 위에서 교차시켜보는 버릇이 생겼다. 그러나 나의 육체는 가늘었고 세바스티아누스의 풍성함과 기려(綺麗)함이란 그림자조차 찾아볼 수 없었다. 그때도 나는 무심코 그렇게 해보았다. 그러자 내 시선이 겨드랑이로 향했다. 불가해한 정욕이 솟구쳐올랐다.

— 여름이 찾아오면서 나의 겨드랑이에는, 애초부터 오미의 그것에는 미칠 수 없지만 검은 풀덤불이 움텄다. 이것이 오미와의 공통점이었다. 이 정욕에는 분명하게 오미가 참여하고 있었다. 그러면서도 내 정욕이 역시 오미의 것이 아닌 내 겨드랑이에 쏠렸다는 사실은 부정할 수 없었다. 그때 나의 콧구멍을 간질이던 바닷바람과, 나의 벗은 어깨며 가슴을 얼얼하게 쪼이던 여름의 거센 햇빛과, 어디에도 인기

척이 없다는 그 사실이 서로 어우러지고 서로를 격려하며 푸른 하늘 아래에서의 최초의 '악습'으로 나를 몰아간 것이다. 나는 그 대상을 자신의 겨드랑이로 선택하였다.
……기묘한 서글픔에 나는 몸을 떨었다. 고독은 태양처럼 나를 태웠다. 감색 반바지가 내 배에 불쾌하게 달라붙었다. 나는 천천히 바위에서 내려와 둔치에 발을 담갔다. 뒤에 남은 파도가 내 발을 허옇게 죽은 조개껍데기처럼 보이게 했고, 바다 밑에는 조개껍데기를 촘촘히 박아 넣은 넓적한 바위가 파문에 흔들리며 생생하게 들여다보였다. 나는 물속에 무릎을 꿇었다. 그리고 그 순간 부서진 파도가 거세게 부르짖으며 밀려와 나의 가슴에 부딪히고, 물보라로 나를 휘감으려 하는 그대로 나는 몸을 내맡겼다.
— 파도가 물러났을 때, 나의 탁한 더러움은 씻겨 있었다. 내 무수한 정충은 밀려가는 파도와 함께, 그 파도 안의 수많은 미생물, 수많은 해초의 씨앗, 수많은 어란 따위의 모든 생명과 함께 물보라 일렁이는 바다로 휩쓸려 사라져갔다.

가을이 오고 새 학기가 시작되었을 때 오미는 없었다. 퇴학 처분이라는 알림장이 게시판에 나붙었다.
그러자 독재자가 죽은 뒤의 백성들처럼 반 아이들 모두가 그의 악행을 마구 떠벌리기 시작했다. 그에게 십 엔을 빌려주고 돌려받지 못한 일, 그가 웃으면서 외제 만년필을 강탈해간 일, 그에게 목을 졸린 일…… 그러한 악행을 반 아이들 모두 빠짐없이 당한 모양인데도 나만 그의 악에 대해 전혀 모른다는 것이 나를 미칠 듯한 질투심으로 몰아녛었다. 그러나 나의 절망은 그의 퇴학 사유에 확실한 정설이 없다는 것에서 약간의 위로를 받았다. 어떤 학교에나 있는 발 빠른 소식통 아이도 오미의 퇴학에 대해서만은 모두가 믿을 만한 확실한 근거를 대지 못했다. 선생님까지도 빙글빙글 웃으며 그저 '못된 짓'을 했기 때문이라고만 말했다.

나에게는 그의 악에 대한 일종의 신비한 확신이 있었다. 오미는 자신조차도 아직 완전히 알지 못하는 어떤 거대한 음모에 가담했음이 틀림없었다. 오미의 '악'의 영혼이 부추기는 의욕이야말로 그가 사는 보람이며 그의 운명이었다. 적어도 나는 그렇게 생각했다.

……그러자 이 '악'의 의미는 나의 내부에서 변용되어갔다. 악이 부추긴 거대한 음모, 복잡한 조직의 비밀 결사, 그 일사불란한 지하전술은 알려져서는 안 될 어떤 신을 위한 것이어야 했다. 그는 그 신께 봉사하고 사람들을 개종시키려 했으나 누군가의 밀고에 의해 쥐도 새도 모르게 살해된 것이다. 그는 어스름 저녁에 벌거벗겨진 채 언덕의 잡목 숲으로 끌려갔을 터였다. 거기에서 그는 두 손을 나무 높직이 묶였고 최초의 화살은 그의 옆구리를, 그리고 두번째 화살은 그의 겨드랑이를 꿰뚫었을 터였다.

나의 생각은 계속해서 전진했다. 그렇게 생각하고 보니 그가 턱걸이를 하기 위해 철봉에 매달렸던 모습은 다른 그 어떤 몸짓보다도 성 세바스티아누스를 떠올리기에 적합했던 것이다.

*

중학교 4학년 때 나는 빈혈증을 일으켰다. 얼굴빛은 점점 더 창백해지고 손은 풀빛이었다. 높은 계단을 오른 다음이면 한동안 주저앉아 있어야 했다. 하얀 안개 같은 소용돌이가 후두부에서 빙빙 돌며 내려와 그곳에 구멍을 뚫고 나를 아득하게 혼절시키곤 했기 때문이다.

가정부가 나를 의사에게 데려갔다. 의사는 빈혈증이라는 진단을 내렸다. 평소 친하게 지내며 재미있는 성격의 그는 가정부가 빈혈증에 대해 물어보자, 그러면 책을 보면서 설명을 해드리지, 라고 했다. 진찰을 마친 나는 의사 곁에 있었다. 가정부는 의사와 마주 보는 곳에 앉았다. 의사가 보는 책의 내용을 나는 훔쳐볼 수 있었지만 가정부에게는 보이지 않았다.

"······아, 그러니까 다음은 병의 원인이군요. 그러니까 이 증상의 원인이 뭐냐는 거지요. 십이지장충, 대개 이게 원인이 되는 일이 많아요. 이 댁 도련님도 이 때문인지도 모릅니다. 변 검사를 해볼 필요가 있겠어요. 음, 그리고 위황병, 이건 드물어요. 게다가 이건 여자만 걸리는 병이죠······"

거기서 의사는 증상의 원인 한 가지를 그냥 지나쳤고, 그 뒤부터는 입 속으로 중얼중얼하더니 그냥 책을 덮어버렸다. 하지만 나는 그가 넘어간 부분을 읽을 수 있었다. 그것은 '수음'이었다. 나는 수치감으로 가슴의 고동이 빨라지는 것을 느꼈다. 의사는 벌써 알아차리고 있었던 것이다.

비소제(砒素劑) 주사 처방이 내려졌다. 이 독의 조혈작용이 한 달여 만에 나를 낫게 해주었다.
 그러나 누가 알았으랴. 내 피의 결핍이 다름 아닌 피의 욕구와 기이한 상관관계를 갖고 있었다는 사실을.
 태어나면서부터 부족한 피는 내게 유혈을 꿈꾸는 충동을 심어주었다. 그런데 그 충동이 나의 몸에서 다시금 피를 잃게 하고, 그래서 나는 점점 더 피를 원하기에 이르렀다. 몸을 깎는 이 몽상의 생활은 나의 상상력을 단련시키고 연마시켰다. 아직 사드 후작의 작품은 몰랐지만, 내 나름대로 쿠오바디스의 콜로세움에 대한 묘사에서 감명을 받고 나는 나의 살인극장에 대한 구상을 세웠다. 거기에서는 단지 위안을 얻기 위해 젊은 로마의 역사(力士)가 생명을 제공했다. 그 죽음은 피가 철철 흐르고 또한 번듯한 의식을 갖춘 것이어야 했다. 나는 갖가지 형식의 사형과 형벌 도구에 깊은 흥미를 가졌다. 고문 도구, 교수대 같은 것은 피를 볼 수 없기 때문에 우선 제외했다. 피스톨이나 대포처럼 화약을 쓰는 흉기도 그리 마음에 들지 않았다. 될수록 원시적이고도 야만적인 것, 화살이나 단도, 창 같은 것들이 선택되었다. 길고 긴 고뇌를 위해 복수라는 스토리가 짜였다. 희생자는 길고 쓸쓸하고 참혹하고, 말로 할 수 없는 존재의 고독을 느끼게 하는 절규를 올려야만 했다. 그러면 내 생명의 환희가 저 깊은 곳으로부터 타오르고, 마지막에는 똑같은 비명을 질러 이 비명에 응답하는 것이었다. 이것은 그대로 저 고대인들이 느꼈던 수렵의 환희가 아닐까.
 그리스 병사, 아라비아의 백인 노예, 만족(蠻族)의 왕자, 호텔의 엘리베이터 보이, 급사, 깡패, 사관, 서커스의 젊은이 등이 내 공상의 흉기에 참살되었다. 나는 사랑하는 자를 죽여버리는 만족의 겁탈자와도 같았다. 땅에 쓰러져 아직 꿈틀꿈틀 움직이는 그들의 입술에 나는 키스했다. 레일의 한쪽에는 형틀이 고정되고 다른 한쪽에는 짧은 칼 수십 개가 사람의 형태로 빽빽이 꽂힌 두툼한 관이 준비되었다. 두툼한 칼판이 무서운 속력으로 레일을 미끄러져 달려와 희생자에게 그대로 박혀버리는 이 형구는, 문득 떠오른 암시를 통해 내가 발명한 것이었다. 사형 공장에서 인간을 꿰뚫는 이 선반은 쉼 없이 운전하고 피의 주스에는 단맛이 가미되어 병에 담겨 발매되었다. 수많은 희생자가 손을 뒤로 결박당한 채 줄줄이 이 중학생의 머릿속 콜로세움으로 끌려온 것이다.

자극은 점점 강해져서 인간이 할 수 있는 최악의 것으로 여겨지는 공상에 도달하였다. 이 공상의 희생자는 나와 같은 반 친구이며 수영을 잘하는, 눈에 띄게 체격이 좋은 아이였다.

장소는 지하실이었다. 비밀 연회가 열리는 그곳에 순백의 테이블클로스에는 우아한 촛대가 빛나고 은제 나이프며 포크가 그릇 좌우에 나란히 놓였다. 카네이션 꽃바구니도 있었다. 단지 묘한 것은 식탁 중앙의 빈 공간이 너무 넓다는 것이었다. 굉장히 큰 접시가 나중에 그곳으로 날라져올 것임에 틀림없었다.

"아직 멀었나?"

연회에 참석한 한 사람이 내게 물었다. 어두워서 얼굴은 보이지 않지만 근엄한 노인의 목소리였다. 그러고 보니 연회에 참석한 자들의 얼굴은 어둠에 묻혀 아무도 보이지 않았다. 단지 등불 아래 내밀어진 하얀 손들이 반짝이는 은제 나이프며 포크를 놀리고 있을 뿐이었다. 모두가 끊임없이 낮은 소리로 지껄여대는 듯한, 그러면서도 한 사람의 소리 같은 웅얼거림이 떠돌고 있었다. 때때로 의자가 삐거덕거리는 것 외에는 다른 특별한 소리가 들리지 않는 음울한 연회였다.

"이제 슬슬 나올 겁니다."

내가 대답했지만 어두운 침묵만 돌아왔다. 내 대답에 모두가 불쾌해진 듯한 기척이 느껴졌다.

"좀 살펴보고 올까요?"

나는 일어서서 조리실 문을 열었다. 조리실 한 귀퉁이에는 지상으로 나가는 돌계단이 있었다.

"아직 멀었는가?"

나는 요리사에게 물었다.

"웬걸요, 잠깐이면 됩니다."

요리사도 기분이 좋지 않은 듯 채소 같은 것을 썰면서 눈을 내리깐 채로 대답했다. 두 자쯤 되는 커다랗고 두꺼운 나무판 조리대 위에는 아무것도 없었다.

돌계단 위에서 웃는 소리가 굴러 내려왔다. 바라보니 또 한 사람의 요리사가 나와 동급생인 그 늠름한 소년의 손을 잡고 내려오고 있었다. 소년은 보통의 긴 바지에 가슴을 풀어헤친 감색 폴로셔츠를 입고 있었다.

"아, B구나."

나는 무심히 그에게 말을 걸었다. 돌계단을 다 내려오자 그는 호주머니에 양손을 찌른 채 나를 향해 짓궂게 웃어 보였다. 돌연 요리사가 뒤에서 달려들어 소년의 목을 졸랐다. 소년은 거세게 저항했다.

"……저게 유도 기술이던가? ……그래, 유도 기술이군. ……저게

이름이 뭐더라? ……그래, ……목을 조이고 ……진짜로는 죽지 않는 거야. ……그냥 기절하는 것뿐이야……'

나는 그렇게 생각하면서 이 참혹한 격투를 보고 있었다. 소년이 요리사의 건장한 가슴팍 안에서 갑자기 덜컥 목을 떨어뜨렸다. 요리사는 태연히 그를 들어올려 조리대 위에 놓았다. 그러자 또 한 사람의 요리사가 다가와 사무적인 손놀림으로 그의 폴로셔츠를 벗기고 손목시계를 풀고 바지를 벗겨 완전히 나체로 만들었다. 소년은 가볍게 입을 벌리고 천장을 보며 누워 있었다. 그 입에 나는 기나긴 키스를 했다.

"반듯하게 놓을까요, 엎어놓을까요?"

요리사가 내게 물었다.

"반듯한 게 좋겠지."

그러는 편이 호박빛 방패 같은 가슴팍을 바라볼 수 있기 때문에 나는 그렇게 대답했다. 또 다른 요리사가 사람 크기쯤 되는 커다란 서양식 접시를 찬장에서 꺼내 왔다. 양쪽 가장자리에 다섯 개씩 모두 열 개의 작은 구멍이 뚫린 묘한 접시였다.

"영차."

두 명의 요리사가 정신을 잃은 소년을 접시에 똑바로 눕혔다. 요리사는 즐거운 듯이 휘파람을 불며 양편에서 가느다란 끈을 접시의 구멍에 넣어 소년의 몸을 꽁꽁 묶었다. 그 재빠른 손놀림은 그가 얼마나 숙련되었는지를 보여주었다. 커다란 샐러드 잎이 나체의 둘레에 아름답게 놓였다. 특대 사이즈의 철제 나이프와 포크가 접시에 곁들여졌다.

"영차."

두 요리사가 접시를 어깨 위에 걸머맸다. 나는 식당의 문을 열었다.

호의 넘치는 침묵이 나를 맞아들였다. 등불로 하얗게 빛나는 식탁의 빈 공간에 접시가 놓였다. 나는 내 자리로 돌아와 큰 접시의 한쪽에서 특대 나이프와 포크를 집어들었다.
"어디부터 손을 댈까요?"
대답 대신 수많은 얼굴이 접시 주변으로 다가오는 기척이 느껴졌다.
"이곳이 자르기 좋겠지요."
나는 심장에 포크를 찔렀다. 피의 분수가 내 얼굴에 똑바로 닿았다. 나는 오른손에 쥔 나이프로 가슴살을 천천히, 좀더 얇게, 잘라냈다……

빈혈이 치유된 다음에도 나의 악습은 점점 더 심해졌다. 기하 시간에 나는 교사들 중에서 가장 젊은 기하 교사 A의 얼굴을 한없이 바라보았다. 수영 선생을 한 적도 있다는 그는 바닷가의 햇볕에 그을린 얼굴과 어부와도 같은 굵은 목소리를 가지고 있었다. 겨울이라 나는 바지주머니에 한 손을 넣은 채 칠판 글씨를 노트에 옮겨 적고 있었다. 이윽고 나의 눈은 노트에서 벗어나 A의 모습을 무의식적으로 좇았다. A는 젊음이 넘치는 음성으로 어려운 기하 문제를 되풀이해 설명하면서 교단을 오르락내리락했다.
관능의 괴로움이 이미 나의 행동 하나하나를 잠식하고 있었다. 어느 틈엔가 젊은 교사는 내 눈 앞에 환상의 헤라클레스 나상(裸像)으로 나타났다. 그가 왼손에 든 칠판닦이로 칠판을 지우며 오른손에 든 분필로 방정식을 써내려가면, 나는 그의 등에 생기는 옷의 주름으로부터 〈활을 당기는 헤라클레스〉*의 꿈틀거리는 근육을 보았다. 나는 결국 수업 시간 중에 악습을 범했다.

─나는 멍해진 얼굴을 숙이고 쉬는 시간에 운동장으로 나왔다. 나의 ─이 또한 짝사랑의, 그리고 낙제생인 ─ 연인이 다가와 물었다.

"야, 너 어제 가타쿠라 집에 문상 갔었지? 어떻던?"

가타쿠라는 엊그제 장례식을 치른, 결핵으로 죽은 선한 소년이었다. 그 주검의 얼굴이 영락없이 악마 같더라는 어떤 친구의 말을 듣고서 나는 그가 이미 뼈가 되었을 즈음을 노려 문상을 갔던 것이다.

"그저 그랬어. 벌써 뼈가 됐는데, 뭘."

나는 무심코 그렇게 대답하다가 문득 그의 비위를 맞춰줄 전언을 떠올렸다.

"아 참, 가타쿠라 어머니가 너한테 안부 전해달라고 하시더라. 이제 적적해질 테니 꼭 놀러 오라고 하셨어."

"너, 나 놀렸어?"

나는 갑작스러운, 그러나 따스함이 담긴 힘에 가슴을 떠밀리는 바람에 깜짝 놀랐다. 내 연인의 볼은 아직 소년다운 부끄러움으로 잔뜩 붉어져 있었다. 그의 눈이 나를 같은 종족으로 대우해주겠다는 듯한, 나로서는 그리 익숙하지 않은 다정함으로 반짝이는 것을 나는 보았다. "이 엉큼한 놈"이라고 그는 다시 말했고 "너도 사람 다 버렸구나. 의미심장하게 웃을 줄도 알고" 하고 덧붙였다.

─나는 한참 동안 무슨 소리인지 알 수가 없었다. 그의 웃음에 박자를 맞춰 따라 웃기는 했지만, 삼십 초쯤 왜 웃는지 알지 못했다. 그

---

* 프랑스 조각가 부르델의 조각 작품(옮긴이).

러다가 마침내 깨달았다. 가타쿠라의 어머니는 아직 젊고 아름다운 늘씬한 미망인이었던 것이다.

그것보다도 더욱더 나를 비참한 심정으로 만든 것은 이렇게 느려터진 이해가 꼭 나의 무지에서 온 것이 아니라, 그와 나의 관심 소재의 분명한 차이에서 나왔다는 이유였다. 내가 느낀 거리감이 안긴 불쾌함은 당연히 그것을 예상하고 그의 말대로 엉큼한 웃음을 지어 보였어야 했는데, 그토록 늦게 알아채서 나 스스로 깜짝 놀라는 아둔함을 보였다는 분함 때문이었다. 가타쿠라 어머니의 전언이 그에게 어떤 반응을 일으킬지 전혀 짐작도 못 한 채, 그저 아무 생각 없이 그에게 전하며 꽤 흐뭇해할 거라고만 생각한 나의 미숙함, 그 추함, 우는 어린아이의 얼굴, 그 얼굴에 말라붙은 눈물 자국과도 같은 추함이 나를 절망에 빠뜨렸다. 나는 어째서 지금 이대로여서는 안 되는가. 수백 번 묻고 또 물었던 물음을 또다시 묻기에 나는 너무도 고단했다. 너무 진력이 나서 순결한 채로 제 몸을 망치고 있었다. **마음먹기에 따라서는** (얼마나 기특한가!) 나도 이런 상태에서 빠져나갈 수 있을 것처럼 여겨졌다. 내가 지금 진절머리 날 만큼 지쳐 있는 이것이 분명히 인생의 일부라는 것을 미처 깨닫지 못한 채, 내가 지긋지긋해하는 이것은 몽상이며 절대로 인생이 아니라고 굳게 믿으면서.

나는 인생으로부터 출발하라는 재촉을 받고 있었다. 나의 인생으로부터? 아니, 가령 내 인생이 아니라 하더라도 나는 어떻든 출발해서 무거운 발걸음을 앞으로 내딛지 않으면 안 되는 시간 앞에 와 있었다.

인생은 무대와도 같다고 사람들은 말한다. 그러나 나처럼 소년기가 끝날 즈음부터 이미 '인생은 무대'라는 의식에 사로잡힌 인간은 그리 많지 않을 것 같다. 그것은 하나의 확연한 의식이기는 했지만 너무도 소박한 데다 경험의 일천함이 뒤섞여 있었기 때문에, 나는 마음 한구석에 다른 사람들도 나와 같은 방식으로 인생을 향해 출발하는 것은 아니리라는 의혹을 품으면서도, 칠십 퍼센트 정도는 누구든 이런 식으로 인생을 시작한다고 믿어버리게 되었다. 어떻든 연기를 해내기만 하면 막이 내릴 것이라고, 참으로 낙천적으로 믿어버렸다. 내가 요절하리라는 가정이 이에 도움이 되었다. 그러나 나중에 이 낙천주의, 아니, 이 몽상은 엄격한 보복을 당하기에 이르렀다.

좀더 확실히 하기 위해 덧붙여야 할 점은 내가 여기서 말하려는 것이 저 유명한 '자의식'의 문제는 아니라는 사실이다. 단순한 성욕의 문제이며, 아직 그 밖의 무엇을 여기서 이야기하려는 것이 아니다.

처음부터 열등생이라는 나의 존재는 선천적인 소질에 의한 것임에도, 나는 남들과 똑같이 학년을 올라가고 싶어 일시적인 눈가림이라는 수단을 썼다. 말하자면 내용도 모르면서 친구의 답안을 시험 시간에 슬쩍 베끼고는 시치미를 뚝 떼고 제출하는 수법이다. 그러나 커닝보다 훨씬 지혜롭지 못하고 뻔뻔스러운 이 방법은 때로 겉보기에 그럴싸한 성공을 거두기도 했다. 덕분에 그는 낙제를 면하고 상급 학년으로 올라간다. 수업은 당연히 아래 학년에서 익힌 지식을 전제로 진행되기 때문에 그 혼자만 모든 수업을 전혀 알아듣지 못한다. 들어봤자 아무것도 알 수 없다. 여기서 그가 갈 길은 두 가지밖에 없다. 하나는 자포자기, 또 하나는 열심히 아는 척하는 것이다. 어느 쪽으로 갈지는 그의 심약함과 용기의 질이 결정할 문제이지, 그 부피가 결정할 문제는 아니다. 어느 쪽으로 가더라도 같은 양의 용기와 같은 양의 심약함이 필요하다. 그리고 그 어느 쪽에도 나태에 대한 일종의 시적이고도 영속적인 갈망이 필요한 것이다.

언젠가 나는 친구들과 학교 담장을 따라 걷고 있었다. 우리는 그 자리에 없던 어떤 친구가 등하굣길에 타는 버스의 여차장을 좋아하는 것 같다는 이야기를 떠들썩하게 지껄였다. 이야기는 이윽고 버스 여차장 따위를 어떻게 좋아할 수 있느냐는 일반론으로 바뀌었다. 거기에 나는 의식적으로 차디찬 어조를 꾸미며 내던지듯이 이렇게 말했다.

"그야 물론 제복 때문이지. 몸에 찰싹 달라붙는 게 아주 좋잖아."

물론 나는 한 번도 여차장에게 그런 종류의 육감적인 매혹을 느낀 적이 없었다. 유추―그야말로 순수한 유추―가 모든 일에 어른스럽고 냉담한 호색가의 견해를 가지려 드는 경향에다 나이에 걸맞은 객기까지 보태어 나로 하여금 그런 말을 하게 만든 것이었다.

그러자 반응이 과도하게 나타났다. 그 아이들은 학교에서도 제법 착하게 굴고 예의도 나무랄 데 없는 온건파들이었다. 아이들은 저마다 이렇게 말했다.

"와아, 대단한데? 너 정말 굉장하다!"

"경험이 있지 않고서야 어떻게 그런 말이 술술 나오겠어?"

"너, 정말 세게 노는구나!"

이런 사심 없고 감동적인 평가를 마주하고 보니, 나는 얼핏 약발이 지나치게 잘 먹혔다는 생각이 들었다. 똑같은 말을 하더라도 귀에 덜 거슬리는 실질적인 방법이 있을 것이고, 그러는 편이 나를 깊이 있는 사람으로 보이게 할 터였다. 그래서 나는 조금 더 말을 다듬어서 했더라면 좋았으리라 반성했다.

열대여섯 살의 소년이 나이에 어울리지 않는 의식의 조작을 행할 때 빠지기 쉬운 실수는, 자신만은 다른 소년들보다 훨씬 확고한 사람이 되기 위한 의식의 조작이 지속적으로 가능하다고 생각하는 것이다. 하지만 그렇지 않다. 그것은 나의 불안이, 나의 불확정성이, 누구보다도 빠르게 의식의 규제를 요구한 것에 지나지 않았다. 나의 의식은 착란의 도구에 지나지 않았고, 나의 조작은 불확정적인 적당한 눈대중에 지나지 않았다. 슈테판 츠바이크*의 정의에 의하면 '악마적인 것은 태어날 때부터 모든 인간 안에 있으며, 자신의 외부로 자신을 뛰

어넘어 인간을 무한한 무언가를 향해 내달리게 하는 불안정(Unruhe)
한 것'이다. 그리고 그것은 '마치 자연이 그 과거의 혼돈 속에서 어떤
제외할 수 없는 불안정한 부분을 우리의 영혼에 남기기라도 한 듯한'
것이며, 그 불안정한 부분이 긴장감을 촉발하여 '초인간적, 초감각적
요소에 환원시키려 한다'는 것이다. 의식이 단순한 해설의 효용밖에
가지지 않을 장면에서는 인간이 의식을 필요로 하지 않는 것도 당연
한 일이다.

 나는 여차장에게서 조금도 육체적 매혹을 느끼지 못했지만, 순수한
유추와 예의 적당한 요령으로 의식적으로 뱉어낸 말에 친구들이 놀라
고, 부끄러움으로 얼굴을 붉히고, 거기에다 사춘기다운 민감한 연상
능력으로 내 말을 통해 어렴풋이 육감적인 자극까지 받는 모습을 직
접 목도하고 보니, 당연하게 내게는 질 나쁜 우월감이 피어올랐다. 그
런데 내 마음은 거기에서 멈추지 않았다. 이번에는 나 자신이 속을 차
례였다. 우월감이 편파적인 방식으로 각성하는 것이었다. 그것은 이
런 경로를 더듬었다. 우월감의 일부는 자기도취가 되어 나 자신이 남
들보다 한발 앞섰다고 생각하는 명정(酩酊) 상태가 되고, 이 명정이
다른 부분보다 발 빠르게 깨어나면 다른 부분은 아직 깨어나지 않았
는데도 불구하고 성급하게 모든 것을 깨어난 의식으로 계산하는 실수
를 범하기 때문에, '나는 남보다 앞서 있다'라는 명정 상태는 '아, 나

---

* 오스트리아의 작가. 젊은 나이에 신낭만주의풍의 서정 시인으로 출발하여 소설, 희곡, 평론, 전기 등 다양한 분야에서 재능을 발휘했다. 본문의 인용문은 츠바이크의 『악마와의 투쟁』(1925)에 나온 문장으로, 횔덜린과 니체 등의 낭만주의 예술의 숙명을 논한 평전이다.

도 다른 아이들과 똑같은 사람이야'라는 겸허함으로 수정되고, 그것이 오산인 덕분에 '그렇고말고, 모든 점에서 나는 다른 아이들과 똑같은 인간이야'라는 식으로 부연된다(이 부연은 아직 깨어 있지 않은 부분이 가능하게 하고 전폭적으로 지지하는 것이다). 마지막에는 '다른 애들도 분명 다 그럴 거야'라는 억지스러운 결론이 나오고, 착란의 도구에 지나지 않는 의식이 여기서 강력하게 작동하고…… 이리하여 나의 자기 암시가 완성되는 것이다. 이 자기 암시, 비이성적이고 바보 같은, 가짜의, 게다가 나 자신마저 분명한 기만을 눈치채고 있는 이 자기 암시가 이즈음부터 적어도 내 생활의 구십 퍼센트를 차지하기에 이르렀다. 아마도 나만큼 빙의 현상에 약한 인간도 없을 터였다.

이 책을 읽는 사람들도 명백히 알 수 있을 것이다. 내가 버스 여차장에 대해 제법 육감적인 말을 할 수 있었던 것은 실로 단순한 이유에 지나지 않고, 바로 그 한 가지만은 내가 깨닫지 못했다는 것을. 그것은 참으로 단순한 이유, 내가 다른 소년이 으레 여자에 대해 보이는 선천적인 부끄러움을 갖고 있지 않다는 그 이유뿐이었다.

내가 현재의 생각으로 당시의 나를 분석하는 데 불과하다는 비난을 면하기 위해, 열여섯 살 당시에 썼던 문장 한 구절을 적어둔다.

"……리쿠타로(陸太郞)는 낯선 친구들 속으로 아무런 망설임 없이 섞여들었다. 그는 조금이라도 더 쾌활하게 행동하거나—혹은 그런 척해 보임으로써 이유 없는 우울이나 권태를 억눌러버렸다고 믿었다. 신앙의 가장 훌륭한 요소인 맹신이 그를 하얗게 타오르는 정지 형태로 있게 해주었다. 시시한 농담이며 장난질을 함께하면서 끊임없이 생각하는 것은…… '나는 지금 우울하지 않다, 심심하지도 않다'라는 것이다. 이것을 가리켜 그는 '우울을 잊었다'라고 했다.

주위 사람들은 항상 나는 행복한 것일까, 이래도 명랑한 것인가, 하는 의문으로 고민한다. 의문이라는 사실이 가장 확실한 것이듯, 이런 것이 바로 행복의 정당한 존재방식이다.

그런데 리쿠타로만은 '명랑하다'라는 정의를 내리고 그 확신 속에 자신의 자리를 잡고 있었다.

이러한 순서로 사람들의 마음은 그의 이른바 '확실한 명랑함' 쪽으로 기울어간다.

이윽고 어렴풋하기는 하지만 진실이었던 것이 단단해져서 거짓의 기계 속에 갇힌다. 기계는 힘차게 작동한다. 그리하여 사람들은 자신이 '자기기만의 방' 안에 있다는 것을 깨닫지 못한다……"

— '기계가 힘차게 작동한다……'

기계는 정말로 힘차게 움직였을까?

소년기의 결점은 악마를 영웅화하면 악마가 만족해하리라 믿어버리는 것이다.

어찌되었든 내가 인생을 향해 출발할 시각은 바짝 다가와 있었다. 이 여행을 위한 예비지식은 수많은 소설, 한 권의 성(性) 사전, 친구들과 돌려본 춘화, 야외 수련회 날 밤에 수없이 들은 사심 없는 음담패설…… 대충 그 정도였다. 열악한 조건 속에서 타오를 듯한 호기심만이 참으로 충실한 여행길의 벗이 되었다. 출발에 나서는 마음가짐도 '위장 기계'가 되겠다는 결의만으로 의기양양해졌다.

나는 수많은 소설을 세심하게 연구하여 내 나이의 인간이 어떤 식으로 인생을 느끼고 어떤 식으로 자신에게 말을 거는지 살펴보았다. 기숙사 생활을 하지 않은 것, 운동부에 들지 않은 것, 게다가 학교에 잘난 아이들이 너무 많아 예전의 무의식적인 '상놈놀이' 시절만 지나면 절대로 수준 낮은 문제에 관여하지 않는다는 것, 덧붙여 내가 극히 내성적이었다는 것, 이런 요소들 때문에 한 사람 한 사람의 있는 그대로의 속마음을 만나기가 너무도 어려웠기 때문에, 그저 일반적인 원칙으로부터 '내 또래의 남자아이'가 혼자일 때 어떤 것을 느끼는가 하는 추리를 이끌어내야 했다. 타오르는 듯한 호기심이라는 면에서는 나도 완전히 같았지만, 그 외의 것은 내가 전혀 알 수 없는 사춘기라는 시기가 우리를 덮친 듯했다. 이 시기에 이르면 소년은 무턱대고 여자 생각만 하고 여드름을 짜내고 노상 머리를 이글거리며 들척지근한 시를 쓰는 모양이었다. 성 연구서가 뻔질나게 수음의 해악에 대해 논하고 또 어떤 책은 별로 해가 없으니 안심하라고 하는 것을 보면 이 시기부터 그들도 수음에 열중하는 듯했다. 나도 그런 점에서 그들과 **완전히 똑같았다!** 똑같은데도 불구하고, 이 악습의 심적인 대상에서 명백하게 드러나는 차이점만은 내 자기기만의 불문에 부치고 말았다.

우선 첫째로 그들은 '여자'라는 단어에서 이상한 자극을 받는 듯했다. 여자라는 글자를 언뜻 마음속에 떠올리기만 해도 얼굴이 붉어지는 것이다. 하지만 나는 '여자'라는 단어에서 연필이라든가 자동차, 빗자루 같은 단어에서 받는 것 이상의 특별한 인상을 감각적으로는 일절 받지 않았다. 이러한 연상 능력의 결여는 예의 가타쿠라 어머니의 경우처럼 친구와 대화할 때도 이따금 나타나 나라는 존재를 얼뜨기로 만들었다. 그들은 나를 시인이라 생각하고 이해해주었다. 나는 나대로 시인으로 여겨지고 싶지 않은 마음에(왜냐하면 시인이라는 인종은 늘 여자에게 차인다고들 했기 때문에), 그들의 말에 장단을 맞추기 위해 이 연상 능력을 인공적으로 갈고닦았다.

나는 알지 못했던 것이다, 그들이 나와 내적인 감각뿐만 아니라 외부의 보이지 않는 표출에서도 확실한 차이를 드러낸다는 것을. 즉 그들은 여자의 나체 사진을 보면 즉각 erectio를 일으킨다는 것을. 단지 나 혼자만 그것이 일어나지 않는다는 것을. 그리고 내가 erectio를 일으킬 만한 대상(그건 처음부터 도착애倒錯愛의 특질에 의해 기묘하게 엄격한 선택을 거쳤지만), 이오니아 스타일 청년의 나상 같은 것은 그들의 erectio를 이끌어내는 데 아무런 능력도 발휘하지 못한다는 것을.

내가 2장에서 굳이 하나하나 erectio penis에 대해 묘사했던 이유는 이것과 연관이 있다. 왜냐하면 나의 자기기만은 바로 이런 무지에서 촉발된 것이기 때문이다. 어떤 소설의 키스 장면 묘사에도 남자의 erectio 묘사는 생략되어 있다. 너무도 당연해서 쓸 필요가 없기 때문이다. 심지어 성 연구서에서도 키스할 때마저 일어나는 erectio는 생략한다. erectio는 육체적 접촉 전에, 혹은 그 환상을 그리는 행위에 의해서만 일어난다고 나는 읽었다. 어떤 욕망도 없는 주제에 그때가 되면 갑자기—마치 하늘 밖에서의 영감처럼—내게도 erectio가 일어나리라고 생각했다. 마음의 십 퍼센트는 '아냐, 나한테 그런 일이 생길 리가 없어'라고 나지막하게 속살거렸고, 그것이 내게 다양한 형태의 불안이 되어 나타났다. 그런데 나는 악습 때 한 번이라도 여자의 어떤 부분을 마음속에 떠올렸던 적이 있었는가. 가령 시험적으로라도?

그런 적은 없었다. 내가 그런 적이 없다는 것을 나는 그저 게으름 때문에 그랬다고만 생각했다!

나는 결국 아무것도 알지 못했다. 나 이외의 소년들이 매일 밤마다 꾸는 꿈, 어제 길모퉁이에서 본 여자들이 한 사람 한 사람 나체가 되어 돌아다닌다는 것을. 소년들의 꿈에 여자의 젖가슴이 밤바다에서 떠오르는 아름다운 해파리처럼 수도 없이 떠오른다는 것을. 여자들의 소중한 부분이 그 젖은 입술을 벌리고 수십 번 수백 번 수천 번 끝도 없이 세이렌의 노래를 부른다는 것을……

게을러서? 혹시 내가 게을러서 이러는 것인가? 이러한 나의 의문. 내 인생에 대한 근면성은 모조리 이 의문에서 나왔다. 나의 근면성은 말하자면 바로 그 게으름의 변호에 소비되었고, 그 게으름을 사실로 넘기기 위한 안전보장으로 삼았던 것이다.

우선 나는 여자에 관한 기억에 백넘버를 매겨놓기로 마음먹었다. 그러나 유감스럽게도 그것은 참으로 빈약한 것이었다.

열네 살인가 열다섯 살 때, 한번은 이런 일이 있었다. 아버지가 오사카로 전근한 날 도쿄 역에 배웅을 나갔다. 오는 길에 친척 몇몇이 우리 집에 들렀다. 어머니, 나, 여동생, 남동생과 함께 친척 일행도 우리 집에 잠시 놀러온 것이다. 그중에 재종 누이 스미코(澄子)가 있었다. 그녀는 결혼 전이고, 스무 살 정도였다.

그녀는 앞니가 살짝 뻐드렁니였다. 지극히 희고 아름다운 앞니로, 그 두세 개의 이를 보이려고 일부러 웃는 게 아닌가 싶을 만큼 웃음보다 먼저 그 앞니가 반짝 빛나며 슬쩍 앞으로 나오는 것이, 도리어 참으로 매력적인 애교를 그 미소에 더해주었다. 뻐드렁니라는 부조화, 그것이 원래 얼굴과 태도의 선량하고 아름다운 조화 위에 한 방울의 향료와도 같이 흘러나와 조화를 더욱 강화시키고 그 아름다움에 맛깔스러운 악센트를 더해주었다.

사랑한다는 말이 맞지 않다면, 나는 이 재종 누이를 '좋아했다'. 어릴 때부터 나는 그녀를 먼 곳에서 바라보기를 좋아했다. 그녀가 수를 놓는 곁에서 한 시간도 넘게 아무것도 하지 않고 멍하니 앉아 있은 적도 있었다.

큰어머니들이 안방으로 들어간 뒤 나와 스미코는 아무 말도 없이 거실 의자에 나란히 앉아 있었다. 배웅 나갔던 길의 분답함이 우리 머릿속을 휘저어놓은 흔적이 아직 지워지지 않은 채였다. 나는 무엇 때문인지 몹시 피곤했다.

"아, 피곤해."

그녀는 작게 하품을 하며 하얀 손가락을 가지런히 모아 감춰버린 입을 손끝으로 마술처럼 두세 번 가볍게, 나른한 듯 두드렸다.

"너도 피곤하지?"

무슨 겨를인지 스미코는 양쪽 소맷자락으로 얼굴을 가리더니 곁에 있던 내 허벅지 위에 털썩 얼굴을 떨어뜨렸다. 그러고는 천천히 그 위에서 얼굴의 방향을 바꾸고 한참 동안 가만히 있었다. 내 교복 바지는 베개 대신 사용된 영광으로 부르르 떨렸다. 그녀의 향수며 분 냄새가 나를 당황하게 만들었다. 피곤해서 떼꾼해진 눈을 가만히 뜬 채로 움직이지 않는 스미코의 옆얼굴을 보며 나는 그저 당혹스러웠다……

그것뿐이다. 하지만 내 허벅지 위에 잠시 존재했던 사치스러운 무게를 나는 언제까지나 기억하고 있었다. 육체적인 감각이 아니라 그저 지극히 사치스러운 기쁨이었다. 훈장의 무게와도 같은 것이었다.

학교로 오가는 길 버스 안에서 나는 자주 한 빈혈질 아가씨를 만났다. 그녀의 차가움이 내 관심을 끌었다. 그야말로 따분한 듯한, 세상 무엇도 모두 지겹다는 듯한 기색으로 창밖을 바라보는 그 여자는 약간 도톰하게 튀어나온 입술의 단단함이 언제나 눈에 띄었다. 그녀가 없는 버스는 뭔가 부족한 느낌이 들어서 나는 항상 그녀를 내 마음속에 담아둔 채 버스를 타고 내리곤 했다. 사랑이라는 걸까, 하고 나는 생각했다.

하지만 나는 전혀 알지 못했다. 사랑과 성욕이 어떤 식으로 관련이 있는지 그 점을 아무래도 알 수가 없었다. 물론 그즈음의 나는 오미가 내게 부여한 악마적인 매혹을 사랑이라는 단어로 설명하려고는 하지 않았다. 버스에서 만나는 소녀에 대한 희미한 감정을 '이게 사랑이라는 걸까' 하고 생각하는 내가, 그와 동시에 머리칼에 번쩍번쩍 광을 낸 젊고 촌스러운 버스 기사에게도 끌렸던 것이다. 무지는 내게 모순의 해명을 요구하지 않았다. 버스 기사의 젊은 옆얼굴을 바라보는 내 시선에는 무언가 피하기 힘든, 숨 쉬기조차 어려운 괴로운 압력과도 같은 것이 있었고, 빈혈질 여학생을 흘끔거리는 시선에는 일부러 그러는 듯한 인공적인, 지치기 쉬운 면이 있었다. 이 두 가지 시선의 연관성을 알지 못한 채 두 개의 눈빛은 내 내부에서 태연히 동거하며 망설임 없이 나란히 자리를 잡고 있었다.

그 나이 또래의 소년치고 내게 너무도 '결벽성'이라는 특질이 부족한 듯한 것, 다시 말해 '정신'이라는 재능이 결여된 듯한 것, 이는 내 지나치게 열렬한 호기심이 필연적으로 내가 윤리적인 것에 관심을 갖지 않게끔 만들었기 때문이라고 하면 설명이 된다 해도, 이 호기심은 오랫동안 병석에 누운 환자가 가지는 바깥세상에 대한 절망적인 동경과도 흡사하고, 한편으로는 불가능의 확신과도 뗄 수 없이 연결되어 있었다. 이러한 거의 무의식적인 확신, 거의 무의식적인 절망이 나의 바람을 정반대로 착각할 만큼 생생하게 만들었다.

나는 아직 어린 나이였는데도 명확하고 플라토닉한 관념을 내부에서 키우고 있다는 사실을 전혀 알지 못했다. 불행했다고 할까? 세상의 상식적인 불행이 내게 무슨 의미가 있었으랴. 육체적인 감각에 관한 나의 막연한 불안이 육체적인 부분만을 나의 고정관념으로 만들어버렸다. 지식욕과 큰 차이가 없는 이 순수한 정신적인 호기심을 두고, 나는 나 자신에게 '이것이 곧 육체적인 욕망이다'라는 믿음을 숙련하고 결국에는 나 자신이 정말로 음탕한 심성이라도 가진 양 나를 속이는 법도 배워나갔다. 그것이 나로 하여금 어른스러운 태도, 보통 사람 같은 태도를 가지게 했다. 나는 마치 여자에 대해서라면 이미 다 알고 있다는 듯한 얼굴을 하고 다녔다.

우선은 입맞춤이 나의 고정관념이 되었다. 입맞춤이라는 행위의 표상은 실상 내게는 나의 정신이 거기에 머무르고자 했던 어떤 것의 표상에 지나지 않았다. 지금의 나는 그렇게 말할 수 있다. 하지만 그때의 나는 이 욕구를 육욕으로 잘못 알고 그것을 믿었기 때문에, 그처럼 엄청난 마음의 위선에 고단한 몸을 맡기지 않으면 안 되었던 것이다. 본연의 것을 거짓으로 위장하고 있다는 무의식적인 꺼림칙함이 그렇듯 집요하게 나의 의식적인 연기를 북돋워주었다. 그러나 다시 뒤집어 생각하면, 인간은 과연 그토록 완벽하게 자신의 천성을 배반할 수 있는 존재일까? 가령 한순간이라도.

이렇게 생각하지 않고는 욕구가 없는 것을 욕구한다는 불가사의한 마음의 시스템을 설명할 길이 없지 않을까. 욕구하는 것을 욕구하지 않는다는 윤리적인 인간의 바로 정반대 측에 내가 있었다고 한다면, 나는 원래부터 불륜의 바람을 마음속에 품었던 셈이 될까. 그렇다면 이 바람은 너무도 가엾은 것이 아닌가. 나는 완벽하게 나 자신을 속이고, 하나에서 열까지 인습의 포로로서 행동한 것일까. 이에 관한 음미는 두고두고 잠시도 소홀할 수 없는 나의 의무관념이 되었다.

— 전쟁이 시작되자 위선적인 스토이시즘이 나라 전체에 풍미했다. 고등학교도 예외가 아니었다. 우리는 중학교에 들어갈 무렵부터 몹시 부러워했던 '머리를 기른다'는 소원을 고등학교에 들어가서도 한참 동안 이룰 수 없을 듯했다. 화려한 양말이 유행한 것도 옛일이었다. 교련 시간이 마구잡이로 늘어나고 말도 안 되는 혁신이 갖가지 형태로 기획되었다.

하지만 이 학교의 교풍은 겉치레 형식주의가 전통적으로 이어져 내려온 교묘한 것이어서, 우리는 그다지 억압감 없이 학교생활을 보냈다. 배속 장교인 대위도 세상 물정에 밝은 사람이었다. '즈즈즈' 하는 사투리 때문에 '즈 특무'라는 별명을 얻은, 예전에 특무조장을 지낸 N

준위도, 그의 동료였던 '멍텅구리 특무'도, 사자 코를 가진 '코 특무'도 우리의 교풍을 이해하여 요령껏 처신해주었다. 교장은 여성스러운 성격의 나이 든 해군대장이었는데, 궁내성(宮內省)이라는 든든한 배경을 믿고 빈둥거리면서 괜한 문제 일으킬 것 없는 무던한 점진주의로 그 지위를 유지하고 있었다.

그럭저럭하는 사이 나는 담배를 피우고 술을 배웠다. 하지만 담배도 술도 그저 흉내일 뿐이었다. 전쟁은 우리에게 묘하게 감상적인 성장방식을 가르쳤다. 그것은 인생을 이십대까지로 뚝 잘라 생각하는 것이었다. 뒷일은 일절 생각하지 않았다. 우리에게 인생이란 이상할 만치 가벼운 무엇이었다. 정확히 이십대까지로 구획된 인생의 소금호수가 자연스럽게 염분이 짙어져서 몸이 손쉽게 떠오르도록 해주는 것 같았다. 막을 내릴 시간이 곧 다가온다고 생각하면 스스로에게 보이기 위한 가면극도 더 신속히 진행되어서 좋았다. 하지만 내 인생을 향한 여정은 내일이야말로 떠나자, 내일은 꼭, 하면서 하루하루 늦춰지다가 벌써 몇 년이 지나버려 이제는 도무지 나설 가망도 없는 듯했다. 이 시대야말로 내게 유일했던 윤락의 시대가 아니었을까. 불안하기는 했어도 그 불안은 그저 막연할 따름이었고 나는 아직 희망을 품고 있었기에 내일은 언제나 미지의 푸른 하늘 아래로 내다보였다. 여행에 대한 공상, 모험에 대한 공상, 내가 언젠가 될 터인 당당한 나의 초상, 내가 아직 보지 못한 아름다운 나의 신부의 초상, 나의 명성에 대한 기대…… 그런 것들이 마치 여행안내서, 수건, 칫솔과 치약, 갈아입을 셔츠, 갈아입을 양말, 넥타이, 비누 같은 것처럼 여행길에 지닐 트렁크 안에 차곡차곡 준비되어 있던 그 시절, 내게는 전쟁조차 어린아이의 기쁨 같은 것으로 다가왔다. 나라면 총알을 맞아도 아프지 않을 것이라고 진심으로 믿었던 과잉 몽상이 이즈음에도 전혀 시들 줄 몰랐다. 자신의 죽음에 대한 예상마저 나를 미지의 희열로 들뜨게 했다. 나는 모든 것을 소유한 것처럼 느꼈다. 그렇지 않은가. 여행 준비로 정신이 없을 때만큼 우리가 여행을 구석구석까지 완전하게 소유하는 때는 없기 때문이다. 그다음에는 그저 이 소유를 망가뜨리는 작업이 남아 있을 뿐이다. 그것이 여행이라는 저 완벽한 헛소동인 것이다.

이윽고 입맞춤의 고정관념이 하나의 입술에 정착했다. 이는 단지 그러는 편이 공상을 좀더 유서 깊게 만들리라는 동기에서가 아니었을까. 욕망도 그 무엇도 아니면서 내가 앞뒤 없이 그것을 욕망이라 믿으려 한 것은 전에도 말한 그대로다. 나는 말하자면 그것을 어떻게든 욕망이라고 믿고 싶은 부조리한 욕망을 본래의 욕망이라고 착각하고 있었다. 내가 아니고 싶다는 격렬하고도 불가능한 욕망을 세상 사람들의 성욕, 누군가가 바로 그 자신인 지점에서부터 용솟음치는 욕망인 것으로 잘못 알고 있었던 것이다.

이즈음 말이 전혀 통하지 않는데도 친하게 지내는 친구가 있었다. 누카다라는 이 경박한 동급생은 독일어 기초의 온갖 질문을 만만하게 퍼부을 수 있는 상대로 나를 선택한 모양이었다. 세상 어떤 일에나 처음에만 열을 내는 나는 기초 독일어는 꽤 잘하는 편으로 알려져 있었다. 우등생다운(이건 신학생 같다는 말이다) 딱지가 붙어 있던 내가 내심 얼마나 우등생 딱지를 싫어하고(그렇다고 이것 외에 내 안전보장에 도움이 되는 다른 딱지는 찾지 못했지만), 얼마나 '악명'이라는 것을 부러워하는지 어쩌면 누카다는 직감적으로 알아챘는지도 모른다. 그의 우정에는 나의 약점을 쓰다듬어주는 듯한 면이 있었다. 누카다는 경직된 아이들로부터 질투 어린 시선을 받는 녀석이었고, 그에게서는 여자 세계의 소식이 마치 영적인 세계의 통신사인 영매(靈媒)처럼 어렴풋이 풍겼기 때문이다.

여자들의 세계로부터 최초의 영매라면 예의 오미가 있었다. 하지만 그즈음의 나는 좀더 나 자신에 가까웠기 때문에 영매로서 오미의 특질을 그의 아름다움 중 하나로 꼽는 것에 만족했다. 그런데 누카다의 영매 역할은 내 호기심의 초자연적인 틀을 이루었다. 그것은 첫째로 누카다가 잘생긴 것과는 전혀 거리가 먼 용모였기 때문인지도 몰랐다.

'하나의 입술'이라고 한 것은, 그의 집에 놀러 갔을 때 나타난 그의 누나의 입술이었다.

스물네 살의 이 아름다운 여자는 나를 간단히 어린아이로 취급했다. 그녀를 둘러싼 남자들을 보는 사이에 나는 내게 여자들이 매료될 만한 특징이 전혀 없다는 사실을 서서히 알게 되었다. 그것은 내가 결코 오미가 될 수 없다는 뜻이었고, 또 반대로 오미가 되고 싶다는 나의 바람은 사실은 오미에 대한 나의 사랑이었다고 나를 이해시키는 일이었다.

그러면서 나는 내가 누카다의 누나를 사랑하고 있다고 믿어버렸다. 나는 또래의 순진해빠진 고등학생들이 하는 것처럼 그녀의 집 주위를 어슬렁거리기도 하고, 그녀의 집 근처 서점에 오래도록 서 있으면서 그 앞을 지나가는 그녀를 만날 기회를 엿보기도 하고, 쿠션을 품에 안고 여자를 끌어안는 공상을 하기도 하고, 그녀의 입술 그림을 수없이 그려보기도 하고, 절망에 찬 자문자답을 해보기도 했다. 하지만 그것이 대체 무엇이랴. 그러한 인공적인 노력은 어딘가 이상하게 마비되는 듯한 피로감을 마음에 드리웠다. 끊임없이 나 자신에게 그녀를 사랑한다고 말해야 하는 부자연스러움을 마음의 참된 부분이 눈치채고 악의 넘치는 피곤함으로 저항하는 것이었다. 이 정신의 피로감에는 무서운 독이 있는 듯했다. 마음의 인공적인 노력 틈틈이 때때로 몸이 자지러지는 듯한 자각, 속을 뻔히 다 안다는 의식이 나를 덮쳤고, 그 의식에서 도망치기 위해 나는 다시 뻔뻔스럽게 다른 공상으로 나아가는 것이었다. 그러면 나는 금세 생생하게 나 자신이 되고 묘한 이미지를 향해 타올랐다. 게다가 이 함정은 추상화되어 마음에 앙금을 남기고, 마치 이 정열이 그녀를 위한 것이기라도 하다는 듯 나중에 억지 해설을 붙였다.—그리고 또다시 나는 나를 속이는 것이었다.

여기까지의 내 이야기가 지나치게 개념적이고 추상적이라고 비난하는 사람이 있다면, 나는 정상적인 사람들의 사춘기의 초상과 겉보기에 하나도 다르지 않은 표상을 주절주절 묘사할 마음은 없기 때문이라고 대답할 수밖에 없다. 내 마음의 치부를 제외한다면 그 밖에는 정상적인 사람들의 그 한 시기와 마음의 내면까지 빼다 박은 듯했고, 나는 그 점에서 완전히 그들과 똑같았다. 호기심도 인생에 대한 욕망도 남들과 똑같고, 단지 내적인 성찰에 지나치게 탐닉한 탓인지 몹시 소극적이어서 무슨 일에나 금세 얼굴을 붉히고, 게다가 어떤 여자에게나 칭찬을 들을 만큼 용모에 자신이 있는 것도 아니어서 자연히 책만 들이파는, 제법 성적도 우수한, 막 스무 살이 되려는 학생을 상상하면 된다. 그리고 그 학생이 어떤 식으로 여자를 그리워하고 어떤 식으로 가슴을 태우고 어떤 식으로 쓸데없는 번민을 하는지를 상상하면 된다. 이만큼 수월하고도 매력 없는 상상은 다시없을 것이다. 내가 이런 상상을 그대로 더듬어나가는 따분한 묘사를 생략한 것은 당연한 일이다. 내성적인 한 학생의 몹시도 생기 없는 한 시기, 나는 참으로 그 모습 그대로를 연기하기로 연출가에게 절대적인 충성을 맹세했던 것이다.

이러는 사이에 나는 연상의 청년에게만 바치던 마음을 조금씩 연하의 소년에게로도 옮기게 되었다. 당연한 일이지만 연하의 소년들도 예의 오미의 찬란한 나이에 이르렀기 때문이다. 또한 이 사랑의 추이는 사랑의 질과도 관계가 있었다. 여전히 마음에 감춰두고 드러내지 못했지만, 나는 야만적인 사랑에 우아한 사랑도 덧붙이게 되었다. 보호자의 사랑과도 같은 것, 소년끼리의 사랑 같은 것이 나의 자연적인 성장에 의해 싹트고 있었다.

히르슈펠트는 성도착자를 분류하여 성년의 동성에게만 매혹을 느끼는 부류를 androphils라 하고, 소년이나 소년과 청년의 중간 연령을 사랑하는 부류를 ephebophils라 하였다. 나는 ephebophils를 이해해가는 중이었다. Ephebe는 고대 그리스의 청년, 열여덟에서 스무 살까지의 장정을 의미하고 그 어원은 제우스와 헤라의 딸이자 불사의 헤라클레스의 아내인 헤베에서 유래된 것이다. 여신 헤베는 올림포스 신들의 술 시중 드는 일을 하였고, 청춘의 상징이었다.

고등학교에 막 올라온 아직 열여덟 살의 아름다운 소년이 있었다. 얼굴빛이 희고 부드러운 입술과 완만한 이마를 가진 소년이었다. 야쿠모(八雲)라는 그의 이름을 나는 알고 있었다. 내 마음은 그의 생김새를 열렬히 빨아들였다.

그런데 나는 그도 모르는 사이에 그로부터 일종의 쾌락의 선물을 받았다. 일주일 교대로 최상급생인 각조 조장이 조례 구령을 붙이고, 아침 체조 때나 오후 습련(고등학교에는 이런 것이 있었다. 먼저 삼십 분쯤 해군 체조를 하고, 그것이 끝나면 괭이를 메고 방공호를 파러 가거나 벌초를 하러 가기도 했다) 때도 구령을 붙이는 일이 사 주 걸러 한 번씩 내게 차례가 돌아왔다. 여름이 되자 학칙이 꽤 까다롭던 우리 학교도 당대의 유행에 밀렸던지 아침 체조나 오후 해군 체조 때 학생들이 웃통을 벗고 체조할 수 있도록 허락해주었다. 조장은 조례 구령을 단상에서 내린 다음 '윗옷 벗어!'라는 구령으로 모두가 옷을 벗으면 단을 내려왔다. 그리고 대신 단에 오른 체조 교사에게 '경례!'라는 구령을 붙이고는 마지막 줄의 동급생 열까지 내려가 거기서 자신도 반라가 되어 체조를 했다. 체조가 끝나면 그다음부터는 교사가 구령을 내리므로 조장의 임무는 여기서 끝났다. 나는 구령 붙이는 일을 한기가 들 만큼 끔찍하게 싫어했지만, 그렇게 군대식으로 딱딱하게 정해진 순서는 오히려 편해서 내 차례가 돌아오는 일주일이 어쩐지 기다려졌다. 왜냐하면 그 정해진 순서 덕분에 나는 야쿠모의 모습을 바로 눈앞에서, 게다가 나의 빈약한 벗은 몸을 들킬 염려 없이 그의 반라를 마음껏 볼 수 있었기 때문이다.

야쿠모는 언제나 구령대 바로 앞줄이나 그다음 줄에 서 있었다. 이

히야킨토스*의 볼은 곧잘 붉어졌다. 조회 시간에 맞추려고 힘차게 달려와 정렬하기 직전에 숨을 몰아쉬는 그의 뺨을 보는 일은 참으로 즐거웠다. 그는 자주 숨을 헐떡이며 거친 손놀림으로 윗옷의 호크를 풀곤 하였다. 그리고 와이셔츠 자락을 바지에서 잡아뽑듯이 거칠게 당겨냈다. 나는 구령대 위에 있기 때문에 아무렇지도 않게 고스란히 드러나는 그의 하얗고 호리호리한 상반신을 자연스럽게 보게 되었다. 그래서 한 친구가 "너, 구령 붙일 때마다 항상 눈을 내리깔더라. 그렇게 심장이 약하냐?"라고 무심코 말했을 때에는 등줄기가 서늘해졌다. 그러나 이때에도 나는 야쿠모의 장밋빛 반라에 다가갈 기회를 얻지 못했다.

여름 일주일 동안, 전교생이 M시의 해군 기관학교에 견학을 간 적이 있었다. 그날 하루 종일 학생들은 모두 수영장에 뛰어들어 놀았다. 수영을 못하는 나는 배가 아프다는 핑계로 곁에서 구경만 했지만, 일광욕은 만병을 다스리는 약이라고 어느 대위가 주장하는 바람에 나와 다른 몸이 아픈 학생들도 반나체 꼴이 되고 말았다. 그 아픈 학생들 틈에 야쿠모가 있었다. 그는 하얗고 탄탄한 팔을 팔짱 끼고 햇볕에 살짝 그을린 가슴팍을 미풍에 내맡긴 채, 흰 앞니로 아랫입술을 장난치듯이 잘근잘근 깨물고 있었다. 그야말로 제대로 견학을 하게 된 자칭 환자들은 수영장 가의 나무 그늘을 찾아 한곳에 모여들었기에 내가 그에게 다가가는 데 별다른 어려움은 없었다. 나는 그의 부드러운 몸

---

* 그리스 신화 속의 미소년. 태양신 아폴론의 사랑을 받았으나 이것을 질투한 서풍의 신 제피로스가 아폴론이 던진 원반을 불어 소년의 이마에 맞혔다. 아폴론은 그의 죽음을 슬퍼하여 그 피를 히야신스 꽃으로 바꾸었다고 한다.

통을 눈으로 더듬고 조용히 숨 쉬는 그의 배를 응시하였다. 휘트먼의 이런 시구가 떠올랐다.

……젊은이들은 하늘을 향해 누워 하얀 배가 햇빛에 부푼다

─하지만 이때도 나는 한마디 말을 건네지 않았다. 나는 자신의 빈 약한 몸통이며 가늘고 푸르스름한 팔뚝이 부끄러웠던 것이다.

*

1944년, 그러니까 종전 한 해 전 9월에 나는 유년 시절부터 다니던 학교를 졸업하고 대학에 들어갔다. 매사에 우격다짐인 아버지의 강권으로 법률 전공을 선택했다. 하지만 머지않아 나도 군대에 징집되어 전사하고 우리 일가도 공습으로 한 사람도 남김 없이 죽어주리라고 확신했기 때문에 그리 고통스러울 것은 없었다.

그즈음 다들 그랬듯 나의 입학과 함께 출정하게 된 선배가 대학 교복을 내게 빌려주었다. 내가 출정하면 그때 그의 집에 반환한다는 약속을 하고 나는 그 옷을 입고 대학에 다니기 시작했다.
공습을 남들보다 훨씬 무서워하면서 동시에 나는 어떤 달콤한 기대로 죽음을 기다려 마지않았다. 몇 번이나 말했듯이 내게는 미래가 너무나 버거웠던 것이다. 인생은 처음부터 의무관념으로 나를 조여왔다. 내가 의무를 이행하는 것이 불가능함을 잘 알면서도 인생은 나를

의무 불이행이라는 이유로 마구 힐책하는 것이었다. 이런 인생을 죽음으로 골탕 먹인다면 얼마나 신나는 일인가, 하고 나는 생각했다. 전쟁중에 유행하던 죽음의 교의(敎義)에 나는 관능적으로 공감했다. 내가 만일 '명예로운 전사'를 하게 된다면(그건 참으로 어울리지 않는 일이었지만) 그야말로 풍자적으로 생애를 마감한 것이 되고, 무덤 안에서 내가 지을 미소의 씨앗은 영원히 시들지 않으리라고 생각했다. 그런 내가 사이렌이 울리면 누구보다도 빨리 방공호로 도망치는 것이었다.

……서툴기 짝이 없는 피아노 소리를 나는 들었다.
특별 간부 후보생 자격으로 입대가 결정된 친구의 집이었다. 구사노(草野)라는 이 친구를 나는 고등학교 시절부터 조금이나마 정신적인 대화가 되는 유일한 친구로서 소중히 여겨왔다. 나는 친구라는 존재를 굳이 원하지 않는 사람이지만, 이 유일한 우정에마저 상처를 입히고 만 일은 두고두고 괴로웠다. 그리고 이 괴로운 이야기를 하게 만든 나의 내부의 것을 더욱 비참하게 생각한다.
"저 피아노, 잘 치는 건가? 군데군데 걸리는 거 같은데."
"내 여동생이야. 조금 전에 피아노 선생님이 돌아가시고 나서 지금은 복습하는 거야."
우리는 대화를 멈추고 다시 귀를 기울였다. 구사노의 입대가 바로 목전에 다가와 있었기 때문에, 그의 귀에 울리는 것은 아마도 단지 옆방의 피아노 소리가 아니라 그가 앞으로 이별해야 할 '일상적인 것'에 대한 모종의 볼품없고 안타까운 아름다움이었다. 그 피아노의 음색에는 요리책을 보며 서투르게 만든 과자처럼 도리어 마음이 편안해지는 구석이 있어서 나는 이렇게 묻지 않을 수 없었다.

"몇 살이지?"

"열여덟 살. 바로 아래 동생이야."

구사노가 대답했다.

―들으면 들을수록 열여덟의 꿈 많은, 그리고 아직 자신의 아름다움을 깨닫지 못하는, 손가락 끝에 아직 어린 티가 남아 있는 피아노 소리였다. 나는 피아노 복습이 언제까지나 계속되길 바랐다. 그 소원은 이루어졌다. 그 피아노 소리는 내 마음속에서 그로부터 오 년 뒤인 오늘까지 계속되고 있는 것이다. 나는 얼마나 수없이 그것이 그저 착각일 뿐이라고 믿으려 했던가. 몇 번이나 나의 이성이 이 착각을 조롱했던가. 몇 번이나 나의 나약함이 나의 자기기만을 비웃었던가. 그런데도 불구하고 피아노 소리는 나를 지배하고, 만일 숙명이라는 말이 주는 찍어누르는 듯한 느낌만 없애버릴 수 있다면, 그 소리는 내게는 참으로 숙명적인 것이 되었다.

나는 그보다 조금 전 이상한 감명으로 받아들인 이 숙명이라는 단어를 기억하고 있었다. 고등학교 졸업식이 끝난 뒤 나는 교장선생인 노 해군대장과 감사 말씀을 올리러 궁(宮)에 들어갔었다. 자동차 안에서 이 눈곱 낀 음울한 노인은 내가 특별 간부 후보생으로 지원하지 않고 일반 병사로 소집에 응할 결심을 한 데 대해 걱정이 담긴 꾸중을 했다. 내 몸으로는 연병생활을 견딜 수 없을 것이라는 말이었다.

"하지만 저는 각오하고 있습니다."

"자네가 잘 몰라서 그런 소리를 하는 거야. 그나저나 지원 마감일도 지나버렸고 이제는 별 도리가 없군. 이것도 자네의 데스테네이야."
그는 숙명이라는 영어를 메이지 시대풍으로 발음했다.
"예?"
나는 되물었다.
"데스테네이라고, 이것도 자네의 데스테네이란 말이야."
— 그는 노파심으로 받아들여질까 경계하는 노인 특유의 수치감이 담긴 무관심으로 그렇게 단조롭게 반복했다.

자주 드나들던 구사노의 집에서 언젠가 한 번쯤은 피아노의 소녀를 보았을 것이다. 그러나 누카다의 집과는 정반대로 청교도적인 구사노 집에서는 세 여동생 모두 수줍은 미소를 남기고 금세 숨어버렸다. 구사노의 입대가 점점 다가오고 있어 그와 나는 더욱 빈번하게 서로의 집을 번갈아 찾으며 석별을 아쉬워했다. 그런데 그날의 피아노 소리가 그의 여동생, 이따금 봐왔던 그 여동생을 대하는 나를 어정쩡한 인간으로 만들어버렸다. 그 소리에 귀를 기울인 이래로 어쩐지 나는 그녀의 비밀을 알아버린 기분에 그녀의 얼굴을 똑바로 바라보거나 스스럼없이 말을 걸 수가 없었다. 이따금 그녀가 차를 내올 때, 나는 눈앞에서 가볍게 움직이는 민첩한 다리만을 응시했다. 작업복 바지가 유행이던 시절이라 여자의 다리를 그리 많이 보지 못한 탓인지 이 다리의 아름다움은 나를 감동시켰다.
— 이렇게 말하면 내가 그녀의 다리에서 육감을 받았다고 해석할 수도 있으리라. 하지만 그렇지 않았다. 몇 번이나 말했듯이 내게는 이

성의 육감에 대한 일반적인 반응이라는 것이 완전히 결여되어 있었다. 좋은 증거로 나는 여자의 나체를 보고 싶다는 어떤 종류의 욕구도 알지 못했다. 그러면서도 나는 여자에 대한 사랑을 성실하게 연구했고, 예의 짜증스러운 피곤함이 마음에 빗발쳐 이 '성실한 연구'를 계속할 수 없게 방해하면, 이번에는 자신이 이성으로 육욕을 물리쳐내는 승리를 이뤄낸 인간이라고 생각하는 데서 기쁨을 찾았다. 그리고 나 자신의 냉랭하고도 지속성 없는 감정을, 여자에 이미 질려버린 남자에 빗대어 사뭇 어른인 척하는 자만심의 만족까지 겸하여 얻었던 것이다. 이러한 마음의 움직임은 십 엔짜리 동전을 넣으면 작동해서 캐러멜을 톡 내미는 과자가게의 기계처럼 내 속에 고정되어 있었다.

어떤 육체적 욕망도 거의 품지 않은 채 여자를 사랑할 수 있는 인간이라고 나는 스스로를 미화했다. 이것은 아마도 인간의 역사가 시작된 이래 가장 무모한 기도일 터였다. 나는 스스로 그런 줄도 모르고 사랑의 교의에서 코페르니쿠스(이런 요란한 말투는 천성이니 부디 양해해주시기를)이기를 기도했던 것이다. 물론 그러기 위해 나는 나도 모르는 사이에 플라토닉한 관념을 믿고 있었다. 앞서 말한 내용과 모순되는 것처럼 보일지도 모르지만, 나는 참으로 정직하게 액면 그대로 **순수하게** 그것을 믿었다. 그렇지 않으면 내가 믿었던 것은 그 대상이 아니라 **순수함** 자체가 아니었을까? 하긴 이건 그보다 훨씬 뒤의 문제다.

이따금 내가 플라토닉한 관념을 신봉하지 않는 것처럼 보인 이유도, 내게 결여된 육감이라는 관념에만 기울려 하는 나의 두뇌와, 어른인 척하는 질병의 만족 쪽에만 기울려 하는 인위적인 피곤함 탓이었다. 이른바 나의 불안으로부터 비롯된 것이다.

전쟁 마지막 해에 나는 스물한 살이 되었다. 새해가 되자마자 우리 대학은 M시 근처의 N비행기 공장으로 동원되었다. 학생의 팔십 퍼센트는 공원(工員)이 되고, 남은 이십 퍼센트의 허약한 학생들은 사무를 맡았다. 나는 후자였다. 하지만 그 전해의 신체검사에서 제2을종 합격 도장을 받은지라 당장 그 다음날에라도 영장이 날아올 우려가 있었다.

누런 먼지가 소용돌이치는 황량한 이 지역에서, 건너지르는 데 삼십 분은 걸리는 거대한 공장이 수천 명의 공원들에 의해 웅성웅성 돌아가고 있었다. 나도 그중의 한 사람인 4409번, 임시 종업원 제953호였다. 이 큰 공장은 자금 회수를 고려하지 않는 신비한 생산비 위에 세워져 거대한 허무에 헌납되고 있었다. 매일 아침마다 신기한 선서를 목청이 터져라 부르짖는 데도 다 이유가 있었다. 나는 이런 이상한 공장을 본 적이 없었다. 근대적인 과학기술, 근대적인 경영법, 수없이 많은 뛰어난 두뇌의 정밀하고도 합리적인 사유, 그런 것들이 모여서 오직 한 가지, 즉 '죽음'에 바쳐지는 것이었다. 특공대용 제로식 전투기 생산에 바쳐진 이 거대한 공장은 그 자체가 신음하고 울부짖고 노호하는 하나의 비뚤어진 종교로 보였다. 어떤 종교적인 과장 없이는 이토록 방대한 기구가 있을 수 없다는 생각이 들었다. 중역진들이 사욕을 채우며 배를 두드리는 점까지도 종교적이었다.

이따금 공습경보 사이렌이 이 사악한 종교의 검은 미사* 시각을 알렸다.

사무실은 크게 동요했고 "정보는 어떻게 됐겨?" 하는 시골 사투리가 툭툭 튀어다녔다. 사무실에는 라디오가 없었다. 소장실에서 일하는 소녀가 "적기 편대래요"라는 등의 정보를 알려주기 위해 여기까지 뛰어와야 했다. 그러는 사이 확성기가 벙벙한 소리로 여학생과 초등학교 아이들의 대피를 명령했다. 구호 담당이 '지혈(止血) ○시 ○분'이라고 인쇄된 붉은 꼬리표를 나눠주었다. 부상을 당해 지혈할 때 이 꼬리표에 시간을 기입해 가슴에 다는 것이었다. 사이렌이 울린 지 막 십 분이 지나고 확성기가 '전원 대피'를 알렸다.

그러면 사무원들은 중요 서류 상자를 끌어안고 지하 금고로 걸음을 재촉했다. 그것들을 모두 챙겨넣고서 앞 다투어 지상으로 뛰쳐나와 광장을 가로질러 뛰어가는 철모며 방공두건의 군중에 합세하는 것이었다. 군중은 정문을 목표로 분류(奔流)했다. 정문 밖은 황량하고 누렇게 벌거벗은 들판이었다. 칠팔백 미터 떨어진 완만한 언덕의 소나무 숲에 무수한 대피호가 뚫려 있었다. 그쪽을 향해 모래먼지 속을 두 갈래 길로 갈라져 아무 말도 없는 초조하고도 맹목적인 군중이 어쨌든 '죽음'이 아닌 것, 비록 그것이 무너지기 쉬운 붉은 흙의 조그만 구덩이라 해도, 어찌되었든 '죽음'이 아닌 것 쪽으로 내달리는 것이었다.

마침 휴일을 맞아 찾아간 집에서 나는 밤 열한시가 넘은 시각에 소집영장을 받아 들었다. 2월 15일에 입대하라는 전문이었다.

나 정도의 허약한 체격은 도회지에서는 그리 드물지 않으니까 차라

---

* 중세 프랑스의 기독교 이단파에 기원을 둔 악마 예배.

리 본적지인 시골 부대에서 검사를 받는 게 허약함이 더 눈에 띄어 탈락될지도 모른다는 아버지의 지혜에 따라, 나는 본적지인 지방 H현에서 신체검사를 받았다. 농촌 청년들이 거뜬히 열 번씩이나 들어올리는 쌀가마를 나는 가슴까지도 올리지 못해 검사관의 실소를 샀음에도 불구하고 결과는 제2을종 합격으로 나오고 말았다. 이제 영장을 들고 시골의 난폭한 군대에 입대하지 않으면 안 되는 것이다. 어머니는 울며 슬퍼하고 아버지도 적잖이 의기소침해했다. 어지간한 나도 막상 영장을 받고 보니 그리 기분이 좋지는 않았지만, 한편으로는 보기 좋은 죽음에 대한 기대도 있어서 이래도 그만 저래도 그만이라는 생각이었다. 그런데 공장에 있을 때부터 보이던 감기 증세가 입대하는 길 기차 안에서 더욱 심해지기 시작했다. 조부가 도산한 이래 땅 한 평 남지 않은 고향의 절친한 지인 집에 도착했을 때는 지독한 열 때문에 똑바로 서는 것조차 힘들었다. 하지만 그 집에서 손을 아끼지 않는 간호를 받고, 특히 다량으로 먹은 해열제가 잘 들은 덕에 나는 일단은 위세도 당당하게 사람들의 배웅을 받으며 병영 입구에 들어섰다.

  약으로 억눌러둔 열이 다시 고개를 쳐들었다. 입소 검사를 위해 짐승처럼 완전히 발가벗은 채 어슬렁거리는 동안 나는 수없이 재채기를 해댔다. 아직 경험이 부족한 풋내기 군의관이 내 기관지에서 들리는 쓰쓰 소리를 라셀*로 잘못 알아들었고, 게다가 이 오진이 나의 엉터리 병상 보고에서 확인되어 나는 혈침(血沈)까지 재게 되었다. 감기의

---

* 독일어. 염증 등의 원인으로 기관지, 폐에 분비물이 있을 때 호흡과 함께 청진기에 들리는 이상음.

고열로 혈침반응이 크게 나왔다. 나는 '폐침윤'으로 이날 즉시 귀향하라는 명령을 받았다.

　병영 문을 나서자마자 나는 내달렸다. 황량한 겨울 언덕배기가 마을 쪽으로 뻗어 있었다. 그 비행기 공장에서처럼 어찌되었든 '죽음'이 아닌 것, 아무튼 죽음이 아닌 것 쪽으로 나의 발은 마구 내달렸다.

　……야간열차 유리창의 깨어진 틈으로 들이치는 바람을 피하며 나는 발열과 오한, 두통에 시달렸다. 어디로 돌아갈 것인가, 나는 내게 물었다. 어떤 일에도 쉽게 결단을 내리지 못하는 우유부단한 아버지 덕분에 아직 소개(疏開)도 못 한 채 불안에 떨고 있는 도쿄의 집으로? 그 집을 둘러싸고 있는 어두운 불안이 가득한 도시로? 가축과도 같은 눈을 하고, 괜찮으세요? 괜찮으시죠? 서로 위로의 말을 나누지 못해 안달인 저 군중들 속으로? 아니면 폐병쟁이 대학생들이 저항감이라고는 찾아볼 수 없는 표정으로 뭉쳐다니는 비행기 공장의 기숙사로?
　기대앉은 의자의 등판이 기차 진동을 따라 내 등에 뒤틀린 이음새를 비벼댔다. 이따금 나는 눈을 감고 내가 군대에도 공장에도 가지 못하고 집에 남아 미적거리고 있을 때 공습으로 식구가 전멸하는 광경을 떠올렸다. 이 공상에서는 말할 수 없이 강한 혐오감이 배어나왔다. 일상과 죽음의 관련, 이것만큼 내게 기묘한 혐오감을 주는 것은 없었다. 고양이조차 인간에게 제 죽은 꼴을 보여주지 않기 위해 죽음이 다가오면 자취를 감춘다고 하지 않던가. 내가 가족이 끔찍하게 죽은 꼴을 보거나 가족이 내 그런 꼴을 보거나 하는 상상만으로도 가슴팍까지 구토가 치밀었다. 죽음이라는 똑같은 조건이 한 집안을 떠돌고, 죽음을 앞둔 부모나 아들이나 딸이 죽음의 공감을 넘실거리며 서로 주고받을 시선을 생각하면, 나에게는 그것이 완전히 한 가족의 단란한 광경의 지겨운 복제판이라고밖에 생각되지 않는 것이다. 나는 타인들 속에서 당당하게 죽고 싶었다. 그것은 밝은 하늘 아래 죽고 싶다고 희구한 아이아스*의 그리스적인 심경과는 전혀 달랐다. 내가 원한 것은 좀더 천연의 자연적인 자살이었다. 아직 교활한 꾀에 능숙하지 못한 여우처럼 나 잡아가라는 듯 산기슭에서 태평하게 걸어가다가, 자신의 무지로 인해 사냥꾼의 총에 맞는 식의 죽음, 나는 그것을 원했다.

— 그렇다면 군대는 참으로 이상적이지 않나. 그 때문에 나는 군대를 희망했던 것이 아닌가. 어째서 나는 그토록 열심히 군의관에게 거짓말을 했는가. 어째서 나는 미열이 벌써 반년 동안이나 계속된다고, 어깨가 결려 견딜 수 없다고, 혈담이 나온다고, 바로 어제 저녁에도 잠자리에서 땀을 흠씬 흘렸다고(당연하다. 아스피린을 먹었으니까) 늘어놓았을까. 어째서 나는 당일로 귀향하라는 선고를 받는 순간, 감추기 위해 무진 애를 써야 할 만큼 뺨을 밀고 들어오는 미소의 압력을 느꼈을까. 어째서 나는 병영 문을 나서자마자 그렇게 내달렸을까. 희망을 배신한 것이 아닌가. 고개를 숙이고 풀이 죽어 터벅터벅 걸었어야 옳지 않은가.

군대가 의미하는 '죽음'을 면하기에 아무런 하자가 없는 나의 삶. 이 삶의 앞길이 그리 환하지 않으리라는 것을 나는 똑똑히 알고 있었고, 그런 만큼 나를 그토록 병영 문 밖으로 내달리게 한 힘의 원천이

---

* 그리스 신화 속의 영웅. 트로이 원정에 참가해 수많은 공훈을 세웠으나, 죽은 아킬레우스의 무구(武具) 계승을 둘러싸고 오디세우스와 벌인 싸움으로 인해 목숨을 잃었다.

무엇이었는지는 도무지 알 수가 없었다. 역시 나는 살고 싶었던 것일까? 그것도 몹시 무의지적으로, 마치 숨을 헐떡이며 방공호로 뛰어드는 순간과도 같은 삶의 방식으로?

그러자 갑자기 내 안의 또 다른 목소리가, 나는 단 한 번도 죽고 싶다는 생각 따위는 진심으로 해본 적 없었다고 중얼거리기 시작하는 것이었다. 이 말이 수치감의 매듭을 풀어버렸다. 말하기 괴로웠지만, 나는 이해했다. 내가 군대에서 원한 것이 죽음뿐이었다는 건 거짓이라고. 나는 군대 생활에 어떤 관능적인 기대를 품고 있었다고. 그리고 이 기대를 지속시킨 힘이라는 것도 인간이라면 누구나 품고 있는 원시적인 주술에 대한 확신, 나만은 절대로 죽지 않는다는 확신에 지나지 않는다고……

……그러면서도 나는 이 생각들을 결코 기꺼워할 수 없었다. 차라리 나는 자신을 '죽음'에게서 버림받은 인간이라고 느끼는 쪽이 좋았다. 나는 죽고 싶은 인간이 죽음으로부터 거부당하는 기묘한 고통을, 외과의사가 수술중에 내장을 다루듯이, 신경을 미묘하게 집중시키고 게다가 남의 일인 것처럼 지켜보며 즐겼다. 이런 기분이 느끼는 쾌락도 거의 사특한 것으로까지 생각되었다.

대학 측이 N비행기 공장과 감정적으로 충돌하여 학생 전원을 2월 안에 철수시키고, 3월에는 강의를 재개한 후 다시 4월 초부터 다른 공장에 동원한다는 계획을 세웠다. 2월 말에 소형기가 천 대 가까이 공습을 해왔다. 3월의 강의가 명색뿐인 수업이 되리라는 건 빤한 일이었다.

한창 처절하게 전쟁이 전개되고 있는데 우리에게는 아무 역할도 못하는 한 달 동안의 휴가가 주어진 꼴이었다. 축축하게 젖은 불꽃놀이 폭죽을 받은 것이나 마찬가지였다. 그러나 나는 섣부르게 쓰임새 많은 건빵 한 봉지보다 이 젖은 폭죽이 더 좋았다. 과연 대학이라는 곳이 내준 것답게 적잖이 얼빠진 선물이었기 때문이다. ― 이 시대에는 아무 역할도 하지 않는다는 것만으로도 크나큰 선물이었다.

감기에서 회복되고 며칠 지난 참에 구사노의 어머니에게서 전화가 걸려왔다. M시 근처에 있는 구사노의 부대에 3월 10일 첫 면회가 허락되었으니 함께 가지 않겠느냐는 전화였다.

나는 승낙하고, 이런저런 일을 상의하기 위해 곧바로 구사노의 집을 찾았다. 그즈음에는 해질녘부터 여덟시까지가 가장 안전한 시간이었다. 구사노 가족은 막 식사를 끝낸 참이었다. 구사노의 어머니는 미망인이었다. 나는 어머니와 세 자매만 있는 안방에 초대되었다. 어머니가 피아노의 소녀를 내게 소개해주었는데, 소노코(園子)라는 이름이었다. 피아노의 명수인 I부인과 똑같은 이름이어서, 나는 그때 들었던 피아노 소리에 대해 약간 우스운 농담을 던졌다. 열아홉 살의 그녀는 어두운 차광 전등 그늘에서 얼굴을 붉히며 아무 말도 하지 않았다. 붉은 가죽 재킷을 입고 있었다.

3월 9일 아침, 나는 구사노의 집과 가까운 역 계단 통로에서 그의 가족을 기다렸다. 철길 너머 상점가가 강제 소개로 서서히 무너지는 모습이 뚜렷이 보였다. 그것이 맑고 차가운 이른 봄의 대기를 우지끈 하는 신선한 소리로 찢어놓았다. 찢긴 가옥에서는 눈이 부시게 생생한 나뭇결이 보이기도 했다.

아직 아침에는 추웠다. 며칠 동안 마침내 경보가 한 차례도 울리지 않는 하루가 이어졌다. 그동안 공기는 점점 맑고 환하게 닦여, 이제는 위태로운 붕괴의 조짐을 보이며 섬세하게 팽팽해져 있었다. 퉁기면 기품 있게 울려퍼질 현과도 같은 대기였다. 말하자면 잠깐 뒤에 음악에 도달하려 하는 풍성한 공허함으로 가득한 정적을 떠올리게 하였다. 인기척 없는 플랫폼에 떨어진 차가운 햇빛마저 어떤 음악의 예감 같은 것으로 파르르 떨리고 있었다.

그때 건너편 계단으로 푸른 오버코트를 입은 소녀가 내려왔다. 그녀는 어린 여동생의 손을 잡고 한 단 한 단 확인하며 발을 옮기고 있었다. 열대여섯 살쯤인 바로 손아래 여동생은 그 느린 걸음이 답답한 모양이었지만, 그래도 먼저 내려오지 않고 일부러 지그재그를 그리며 한산한 계단을 건너오고 있었다.

소노코는 아직 나를 알아보지 못한 것 같았다. 내 쪽에서는 또렷하게 보였다. 태어나서 그때까지 어떤 여자에게서도 이토록 마음이 뒤흔들리는 아름다움을 본 기억이 없었다. 내 가슴은 높직하게 뛰놀고 마음은 정결해졌다. 이렇게 써봤자 여기까지 이 글을 읽어온 독자들은 바로 믿을 수 없을 것이다. 왜냐하면 누카다의 누나에 대한 나의 인위적인 짝사랑과 지금 느끼는 이 가슴의 설렘을 구별해낼 사람은 아무도 없을 것이기 때문이다. 그때의 가차 없는 분석이 딱히 이번 경우에만 예외가 될 이유는 없기 때문이다. 그렇다면 글을 쓴다는 행위는 애초에 헛된 일이 되고 만다. 내가 쓰는 내용은 이렇게 쓰고 싶다는 욕망의 산물에 지나지 않는 것으로 여겨질 것이기 때문이다. 그러기 위해서는 척척 앞뒤가 들어맞게 맞춰두기만 하면 그만이기 때문이다. 하지만 내 기억의 정확한 부분은 그때까지의 나와는 다른, 한 가지 차이점을 알려주었다. 그것은 회한이었다.

소노코는 두세 계단을 남겨놓았을 때쯤에야 나를 알아보고, 찬 공기에 얼어붙은 신선한 뺨의 홍조와 함께 웃었다. 검고 큰 눈망울에 도톰한 눈꺼풀이 언뜻 졸리는 것처럼 보이는 눈을 반짝이며 뭔가 말을 하려고 했다. 그리고 막내 여동생을 둘째의 손에 넘겨주고는 빛이 흔들리는 듯한 부드러운 몸짓으로 내 쪽을 향해 플랫폼을 뛰어왔다.

나를 향해 뛰어오는 아침의 방문과도 같은 그 모습을 나는 바라보았다. 소년 시절부터 무리하게 그려온 육체의 속성으로서의 여자가 아니었다. 만일 그런 것이라면 나는 거짓에 가득 찬 기대로 그녀를 맞이하면 될 터였다. 그러나 참으로 난처하게도 나의 직감은 소노코에게서만은 전혀 다른 무엇을 인정했다. 그것은 소노코에게 내가 조금의 가치도 없는 존재라는 깊고도 조심스러운 감정이었지만, 그럼에도 비겁한 열등감은 아니었다. 순간순간 나에게로 다가오는 소노코를 바라보는 사이 내게는 견딜 수 없는 슬픔이 덮쳐들었다. 전에 없던 감정이었다. 내 존재의 가장 밑바닥이 뒤흔들리는 듯한 슬픔이었다. 지금까지 나는 어린아이 같은 호기심과 거짓된 육감의 인공적인 합금으로 이루어진 감정으로만 여자를 바라보았다. 최초의 일별 때부터 이토록 깊고 설명되지 않는, 게다가 결코 나의 위장된 일부가 아닌 슬픔에 마음이 뒤흔들린 적은 없었다. 회한이라고 나는 의식했다. 그러나 내게 회한의 자격을 부여해줄 죄라는 것이 있기나 할까? 분명한 모순이지만 죄에 앞서는 회한이라는 게 있는 것이 아닐까? 나의 존재 그 자체의 회한이? 그녀의 모습이 내 존재 자체의 회한을 일깨워준 것일까? 어쩌면 그것은 앞으로 짓게 될 죄에 대한 예감이었을까?

—소노코는 이미 저항하기 어려울 만큼 바로 내 앞까지 와 있었다. 내가 멍하니 있자 다시 또렷하게 인사말을 건넸다.

"많이 기다리셨지요? 어머님과 할머님께서는(그녀는 이렇게 지나친 존경어를 쓰며 얼굴을 붉혔다) 아직 준비가 안 되어서 좀 늦으실 것 같아요. 그러니까 조금 더 기다렸다가(그녀는 말투를 다시 고쳤다), 아니, 조금 더 기다리셨다가, 그때도 안 오시면 먼저 U역으로 함께 가주시겠어요?"

그녀는 더듬더듬 그렇게 말하고 다시 한번 가슴으로 숨을 내쉬었다. 소노코는 체격이 큰 소녀였다. 키는 내 이마 정도까지 왔다. 참으로 우아하게 균형 잡힌 상체와 아름다운 다리를 가지고 있었다. 화장기 없는 앳되고 둥근 얼굴은 화장 같은 건 아직 모르는 천진무구한 영혼의 초상 같았다. 입술은 약간 텄는데 그 때문에 오히려 싱싱한 색깔로 보였다.

그다음에 우리는 두세 마디 형식적인 대화를 나누었다. 나는 온 힘을 다해 쾌활하게 행동하려 했고 온 힘을 다해 기지 넘치는 청년이 되려고 애썼다. 그리고 그러는 나를 증오했다.

전차는 몇 번인가 우리 곁에 머물고 다시 둔중하게 덜커덩 소리를 내며 떠나갔다. 이 역에서 전차에 타고 내리는 사람은 그리 많지 않았다. 우리가 기분 좋게 쪼이는 햇볕이 그때마다 잠시 차단될 뿐이었다. 하지만 전차가 떠나갈 때마다 내 뺨에 되살아나는 햇볕의 평화로움에 나는 전율했다. 이토록 넘치게 은혜로운 햇볕이 내 위에 있고, 이토록 아무것도 바라지 않는 시간이 내 마음에 있다는 것은 어떤 불길한 조짐, 이를테면 몇 분 뒤에 돌연 공습이 시작돼 우리가 선 자리에서 그대로 폭사한다든지 하는 일이 기다릴 것만 같은 기분이었다. 그러나 뒤집어 말하자면, 우리는 한 줌의 행복조차 은총이라 생각하는 악습에 젖어 있었다는 말이었다. 이렇게 소노코와 별말 없이 마주하고 있다는 것이 내 마음에 끼친 영향은 바로 그것이었다. 아마 소노코를 지배하던 것도 똑같은 힘이었으리라.

소노코의 할머니와 어머니는 한참을 기다려도 오지 않았다. 이미 몇 편의 전차를 떠나보낸 다음에야 우리는 전차에 올라타고 U역으로 향했다.

번잡한 U역에서 구사노와 같은 부대의 아들을 면회하러 간다는 오바 씨가 우리를 불러 세웠다. 고집스럽게 중절모와 양복을 차려입은 이 중년의 은행가는 소노코와 친구 사이인 딸과 함께였다. 나는 그녀가 소노코에 비해 용모가 한참 뒤떨어진다는 것이 왠지 기뻤다. 이 감정은 무엇일까. 소노코가 그녀와 마주 잡은 손을 다정하게 흔들며 나누는 순진하고 장난스러운 인사를 봐도, 소노코에게는 아름다움의 특권인 편안한 관용이 갖춰져 있었다. 그녀를 나이보다 약간 어른스럽게 보이게 하는 것이 그 때문이라는 발견도 나를 기쁘게 했다.

기차는 비어 있었다. 우연처럼 나와 소노코는 창가에 마주 앉았다.
오바 씨 일행은 하녀까지 세 사람이었다. 우리는 곧 뒤따라온 소노코의 할머니와 어머니까지 모두 여섯 명이었다. 전부 아홉 명이 두 사람씩 마주 앉는 전차의 좌석 두 개를 옆으로 나란히 차지하면 한 사람이 남는 셈이었다.

나는 나도 모르는 사이 재빠르게 속으로 그런 계산을 했다. 소노코도 그랬던 것일까. 우리 두 사람은 떨어진 좌석 두 개를 차지하고 앉아 장난스러운 미소를 주고받았다.

결국 계산이 애매해져서 일행은 뒤에 떨어진 이 작은 섬을 묵인하지 않을 수 없었다. 예의상 소노코의 할머니와 어머니는 오바 씨 부녀와 마주 앉아야 했다. 소노코의 막내 여동생은 어머니와 바깥 경치 둘 다 놓치지 않는 장소를 골라 냉큼 앉았다. 둘째 여동생이 그 뒤를 이었다. 그래서 그쪽 좌석은 오바 씨네 하녀가 조숙한 여자아이 둘을 맡는 널찍한 자리가 되었다. 낡아빠진 의자의 등이 그들 일곱 명으로부터 나와 소노코를 격리시켜주었다.

기차가 출발하기 전부터 우리를 제압한 것은 오바 씨의 수다였다. 이 나지막하고 여성스러운 수다는 상대에게 맞장구를 치는 것 외의 권리를 결코 허용하지 않았다. 구사노 가의 대표적인 수다쟁이이자 마음만은 누구보다 젊은 소노코의 할머니마저 어리둥절해하는 눈치가 의자의 벽 너머로 느껴졌다. 할머니도 어머니도 그저 예, 예, 하는 맞장구와 적당한 대목에서 웃어주는 임무에만 허둥지둥 쫓기고 있었다. 오바 씨의 딸은 단 한 번도 입을 열지 않았다. 이윽고 기차가 움직이기 시작했다.

역을 벗어나자 지저분한 유리창 너머로 비쳐든 햇살이 울퉁불퉁한 창틀과 소노코와 내 외투 소매 위에 떨어졌다. 그녀와 나는 쏟아지는 오바 씨의 수다에 귀를 기울이며 입을 다물고 있었다. 이따금 그녀의 입가에 미소가 번졌다. 그 미소는 곧바로 내게 전염되었다. 그때마다 우리의 시선이 마주쳤다. 그러면 소노코는 다시금 말소리에 귀를 기울이며, 반짝거리고 장난기 가득하고 스스럼없는 눈빛으로 내 시선을 피했다.

"저는 죽을 때도 이 차림으로 죽을 작정이올시다. 국민복이나 각반 차림으로 죽어서야 죽어서도 눈을 감을 수 없지 않겠습니까? 저는 제 딸아이에게도 바지는 못 입게 합니다. 여자다운 차림새로 죽을 수 있게 해주는 것이 부모가 베푸는 자애가 아니겠습니까?"

"아, 예, 예."

"이건 다른 이야기입니다만, 혹 소개하시며 짐을 옮기실 때는 저에게 연락주십시오. 남자 손이 없는 가정에서는 이래저래 어려운 일이 많으시겠지요. 무슨 일이든 서슴없이 제게 의논해주십시오."

"아유, 감사합니다."

"T온천 쪽에 제가 창고 하나를 사두었는데, 저희 은행 행원들의 짐은 모두 그쪽으로 빼주고 있습니다. 거기라면 절대로 안전하다고 말씀드려도 틀림없을 겁니다. 피아노든 뭐든 다 괜찮습니다."

"아유, 감사합니다."

"이건 다른 이야기입니다만, 아드님 부대의 대장은 좋은 사람이라니 정말 다행입니다. 우리 아들 쪽의 대장이란 자는 면회할 때 가져가는 음식까지 가로챈다지 뭡니까. 이건 뭐, 바다 너머 그놈들하고 다를 게 뭐가 있습니까? 면회 다음날에는 대장이 위경련까지 일으킨다는군요."

"아유, 저런, 호호호호."

─소노코는 자신이 또다시 웃음을 터뜨릴까봐 불안한 모양이었다.

그러더니 손가방 안에서 문고본 책을 꺼냈다. 나는 적잖이 못마땅했다. 하지만 책 제목이 특이해 흥미가 생겼다.

"뭐지?"

그녀는 웃으면서 펼쳐 든 책을 부채처럼 얼굴 앞에 들어 보였다. 거기에는 『수요기』*— 괄호를 치고 — (운디네)라고 적혀 있었다.

— 뒤쪽 의자에서 누군가 몸을 일으키는 기척이 났다. 소노코의 어머니였다. 그녀는 막내딸이 자리에서 까불거리며 뛰는 것을 단속하며 그 참에 오바 씨의 수다에서도 도망칠 속셈인 모양이었다. 하지만 그것만이 아니었다. 어머니는 그 소란스러운 소녀와 언니인 깜찍한 소녀를 우리 자리로 데려와 이렇게 말하는 것이었다.

"이 말괄량이들도 좀 끼워줄래?"

소노코의 어머니는 우아하고 아름다운 사람이었다. 그녀의 선한 말투를 채색하는 미소는 때로 애처롭게까지 보였다. 그 말을 던질 때의 미소도 내게는 어쩐지 쓸쓸하고 불안한 것으로 비쳤다. 어머니가 자리로 돌아가자 나와 소노코는 다시 흘끔 시선을 마주쳤다. 나는 가슴팍 호주머니에서 수첩을 꺼내 종이를 찢어 연필로 이렇게 썼다.

'어머님이 꽤 신경을 쓰시는데요?'

"뭐예요?"

소노코가 비스듬히 고개를 내밀었다. 어린아이 같은 머리 냄새가 났다. 쪽지의 글을 다 읽더니 목덜미까지 붉어져서 고개를 푹 숙였다.

---

* 水妖記. 독일 낭만주의 작가 프리드리히 푸케의 소설로, 물의 요정 운디네와 기사 훌트브란트의 사랑과 죽음을 그린 이야기.

"그렇죠?"

"아아, 그게……"

다시 우리의 시선이 마주쳤고, 서로 이해가 이루어졌다. 나도 다시금 뺨이 달아오르는 것을 느꼈다.

"언니, 그거 뭐야?"

막내 동생이 손을 내밀었다. 소노코가 재빨리 쪽지를 감췄다. 둘째는 이미 이런 일이 어떤 의미인지 아는 모양이었다. 그녀는 짐짓 화를 내며 새침하게 굴었다. 동생을 지나칠 만큼 강하게 뜯어말리는 것만 봐도 알 수 있었다.

나와 소노코는 이 동생들 덕분에 도리어 대화를 하기가 더 편해졌다. 그녀는 학교 이야기며 지금까지 읽은 몇 편의 소설 이야기, 오빠 이야기 등을 했고, 나는 나대로 그런 이야기들을 곧장 일반론으로 이끌었다. 유혹술의 첫걸음이었다. 두 여동생은 안중에 없이 우리끼리 너무 다정하게 이야기를 나누자 그녀들은 다시 원래의 자리로 돌아가 버렸다. 그러면 어머니가 다시 난처하다는 웃음을 지으며 별로 쓸모없는 두 명의 감시꾼을 우리 곁으로 데려오는 것이었다.

그날 밤 일행이 구사노의 부대 근처 M시의 한 여관에 함께 자리를 잡았을 때는 벌써 잘 시간이 다 되어 있었다. 오바 씨와 나에게 방 하나가 배당되었다.

둘만 남게 되자 이 은행가는 노골적으로 반전론을 토로했다. 이미 1945년 봄부터 가는 곳마다 은밀히 속닥대던 이론이었기 때문에 이제는 지겨울 정도였다. 그가 다니는 은행에서 어떤 큰 도자기 회사에

융자를 해주었는데, 그 회사에서는 이미 전쟁이 끝날 날이 멀지 않았다는 전제하에 전쟁 기간중의 고통을 보상해줄 상품으로 대량의 가정용 자기 생산을 계획하고 있다는 이야기며, 소비에트에 화평을 청한 듯하다는 이야기 등을 나지막한 음성으로 줄줄 이어가는 것은 정말 견디기 어려웠다. 나에게는 혼자서 좀더 깊이 생각해보고 싶은 일이 있었다. 안경을 벗어서 퉁퉁해 보이는 그의 얼굴이 불 꺼진 스탠드가 펼친 어둠 속으로 빠져들고 나서도, 의미 없는 한숨을 두세 번 이불 전체에 질펀하게 퍼뜨리고 난 뒤에야 이윽고 코 고는 소리가 났다. 그제야 나는 베개에 두른 빳빳한 새 수건이 달아오른 뺨을 찌르는 것을 느끼며 생각에 잠겼다.

언제나 혼자가 되면 나를 위협하곤 하던 암울한 초조감에 더하여 오늘 아침 소노코를 보았을 때 내 존재의 밑바탕을 뒤흔든 그 슬픔이 다시 선명하게 되살아났다. 그것이 오늘 내가 내뱉은 말 한 마디 한 마디, 내가 했던 행동 하나하나의 거짓됨을 거침없이 폭로했다. 그도 그럴 것이, 어쩌면 그 모두가 거짓일지도 모른다고 망설이는 괴로운 억측보다는 거짓이라는 단정이 그나마 덜 고통스러웠기 때문에, 그것을 일부러 폭로하는 방법이 어느 틈엔가 내게는 편한 것이 되어 있었던 것이다. 이러한 경우도 인간의 근본적인 조건이라고 할 것. 인간의 마음의 확실한 조직이라고 할 것에 대한 집요한 불안은 나의 내적인 성찰을 아무런 실익도 없는 헛된 쳇바퀴 돌기로 이끌어갈 뿐이었다. 다른 청년이라면 어떻게 느낄까, 정상적인 인간이라면 어떻게 느낄까, 이런 강박관념이 나를 다그치고 몰아세워서 내가 확실하게 얻었다고 생각한 행복의 한 조각조차 금세 산산조각내고 마는 것이었다.

예의 '연기'가 나를 이루는 조직의 일부가 되어버렸다. 그것은 이미 연기가 아니었다. 나 자신을 정상적인 인간이라고 위장하는 의식이 내 안에 있는 본연의 정상성까지도 잠식해서, 그것이 위장된 정상성일 뿐이라고 일일이 일러주지 않으면 속이 개운하지 않게 되었다. 바꾸어 말하자면, 나는 거짓밖에는 믿지 않는 인간이 된 것이다. 그렇다면 소노코에게 다가가려 하는 마음을 거짓이라고 생각하려 드는 이 감정은, 실은 그것을 진실된 사랑이라고 생각하는 욕구가 가면을 쓰고 나타난 것인지도 모른다. 이러다가 나는 나 자신을 부정하는 것마저 불가능한 인간이 될지도 모른다……

—그러면서 가까스로 잠이 들었는가 싶었는데, 예의 불길한 그러나 어딘지 모르게 홀려들 것만 같은 부르짖음이 밤의 대기를 타고 들려왔다.

"경보 소리 아닌가?"

나는 은행가의 밝은 잠귀에 깜짝 놀랐다.

"글쎄요."

나는 애매하게 대답했다. 사이렌은 오래오래 희미한 소리를 이어갔다.

면회가 아침 이른 시간이어서 우리는 여섯시에 일어났다.

"간밤에 사이렌이 울렸지?"

"아뇨."

세면장에서 아침 인사를 나눌 때 소노코는 진지한 얼굴로 부정했다. 방에 돌아오자 그 얘기가 여동생들의 비웃음을 사는 좋은 놀림감이 되어 있었다.

"그 소리를 못 들은 건 언니뿐이야. 와아, 신기해."

그러자 막내 동생도 덩달아 말했다.

"나도 그 소리에 눈이 번쩍 뜨였거든? 그랬는데 언니 코 고는 소리가 크게 들리더라니까."

"그래, 나도 들었어. 너무 코를 골아서 사이렌 소리가 안 들릴 정도였어."

"정말 이럴 거야? 어디 그럼 증거를 대봐."

소노코는 내 앞인지라 얼굴이 빨개져서 씩씩거리고 있었다.

"그렇게 자꾸 거짓말하고, 나중에 두고 보자."

내게는 여동생이 하나밖에 없었다. 어릴 때부터 형제자매가 많은 집안이 부러웠다. 이 장난기 가득하고 소란스러운 자매간의 다툼이 내 눈에는 이 세상에서 누릴 수 있는 행복의 가장 선명하고도 확실한 영상으로 비쳤다. 그것이 다시 나의 고통을 되살려냈다.

아침 식탁의 화제는 온통 3월 들어 아마 처음이었을 간밤의 경보에 대한 것뿐이었다. 경계경보만 울리고 공습경보가 울리지 않았으니 그리 큰일은 아닐 거라는 결론에 안착하려고 모두 애를 썼다. 나로서는 어느 쪽이건 상관없었다. 내가 집에 없는 동안 우리집이 전소되거나 부모형제가 모두 죽는다면 그것도 깔끔하고 괜찮다고 생각했다. 별로 잔인한 공상이라는 생각은 들지 않았다. 상상할 수 있는 최악의 사태가 매일같이 아무 일도 아니라는 듯 일어났기 때문에, 내 공상은 도리어 빈약한 것이 되어버리곤 했다. 이를테면 일가 전멸이라는 상상이 긴자 거리의 상점 쇼윈도에 양주병이 주욱 늘어서 있거나 긴자의 밤 하늘에 네온사인이 반짝거리는 것을 상상하는 일보다 훨씬 쉬웠기 때문에, 나는 그저 쉬운 쪽을 택한 것뿐이었다. 저항감을 느끼지 않는 상상력이라는 것은 가령 그것이 아무리 냉혹한 모습을 보이더라도 마음이 냉정한 것과는 아무 관계가 없었다. 그것은 나태하고 미적지근한 정신의 한 표현에 지나지 않았다.

간밤에 혼자가 되었을 때 마치 비극배우 같았던 모습과는 완전히 딴판으로, 여관을 나설 때의 나는 잽싸게 경박한 기사도 정신을 발휘해 소노코의 짐을 들어주려 했다. 그것도 모두가 보는 앞에서 일부러 큰 효과를 노리는 방식으로. 그러면 그녀의 사양은 나에 대한 미안함이라기보다 할머니나 어머니의 눈치를 보는 뜻의 미안함으로 번역되고, 이 결과에 그녀 스스로 깜빡 속아 넘어가 할머니나 어머니의 눈치를 볼 정도로 나와 친하다는 것을 생생하게 의식할 터였다. 이 작은 책략은 큰 성과를 거두었다. 자신의 가방을 내 손에 넘겨준 그녀는 미안해서라도 내 곁을 떠날 수 없게 되었다. 동갑내기 친구가 있는데도 그녀와는 이야기하지 않고 내 곁에만 붙어 있는 소노코를 나는 이따금 묘한 기분으로 바라보았다. 봄을 몰고 오는 먼지투성이 맞바람에 소노코의 애절할 정도로 순진하고 응석 가득한 말소리가 이리저리 흩어졌다. 나는 외투 입은 어깨를 올렸다 내렸다 하면서 그녀의 가방 무게를 가늠해보았다. 이 무게가 내 마음속 깊은 밑바닥에 맺혀 있는, 수배자가 느끼는 양심의 가책 비슷한 것을 가까스로 변호해주었다.

—중심가를 막 벗어나려 할 때 소노코의 할머니는 다리가 아프다고 신음 소리를 냈다. 은행가가 역까지 다시 돌아가, 어떻게 손을 썼는지 잠시 뒤 일행을 위한 두 대의 전세 자동차를 몰고 왔다.

"야아, 오래간만이다."

구사노와 악수한 내 손은 새우껍질을 만진 듯한 감촉에 흠칫했다.

"이 손…… 어떻게 된 거야?"

"하하, 놀랐지?"

그에게는 이미 신병 특유의 약간은 으스스한 짓궂음이 배어 있었다. 손을 가지런히 모아서 내 앞에 쑥 내밀었다. 트고 갈라지고 동상에 걸린 피부가 먼지와 기름때에 절어 새우 등껍질 같은 늠름한 손을 만들어낸 것이다. 게다가 눅눅하고 차갑기까지 했다.

그 손이 나를 두렵게 한 방식은 현실이 나를 두렵게 했던 바로 그 방식과 같았다. 나는 그 손에 본능적인 공포감을 느꼈다. 사실 내가 공포를 감지한 것은 이 가차없는 손이 내 마음속에 고발하고 소추하는 무언가였다. 이 손 앞에서만은 아무것도 위장할 수 없다는 두려움이었다. 그런 생각을 하는 순간 소노코라는 또 하나의 존재가, 이 손에 저항하는 내 유약한 양심의 유일한 갑옷, 유일한 방탄복이라는 의미를 꺼내 들고 나섰다. 나는 반드시 그녀를 사랑해야 한다고 느꼈다. 그것이 나의, 예의 깊은 밑바닥에서 느꼈던 양심의 가책보다 더더욱 깊은 밑바닥을 가로지르는 당위(當爲)가 되었다……

아무것도 모르는 구사노는 별뜻 없이 이렇게 말했다.

"목욕할 때 이 손으로 문지르면 때수건이 필요 없지."

가벼운 한숨이 그의 어머니 입에서 흘러나왔다. 나는 그 자리에 선 자신을 부끄러움도 모르는 쓸모없는 인간으로 느낄 수밖에 없었다. 소노코가 무심코 나를 올려다보았다. 나는 고개를 숙였다. 부조리였지만, 나는 그녀에게 용서를 구하지 않으면 안 될 듯한 기분이 들었다.
"자 자, 밖으로 나가죠."

그는 쑥스러운 듯 할머니와 어머니의 등을 약간 거칠게 밀어냈다. 바람이 들이치는 병영 마당의 말라빠진 잔디에 가족 무리가 빙 둘러앉아 차려 온 음식을 후보생들에게 먹이고 있었다. 유감스럽게도 그것은 아무리 눈을 비비고 봐도 아름다운 정경으로 보이지 않았다.

이윽고 구사노도 그들처럼 우리가 둥그렇게 둘러앉은 한가운데 책상다리를 하고 앉아, 양과자를 뺨이 불룩하도록 몰아넣고 눈만 두리번거리며 도쿄 쪽 하늘을 가리켰다. 이 구릉지에서는 마른 들판의 저편으로 분지를 이루며 펼쳐진 M시가 훤히 내다보였고, 좀더 너머에 나지막한 산맥이 끊겼다가 이어지는 틈새가 도쿄 하늘이라는 뜻이었다. 이른 봄의 차디찬 구름이 그 근방에 희미한 그늘을 떨어뜨리고 있었다.

"엊저녁에 저쪽이 아주 빨갛게 보였어. 정말 큰일이다. 너희 집도 무사히 남아 있을지 어떨지 모르겠다. 저쪽 하늘이 온통 죄다 빨개지다니, 지금까지는 한 번도 그런 적 없었어."

―구사노는 혼자서 위세 좋게 떠들며 할머니와 어머니를 비롯한 온 가족이 하루 빨리 소개하지 않으면 매일 밤 마음 편히 잘 수 없겠다고 말했다.

"알았다. 곧 소개하마. 이 할미가 약속했다."

할머니가 다부지게 말했다. 그리고 허리띠 아래에서 작은 수첩과 이쑤시개만 한 샤프펜슬을 꺼내 뭔가를 자세하게 적어 넣었다.

돌아오는 길의 기차 안은 우울했다. 역에서 다시 만난 오바 씨도 딴 사람이 된 것처럼 침묵을 지켰다. 모두가 예의 '혈육의 정과 사랑'이라는 것, 보통 때는 감춰져 있던 내부가 발랑 뒤집혀 욱신거리는 아픈 감상의 포로가 된 꼴이었다. 아마도 서로 만나면 그것 말고는 더 보여줄 무엇도 없는 벌거벗은 마음으로, 아들과 오빠와 손자와 동생을 만난 끝에 그 벌거벗은 마음이 서로의 무익한 출혈을 내보인 것에 불과하다는 허탈함을 그들은 깨달은 것이다. 나는 나대로 구사노의 가엾은 손의 환영에 쫓기고 있었다. 등불이 켜질 무렵, 우리가 탄 기차는 도쿄 선으로 갈아타는 O역에 도착했다.

거기서 우리는 처음으로 간밤에 있었던 공습의 적나라한 피해를 마주했다. 역의 교량이 전쟁 부상자들로 가득 차 있었다. 그들은 모포를 둘러쓴 채 아무것도 보지 않고 아무것도 생각하지 않는 시선을, 아니, 그저 단순히 눈알만 드러내고 있었다. 무릎에 누인 아기를 똑같은 진폭으로 영원히 흔들어줄 작정인 듯한 어머니가 있었다. 반쯤 타버린 조화를 머리에 꽂은 여자가 고리짝에 매달려 잠들어 있었다.

그 사이를 지나가는 우리 일행은 비난의 시선조차 받지 못했다. 우리는 완전히 묵살당했다. 그들과 불행을 함께하지 않았다는 이유만으로 우리의 존재 이유는 말살되고 그림자 같은 존재로 간주되었다.

그럼에도 불구하고 내 안에서는 무언가가 타올랐다. 그곳에 널린 '불행'의 행렬이 내게 용기를 주고 힘을 주었다. 나는 혁명이 몰고 오는 극도의 흥분을 이해했다. 그들은 자신의 존재를 규정하던 온갖 것들이 불길에 휩싸이는 현장을 목격한 것이다. 인간관계가, 애증이, 이성이, 재산이 바로 눈앞에서 불길에 휩싸이는 모습을 본 것이다. 그때 그들은 불길과 싸운 것이 아니었다. 그들은 인간관계와 싸우고 애증과 싸우고 이성과 싸우고 재산과 격투했던 것이다. 그때 그들은 난파선의 승무원처럼, 한 사람이 살기 위해 다른 한 사람을 죽여도 좋다는 조건을 부여받았던 것이다. 연인을 구하려다 죽은 사나이는 불길에 살해된 것이 아니라 연인에게 살해된 것이며, 어린 자식을 구하려다 죽은 모친은 다름아닌 그 어린 자식에게 살해된 것이다. 거기에서 싸움을 벌인 것은 아마도 전례가 없을 만큼 보편적이며 또한 근본적인 인간의 온갖 조건이었다.

나는 엄청난 연극이 인간의 얼굴에 남기는 피로의 흔적을 그들에게서 보았다. 어떤 뜨거운 확신이 내게 용솟음쳤다. 실로 짧은 순간이었지만 인간의 근본적인 조건에 대한 나의 불안이 참으로 멋지게 빠져나와 사라지는 것을 나는 느꼈다. 고함을 내지르고 싶은 마음이 가슴에 가득 찼다.

내가 조금만 더 내성의 힘이 풍부하고 조금만 더 예지의 혜택을 받았더라면, 나는 그 조건의 음미에 뛰어들었을지도 모른다. 하지만 우스꽝스럽게도 모종의 열렬한 몽상이 처음으로 내게 팔을 내밀어 소노코의 몸을 감싸게 하였다. 어쩌면 이 작은 동작조차도 사랑이라는 이름이 이제 아무것도 아니라고 나 자신에게 가르친 것인지도 모른다. 우리는 그런 모습으로 일행의 맨 앞에 서서 빠른 걸음으로 어두운 교량을 빠져나왔다. 소노코도 아무 말이 없었다.

―하지만 이상할 만큼 환한 도쿄 선 전차 안에 자리를 잡고 서로를 마주 바라보았을 때, 나는 나를 보는 소노코의 눈빛이 어딘지 절박하면서도 검고 유연한 광채를 내뿜는다는 것을 깨달았다.

도쿄 간조 선으로 갈아타니 승객의 구십 퍼센트가 전쟁 피해자였다. 이곳에는 좀더 노골적인 화재의 냄새가 위세를 떨치고 있었다. 사람들은 높은 목소리로 오히려 자랑스럽게 자신들이 방금 뚫고 나온 재난에 대해 이야기하고 있었다. 그들은 실로 '혁명'의 군중이었다. 왜냐하면 그들은 반짝거리는 불만, 가득 넘치는 불만, 최고조로 신이 난 불만을 품은 군중이었기 때문이다.

나는 혼자 S역에서 일행과 헤어졌다. 가방은 다시 그녀의 손으로 돌아갔다. 집까지 가는 깜깜하고 어두운 길을 걸으며, 몇 번이나 이제 내 손이 가방을 들고 있지 않다는 생각을 했다. 그리고 그 가방이 우리 사이에서 얼마나 중요한 역할을 해주었는지 다시금 절실하게 깨달았다. 그것은 사소한 고역(苦役)이었다. 되도록 양심이 밀고 올라오지 못하도록 나에게는 언제나 추(錘)가, 바꿔 말하자면 무거운 고역이 필요했다.

온 가족이 멀쩡한 얼굴로 나를 맞아주었다. 같은 도쿄라도 역시 도쿄는 넓은 곳이었다.

이삼 일이 지나 나는 소노코에게 빌려주기로 약속한 책을 들고 구사노의 집을 찾았다. 이런 경우 스물한 살의 남자가 열아홉 살의 소녀를 위해 선택할 소설이라면 굳이 제목을 늘어놓지 않아도 대충 짐작이 갈 것이다. 남들이 다 하는 평범한 짓을 하고 있다는 기쁨은 내게는 각별한 것이었다. 소노코는 근처에 잠깐 나갔는데 금방 돌아올 거라고 해서 나는 손님방에서 그녀를 기다렸다.

그 틈에 봄을 앞둔 하늘이 잿물처럼 흐려지더니 비를 뿌리기 시작했다. 소노코는 오는 길에 비를 만났는지 머리카락에 반짝이는 빗방울을 얹은 채 어둠침침한 손님방으로 들어왔다. 그리고 깊은 긴의자의 컴컴한 한쪽 구석에 어깨를 움츠리며 앉았다. 다시 그 입가에 미소가 번졌다. 빨간 재킷 아래로 가슴 봉우리가 어슴푸레한 속에서 뚜렷이 떠올랐다.

우리는 얼마나 머뭇거리며 몇 마디 되지도 않는 말을 나누었던가. 둘이서만 있는 건 우리에게 처음 있는 일이었다. 지난번 짧은 여행길에 기차 안에서 나눈 편안한 대화는 모두 주위에서 들려오는 수다와 어린 여동생들 덕분이었다는 것을 깨달았다. 종이쪽지에 단 한 줄의 연애편지를 써서 건넨 그때의 용기도 오늘은 흔적 없이 사라졌다. 나는 전보다 훨씬 더 겸허한 기분이었다. 나는 내버려두면 금방 성실해지기 쉬운 인간이었는데, 말하자면 그녀 앞에서 나는 그렇게 되는 것을 두려워하지 않았다. 연기하기를 잊어버렸던 것일까? 완전히 정상적인 인간처럼 사랑을 한다는 운명적인 연기를? 그래서였는지, 나는 마치 이 신선한 소녀를 사랑하지 않는 듯한 마음이 들었다. 그런데도 나는 기분이 좋았다.

갑작스러운 비가 그치고, 저녁 햇살이 방 안으로 비쳐들었다.

소노코의 눈과 입술이 반짝였다. 그 아름다움 앞에서 아무 욕망도 일으키지 못하는 나의 무력함이 엄청난 무게로 나를 찍어눌렀다. 그러자 이 괴로운 마음이 거꾸로 그녀의 존재를 덧없는 것으로 보이게 했다.

"우리도 마찬가지야"—하고 나는 말을 꺼냈다. "우리도 언제까지 살아 있을지 알 수 없어. 만약 지금 경보가 울린다면 그 비행기에는 우리를 맞힐 직격탄이 실렸을지도 모르지."

"그러면 얼마나 좋을까……"—그녀는 스카치 트위드 줄무늬 스커트의 주름을 괜스레 접고 또 접다가 그렇게 입을 열며 얼굴을 들었다. 그 순간 햇살을 받은 솜털이 뺨의 선을 둥그렇게 그려냈다. "뭐랄까…… 소리를 내지 않는 비행기가 와서, 이러고 있을 때 직격탄을 떨어뜨려준다면…… 그런 생각 안 해요?"

이것은 그 말을 하는 소노코 스스로도 깨닫지 못한 사랑의 고백이었다.

"응…… 나도 그렇게 생각해."

정말로 그렇다는 듯 내가 대답했다. 이 대답이 얼마나 깊은 내 바람에 뿌리 내린 것인지 소노코는 알 리 없었다. 그러나 생각해보면 이런 대화는 우스꽝스럽기 짝이 없었다. 세상이 평화로웠다면 서로 몹시 사랑한 끝이 아니고서는 도저히 나눌 수 없는 대화인 것이다.

"죽어서도 헤어지고 살아서도 헤어지고, 정말 지긋지긋하군." 나는 부끄러운 마음을 감추려고 시니컬한 말투로 말했다. "가끔 이런 생각 들지 않아? 이런 시대에는 헤어지는 게 일상이고 만나는 건 오히려 기적이라는 생각…… 우리가 이렇게 십여 분 말을 나눌 수 있는 것도 그래. 가만히 생각해보면 정말 기적 같은 사건인지도 몰라……"

"네, 저도요……"—그녀는 뭔가 말끝을 흐렸다. 그러더니 몹시 진지하게, 그러나 듣는 사람을 편안하게 해주는 평온함과 조용함으로 말을 이었다. "만난 지 얼마 안 되었는데, 금세 또 헤어지게 되네요.

할머님이 소개를 서두르고 계세요. 그제 오빠를 면회하고 오자마자 N현에 사는 큰어머님께 전보를 치셨거든요. 그랬더니 오늘 아침 장거리 전화로 회답이 왔어요. 우리가 보낸 전보는 집을 구해달라는 것이었는데, 지금 찾아봐도 집은 없으니까 그냥 큰어머님 댁으로 내려오라는 말씀이셨어요. 그러면 적적하던 집안이 떠들썩해져서 훨씬 좋으시다네요. 할머님은 이삼 일 뒤에 가겠다고 성급하게 대답하신 모양이에요."

그 말에 나는 가볍게 대꾸할 수 없었다. 내 마음이 받은 타격은 스스로도 깜짝 놀랄 만큼 컸다. 모든 것이 지금 이 상태 그대로 두 사람이 상대방 없이 지낼 수 없는 나날을 보내리라는 착각이 어느새 내 느긋한 마음에 생겨나 있었다. 좀더 깊은 의미에서 보면 그것은 이중의 착각이었다. 이별을 고하는 그녀의 말은 지금의 이 만남이 얼마나 허무한 것인지 알려주고, 지금 누리는 이 기쁨이 가상에 불과함을 폭로하여 그것이 영원할 줄로 알았던 유치한 착각을 무너뜨렸다. 그와 동시에, 가령 이별이 찾아오지 않더라도 남녀 관계라는 것은 '모든 것이 지금 상태 그대로'에 멈춰 있기를 결코 허락하지 않는다는 것을 깨달음으로써 또 하나의 착각도 무너뜨렸다. 나는 숨 막히도록 똑똑히 깨달았다. 하지만 어째서 이대로여서는 안 되는가. 소년 시절 몇천 번을 물었던 그 물음이 다시 입가에 떠올랐다. 어째서 모든 것을 망가뜨리고 모든 것을 옮기고 모든 것을 유전하는 흐름 속에 내맡기지 않으면 안 되는 괴상한 의무가 우리 모두에게 부과되어 있는 것일까. 이런 불쾌하기 짝이 없는 의무가 세상에서 말하는 '생'이라는 것인가. 그건 나에게만 의무인 것이 아닐까. 적어도 그 의무를 무거운 짐으로 느끼는 사람이 나뿐이라는 건 틀림없었다.

"흠, 떠난다니…… 하긴 네가 여기 있어도 나 역시 머지않아 떠나야 할 테지만……"

"어디로 가는데요?"

"3월 말이나 4월 초부터 또 어디 공장으로 들어가기로 했어."

"공습도 있고, 위험하겠지요?"

"응, 위험하지."

나는 자포자기한 심정으로 대답했다. 그리고 총총히 자리에서 일어섰다.

― 다음날 온종일 나는 이제 그녀를 사랑해야 한다는 당위에서 풀려났다는 편안함에 젖어 보냈다. 나는 큰 소리로 노래를 부르고 가증스러운 육법전서를 발로 걷어차는 등 그저 한없이 명랑했다.

이 기묘하게 낙천적인 상태가 하루 종일 계속되었다. 어린아이 같은 숙면이 나를 찾아왔다. 그것을 깨뜨리며 다시 어두운 밤의 사이렌이 울려퍼졌다. 우리 가족은 투덜거리며 방공호로 들어갔지만 아무 일 없이 이윽고 해제 사이렌이 들려왔다. 방공호 안에서 꾸벅꾸벅 졸던 나는 철모와 물통을 어깨에 걸고 가장 나중에야 지상으로 나왔다.

1945년의 겨울은 끈질겼다. 한참 전부터 봄이 표범처럼 발소리를 죽여 슬금슬금 다가와 있는데도 겨울은 여전히 감옥처럼 침침하고 완고하게 그 앞을 가로막고 있었다. 별빛에는 아직 얼음의 차가운 번뜩임이 남아 있었다.

막 잠에서 깨어난 내 눈이 상록수의 우거진 잎사귀 속에서 따스하게 빛이 번진 몇 개의 별을 찾아냈다. 예리한 밤기운이 내 숨결에 섞여들었다. 갑자기 나는 나 자신이 소노코를 사랑하고 있으며 소노코와 함께하지 않는 세계는 한 푼어치의 가치도 없다는 관념에 짓눌렸다. 잊을 수 있으면 어디 잊어보라고 마음속 깊은 곳의 목소리가 말했다. 그러자 뒤를 이어 마치 기다렸다는 듯이, 아침 플랫폼에서 소노코의 모습을 찾아냈던 때와 똑같이 내 존재의 밑바닥을 뒤흔드는 슬픔이 솟구쳤다.

나는 가만히 있을 수가 없었다. 발을 동동 굴렀다.

그래도 또 하루를 꾹 참았다.

사흘째 저녁 무렵에 나는 다시 소노코를 찾았다. 현관 앞에서 공무원으로 보이는 사내가 짐을 꾸리고 있었다. 마당 자갈밭 위에서 궤짝 같은 것을 멍석으로 감아 새끼줄로 묶고 있었다. 그것을 보자 나는 불안에 휩싸였다.

현관에 나온 사람은 할머니였다. 할머니 뒤에는 이미 포장을 끝내고 실어 내는 일만 남은 이삿짐들이 쌓여 있고, 현관에는 지푸라기가 가득했다. 할머니의 얼굴에 언뜻 당황한 표정이 떠오르는 것을 보고 나는 소노코를 만나지 말고 이대로 돌아가자고 마음먹었다.

"이 책을 소노코에게 전해주십시오."

나는 서점 사환 아이처럼 두세 권의 달콤한 소설을 내밀었다.

"번번이 정말 고맙구나." — 할머니는 소노코를 부르려 하지도 않고 그렇게 말을 이었다. "우리는 내일 밤 시골로 떠나기로 했다. 일이 정신없이 결정되어 뜻밖에 일찍 떠나게 됐어. 이 집은 T씨에게 빌려드리기로 했는데 그이 회사 기숙사로 쓰인다나봐. 이렇게 헤어지게 돼서 정말 섭섭하구나. 손자들끼리 그동안 참 다정하게 지내서 마음이 흡족했는데. 그러니 우리가 가는 시골에 한번 놀러오렴. 정리되는 대로 소식 보낼 테니까 꼭 다녀가거라."

사교에 능한 할머니의 예의바른 인사치레는 듣기에 그리 불쾌하지 않았다. 하지만 그녀의 지나치게 정갈하고 고른 틀니의 치열처럼, 그 말들은 이른바 무기질적인 나열의 능숙함에 지나지 않았다.

"댁내 모두 건강하게 지내시기를 바랍니다."

나는 겨우 그 말만 했다. 소노코의 이름은 꺼내지도 못했다. 그때 내 머뭇거림에 불려 나오듯 안쪽 계단 층계참에 소노코가 모습을 드러냈다. 그녀는 모자가 든 큼직한 종이상자를 한 손에 들고 다른 한 손에는 대여섯 권의 책을 안고 있었다. 높은 창을 통해 떨어지는 햇빛에 그녀의 머리가 타오르고 있었다. 내 모습을 알아보자마자 그녀는 할머니가 화들짝 놀랄 만큼 큰 소리로 외쳤다.

"잠깐만요!"

그러고는 말괄량이처럼 요란한 발소리를 내며 이층으로 뛰어올라갔다. 깜짝 놀라는 할머니를 지켜보는 것이 적잖이 고소했다. 할머니는 집 안이 온통 이삿짐으로 엉망이라 들어오라는 말도 못해서 미안하다고 말하고는 총총히 안으로 사라졌다.

잠시 뒤에 소노코가 붉어진 얼굴로 뛰어내려왔다. 현관 한구석에 어정쩡하게 서 있는 내 앞에서 아무 말 없이 신을 신고 나서 저기까지 배웅해주겠노라고 했다. 명령조의 자신 있는 말투에는 나를 감동시키는 힘이 있었다. 나는 어색한 손놀림으로 교복 모자를 만지작거리며 그녀의 움직임을 바라보았다. 마음속에서 무언가가 덜컥 발소리를 멈추는 듯한 기분이었다. 우리는 좁은 통로에 서로의 몸을 스치며 현관문 밖으로 나왔다. 대문까지 내려가는 자갈길을 아무 말 없이 걸었다. 문득 소노코가 멈춰 서서 신발 끈을 다시 묶었다. 그 동작에 묘하게 시간이 오래 걸려서 나는 대문까지 걸어가 길가를 내다보며 한참을 기다렸다. 나는 열아홉 살 소녀의 귀여운 수법을 알지 못했다. 그녀로서는 필히 내가 조금 앞장서서 걸어가야 했던 것이다.

돌연 뒤쪽에서 그녀의 가슴이 내 오른쪽 팔뚝에 맞닿았다. 마치 자동차 사고와도 같이 무언가 우연한 방심 상태에서 온 충돌이었다.

"저어, 이거……"

딱딱한 봉투의 각진 부분이 내 손바닥을 찔렀다. 나는 하마터면 그 봉투를 작은 새를 목 졸라 죽이듯 꽉 움켜쥐어 구겨버릴 뻔했다. 그 편지의 무게를 도무지 믿을 수가 없었다. 나는 내 손이 쥐고 있는, 여학생 냄새가 풀풀 풍기는 그 봉투를 마치 봐서는 안 될 것을 보듯이 흘낏 훔쳐보았다.

"나중에…… 나중에 집에 가서 보세요."

그녀는 누군가 간지럼을 태운 듯 헉헉거리는 작은 목소리로 속삭였다. 내가 물었다.

"답장은 어디로 보내야 하지?"

"그 안에…… 적혀 있어요. 그 동네 주소. 그쪽으로 보내주세요."

이상하게도 갑자기 이별이라는 것이 즐거운 기대로 바뀌었다. 숨바꼭질을 할 때 술래가 하나둘 숫자를 헤아리기 시작하면 제각기 정한 곳을 향해 뿔뿔이 흩어지는 순간의 즐거움과 비슷했다. 나는 이런 식으로 매사를 향락으로 바꿔버리는 기묘한 천성이 있었다. 이 비뚤어진 천성 덕분에 나의 나약한 겁쟁이 기질은 나 자신의 눈에조차 이따금 용기로 잘못 비춰졌다. 하지만 그것은 인생에서 어떤 것도 선택하지 않은 인간의 안이한 보상 심리라고나 할 천성인 것이다.

역 개찰구에서 우리는 헤어졌다. 악수 한 번 없이.

태어나서 처음으로 받은 연애편지에 나는 뛸 듯이 기뻤다. 집에 돌아갈 때까지 기다릴 수 없어서 남이 보건 말건 전차 안에서 봉함을 뜯었다. 그러자 수많은 그림자 그림 카드며 미션스쿨 학생들이 퍽도 좋아할 듯한 외국의 채색화 카드가 줄줄이 나왔다. 그 안에 푸른 편지지가 한 장 접혀 있었다. 디즈니의 『늑대와 아이』 그림 아래쪽에 습자 연습 같은 정자체로 이런 글이 있었다.

　책을 빌려주셔서 정말 고마웠습니다. 덕분에 몹시 흥미롭게 읽었습니다. 공습 아래에서도 부디 건강하게 지내시기를 진심으로 기원합니다. 그쪽에 도착하면 다시 편지 드리겠습니다. 주소는 ~현 ~군 ~촌 ~번지입니다. 동봉한 것들은 별로 대단한 건 아니지만 인사의 표시가 될까 하여 넣었으니 부디 받아주시기 바랍니다.

이것 참 얼마나 굉장한 연애편지인가. 주책없이 미리 좋아했던 콧대가 보기 좋게 꺾여버렸다. 나는 새파래진 얼굴로 웃음을 터뜨렸다. 이런 편지에 내가 답장 따위를 해줄 것 같으냐고 생각했다. 똑같이 인쇄해서 보내온 연하장에 일일이 형식적인 답장을 하는 것과 같은 짓거리였다.

하지만 집에 돌아오기까지 삼사 분 사이에 답장을 하고 싶다는 원래의 욕구가 슬금슬금 처음의 '뛸 듯이 기쁜 상태'에 대한 변호를 하고 나섰다. 소노코가 받고 자란 그 굉장한 가정교육 아래에서 연애편지 쓰는 법을 배우기란 참으로 힘든 일이 아니었겠나 쉽게 상상할 수 있었다. 남자에게 처음으로 쓰는 편지라 머릿속이 이래저래 어지러웠을 테고, 그 바람에 그녀의 붓은 잔뜩 움츠러들고 말았음에 틀림없었다. 아무 알맹이도 없는 이 편지 이상의 내용을 그때의 행동으로 모두 말했다는 건 분명한 사실이 아닌가······

갑자기 다른 방향에서 덮쳐든 분노가 나를 사로잡았다. 나는 다시 애꿎은 육법전서를 화풀이 삼아 벽으로 걷어찼다. 이 얼마나 한심하냐고 나는 스스로를 꾸짖었다. 열아홉 살 난 여자아이에게 잔뜩 욕심을 내면서도 그쪽에서 내게 반하기를 기다리다니, 왜 좀더 떳떳이 나서지 못하는가. 네가 우물쭈물하는 원인이 저 이상한, 정체를 알 수 없는 불안에 있다는 것을 알고 있다. 그렇다면 어째서 다시 그녀를 찾아갔단 말인가. 너의 지난날을 돌이켜봐라. 너는 열다섯 살쯤에는 나이보다 제법 어른스러웠다. 열일곱 무렵만 해도 그럭저럭 남과 어깨를 견주며 나아갔다. 그런데 스물한 살이나 된 지금은 어떤가. 스무 살이 되기 전에 죽을 것이라던 친구의 예언은 아직 이루어지지 않았고 전사할 희망마저도 끊겨버렸다. 이 나이에 철없는 열아홉 살 소녀와 첫사랑에 빠져 쩔쩔매는 꼴이라니, 얼마나 보기 흉한 성장인가. 스물한 살 나이에 겨우 연애편지나 주고받다니, 세월 계산을 잘못한 것인가. 너는 이 나이가 되도록 입맞춤 한 번 해본 적도 없다. 갈 곳 없는 낙제생이다!

그러자 다시 어둡고 집요한 또 다른 목소리가 나를 야유했다. 그 목소리에는 뜨거운 성실함이 있었고 내가 전혀 접해보지 못한 인간적인 묘미가 느껴졌다. 그 목소리는 이런 식으로 쉴새없이 다그쳤다. ―사랑이라고? 그것도 좋지. 하지만 네게 여자에 대한 욕망이 있기나 한 거야? 그녀에 대해서만은 결코 '비열한 욕망'이 없다고 우기는 자기 기만으로, 어떤 여자에게서도 '비열한 욕망'이라는 것을 품어본 적이 없는 너 자신을 잊어버릴 셈인가? 처음부터 '비열하다' 따위의 형용사를 쓸 자격이 네게 있었어? 애초에 네게 여자의 벗은 몸을 보고 싶다는 욕망이 생긴 적이 있는가 말이야. 소노코의 벗은 몸을 상상해본 일이 단 한 번이라도 있었어? 네 나이 또래의 사내란 젊은 여자를 볼 때 그 벗은 몸을 상상하지 않을 수 없다는 자명한 이치쯤은 너도 그 노련한 유추라는 것을 통해 충분히 짐작했을 텐데 말이야. 어째서 이런 소리를 듣게 되었는지, 네 마음에게 물어봐. 유추라는 건 그저 잠깐의 수정으로 가능한 것 아니야? 어젯밤에 너는 잠이 들기 전에 작은 인습(因襲)에 몸을 맡겼지? 기도 같은 것이라고 한다면 그것도 괜찮겠지. 보잘것없는 사교(邪敎) 의식이자 누구라도 하지 않고는 못 배기는 짓거리지. 대용품이라도 익숙해지면 쓸 때의 기분이 그리 나쁘지 않을 거야. 특히 그 짓은 효과가 즉시로 나타나는 수면제니까 말이야. 하지만 그때 네가 마음속에 떠올린 것은 결코 소노코가 아닌 것 같더군. 지독히 괴상망측한 환영이라서 곁에서 지켜보는 이 몸은 번번이 아주 간이 떨어질 지경이었어. 대낮에는 거리를 돌아다니며 왜 그런지 젊은 병사나 해병에게 흘끔흘끔 눈길을 던지곤 했지. 네가 좋아하는 나이의, 멋지게 햇볕에 그을린, 어찌됐건 지식이라는 것과는 인연이 멀어 보이는 순진해빠진 얼굴을 한 젊은 남자들. 너의 눈은 그런 젊은이를 보면 당장 몸뚱이부터 낱낱이 재보더군. 법대를 졸업한 주제에 재봉사라도 될 셈이야? 너는 스무 살 무렵의 무식한 젊은이, 사자 새끼처럼 유연한 육체를 너무도 좋아해. 어제 하루 동안에도 마음속으로 그런 젊은이를 몇 명이나 발가벗겼는지 모르지. 식물 채집용 양철통 같은 것을 마음속에 준비해뒀다가 몇 명이나 되는 Ephebe의 나체를 채집해서 돌아오는 거야. 그리고 그중에서 사교 의식의 산 제물을 선발하지. 자아, 그 뒤부터가 아주 지긋지긋하도록 지겨워. 너는 산 제물을 묘하게 생긴 육각기둥 옆으로 데려와. 그리고 감춰둔 밧줄로 이 나체의 제물을 뒷짐 지워 기둥에 묶지. 그때마다 엄청난 저항과 부르짖음이 필요해. 너는 희생물에게 정중하게 죽음에 대한 암시를 건네. 그러는 동안 기묘하고도 천진하기까지 한 미소가 너의 입가에 떠오르고, 마침내 호주머니에서 예리한 나이프를 꺼내지. 너는 희생물에게 다가가 꽁꽁 묶인 옆구리 살을 칼끝으로 슬쩍슬쩍 간질이며 애무해. 희생자는 절망의 비명을 올리고 칼날을 피하려고 몸을 뒤틀고 공포에 싸인 심장은 벌떡거리고 벌거벗은 다리는 후들후들 떨며 허벅지를 맞부딪쳐. 나이프가 푸욱 옆구리에 꽂혀. 물론 네가 저지른 흉악한 짓이지. 희생자는 활처럼 몸을 젖히며 고독하고도 씩씩한 비명을 올리고, 칼에 찔린 배의 근육은 파들파들 경련을 일으켜. 나이프는 마치 칼집에라도 들어간 듯 냉정한 모습으로, 파문을 일으키는 살덩이 속에 파묻혀 있어. 피의 샘이 포말을 일으키며 용솟음쳐올라 매끄러운 허벅지를 향해 흘러가지.

너의 환희는 그 순간, 그야말로 인간적이야. 왜냐하면 너의 고정관

넘인 정상성은 그 순간 참으로 네 것이니까. 대상이야 어떻든 너는 육체의 깊은 곳에서부터 발정하고, 그 발정이 정상적이라는 점에서는 다른 사내들과 전혀 다를 바가 없어. 너의 마음은 원시적이고 고통스러운 충일감에 요동쳐. 네 마음에 야만인의 깊은 환희가 되살아나는 거야. 너의 눈은 빛나고 온몸의 피는 끓어오르고, 야만족이 품는 모든 생명의 현현으로 가득 차. ejaculatio 뒤에도 야만적인 찬가의 온기는 너의 몸에 남기에, 남녀의 정사 뒤끝과도 같은 서글픔은 너를 덮치지 않아. 너는 혈기 넘치는 고독으로 빛나지. 오래되고 거대한 강의 기억 속에 너는 한참이나 떠올라 둥실둥실 흔들려. 만족의 생명력이 맛보았던 궁극의 감동에 대한 기억이 우연히 너의 성 기능과 쾌감을 남김없이 점령해버린 것인가. 무엇을 위장해보겠다고 발버둥을 치는가. 틈만 나면 인간 존재의 이토록 깊은 환희를 만나는 네가 사랑이니 정신이니 하는 것을 필요로 한다니, 참으로 이해 못할 소리야.

차라리 이건 어때? 소노코에게 너의 꼴같잖은 학위 논문을 다 털어놓는다면? 그것은 'Ephebe의 토르소 곡선과 혈액 유출량의 함수관계에 대하여'라는 아주 숭고한 논문이지. 즉 네가 선택하는 토르소는 매끄럽고 야들야들하고 충실해서, 그 위를 피의 분류가 흘러 떨어질 때 가장 미묘한 곡선을 그리며 흘러내릴 생생한 토르소야, 그렇지? 흘러내리는 피바다에 가장 아름답고 자연스러운 무늬—이른바 들판을 가로질러 흐르는 작은 개천이며 잘려나간 오래된 거목이 내보이는 나이테 같은—를 만들어줄 토르소야. 어때, 틀림없지?

—틀림이 없었다.

하지만 내 자기 성찰의 힘은 가늘고 긴 종이를 꼬아 양끝을 맞붙여 만든 원과도 같은 측량할 수 없는 구조를 가지고 있었다. 겉인가 싶으면 속이었다. 속인가 하면 다시 겉이었다. 그 주기는 나중에 완만해졌지만 스물한 살의 나는 눈을 가린 채 감정 주기의 궤도를 빙빙 돌고 있을 뿐이었고, 그 회전 속도는 전쟁 말기의 황급한 종말감 덕분에 거의 눈이 핑핑 돌 정도의 것이었다. 원인도 결과도, 모순도 대립도 하나하나 찬찬히 들어설 여유가 없었다. 모순은 모순 상태 그대로 눈으로 잡을 수 없는 빠른 속도로 한순간에 지나쳐가는 것이었다.

한 시간여가 지났을 때, 나는 소노코의 편지에 그럴듯한 답장을 쓰겠다는 것 외에는 아무 생각도 나지 않았다.

……이럭저럭하는 사이에 벚꽃이 피었다. 꽃구경을 나설 여유가 있는 사람은 없었다. 도쿄의 벚꽃을 감상할 수 있는 사람들은 우리 대학 우리 학부의 학생들 정도뿐인 듯했다. 나는 학교에서 돌아오는 길에 혼자서, 아니면 친구 두어 명과 어울려 S연못가를 괜스레 걸어보곤 했다.

꽃은 이상할 만큼 요염했다. 꽃들의 의상이라고 할 붉고 하얀 장막이며 찻집의 번잡함, 꽃구경 나온 사람들에 풍선 가게며 풍차 장사들이 어디에도 없었기 때문에, 상록수 사이에 저 피고 싶은 대로 피어난 벚꽃을 바라보는 건 마치 꽃의 벗은 몸을 보는 느낌이었다. 자연의 무상 봉사, 자연의 무익한 사치, 그것이 그해 봄처럼 요염하리만치 아름답게 보인 적은 없었다. 나는 자연이 다시금 지상을 정복하려는 게 아닌가 하는 불쾌한 의혹을 품었다. 그렇지 않은가. 이 봄의 꽃들이 이렇게 화창하다니. 이건 단지 우연이 아니었다. 평지꽃의 노란빛도, 어린 풀의 연둣빛도, 벚나무 가지의 물오른 검은빛도, 그 가지를 둘러싼 음울한 꽃의 만개도 내 눈에는 어딘가 악의를 띤 색채의 찬연함으로 비쳤다. 그것은 말하자면 색채의 화재(火災)였다.

우리는 따분한 법률론을 다투며 벚꽃 행렬과 연못 사이의 잔디밭을 걸었다. 나는 그즈음 Y교수의 국제법 강의가 발하는 풍자적인 효과를 사랑하고 있었다. 공습하에서 교수는 태평하게도 언제 끝날지 모를 국제연맹 강의를 계속했다. 마작꾼이 체스 강의를 듣는 느낌이었다. 평화! 평화! 언제나 멀리서만 울리는 방울 소리와도 같은 그 말은 이 명으로밖에 생각되지 않았다.

"물권적 청구권의 절대성 문제인데……"

거대한 몸집에 거무튀튀하면서도 폐침윤이 상당히 진행되어 군대에 징집되지 않은 A라는 시골 출신 학생이 말을 꺼냈다.

"야, 관둬라, 재미없다."

얼핏 보기에도 폐결핵인 창백한 B가 가로막고 나섰다.

"하늘에는 적기(敵機), 땅에는 법률이라…… 흥……" 나는 코웃음을 쳤다. "하늘에는 영광, 땅에는 평화라는 건가?"

진짜 폐병이 아닌 사람은 나 하나뿐이었다. 나는 심장병인 척하며 지냈다. 훈장이거나 질병이거나, 둘 중 하나가 반드시 필요한 시대였다.

문득 벚나무 아래 풀 밟는 소리가 우리의 발을 멈추게 했다. 발소리의 주인도 이쪽을 보고 흠칫 놀란 모양이었다. 후줄근한 작업복에 게다를 신은 젊은 남자였다. 젊은이라는 사실을 알 수 있는 건 기껏해야 전투모 아래로 보이는 밤송이 같은 머리 색깔뿐이었다. 흐려진 안색과 덥수룩한 턱수염, 기름에 젖은 손발, 때에 전 목 언저리는 나이와 관계없는 음울한 피로를 드러냈다. 남자 뒤에 잔뜩 토라진 기미의 젊은 여자가 고개를 숙이고 있었다. 그녀도 아무렇게나 묶어 올린 머리에 국방색 블라우스를 입고 기묘하게 선명한, 막 새로 꺼낸 듯한 작업용 고무줄 바지를 입고 있었다. 징용된 공원끼리 데이트하는 것이 틀림없었다. 그들은 공장을 하루 땡땡이치고 꽃구경을 나온 모양이었다. 우리를 보고 놀란 것은 헌병인 줄 착각했기 때문일 터였다.

연인들은 곱지 않은 눈초리로 우리를 쳐다보며 지나갔다. 우리는 그 뒤로 별로 대화를 나눌 마음이 나지 않았다.

벚꽃이 만개하기 전에 법학부는 다시 강의를 폐쇄하고 S만에서 몇 리쯤 떨어진 해군 공장 기지로 학도병을 동원했다. 그 무렵 어머니와 동생들은 교외에 작은 농원을 가지고 있던 큰아버지 댁으로 소개했다. 도쿄 집에는 잔뜩 되바라진 중학생 서생만 남아서 아버지의 시중을 들어주기로 했다. 쌀이 떨어지는 날은 서생이 삶은 대두콩을 양념 절구에 갈아 토사물 같은 죽을 끓여 아버지께 올리고 또 저도 먹고 살았다. 얼마 안 되는 통조림 고기 국물은 아버지가 없는 사이에 그가 남김없이 먹어치웠다.

해군 공장 기지에서의 생활은 천하태평이었다. 나는 도서계 업무와 굴 파기 작업에 종사했다. 대만에서 온 소년들과 함께 부품 공장을 소개하기 위한 거대한 굴을 파내는 일이었다. 열두세 살쯤 된 이 작은 악머구리들은 내게 다시없는 친구들이었다. 그들은 내게 대만 말을 가르쳐주었고 나는 그들에게 옛날이야기를 들려주었다. 그들은 대만의 신이 자신들의 생명을 공습에서 지켜주고 언젠가 무사히 고국으로 돌아갈 수 있게 해줄 거라고 확신했다. 그들의 식욕은 거의 동물적인 경지에 달해 있었다. 그들 중 날쌘 한 명이 당번의 눈을 속여 훔쳐 온 쌀과 야채는 듬뿍 따라온 기계기름에 보글보글 끓어 볶음밥이 되었다. 나는 톱니바퀴 맛이 날 듯한 이 진수성찬을 사양했다.

한 달여가 못 되는 사이 소노코와 주고받는 편지는 적잖이 특별한 것이 되어갔다. 편지 안에서 나는 마음껏 대담하게 뛰놀았다. 어느 날 오전 해제 사이렌이 울리고 공장 기지에 돌아왔을 때, 책상에 도착해 있는 소노코의 편지를 읽으며 손이 부르르 떨리는 것을 느꼈다. 나는 가벼운 황홀감에 몸을 비틀었다. 입 안에서 몇 번이나 편지의 한 구절을 반복했다.

'……사모하고 있습니다……'

부재(不在)가 나의 용기를 부추겼다. 거리가 내게 '정상성'의 자격을 준 것이다. 말하자면 나는 임시로 고용한 '정상성'을 몸에 달고 있었다. 시간과 장소의 격리는 인간 존재를 추상화시킨다. 소노코에게로 내 마음이 외줄기로 기우는 것과 그와는 아무 관련 없는 보통을 벗어난 육체의 욕정은, 이 추상화 덕분에 동일한 무엇으로 내 내부에서 합체하고 아무런 모순 없이 존재를 시간의 작은 틈새들 속에 정착시켜주었는지도 모른다. 나는 자유자재였다. 하루하루의 생활이 말할 수 없이 즐거웠다. 게다가 결국에는 S만에 적이 상륙하여 이 주변을 석권할 것이라는 소문도 퍼져서, 죽음에 대한 희망도 전에 없이 내 가까이에 짙게 감돌았다. 위태로운 상태에 빠져 있으면서도 나는 참으로 '인생에 희망을 가졌다'!

4월도 반이 지난 어느 토요일, 나는 오랜만에 외박 허락을 받아 도쿄 집에 가게 되었다. 내 방 책장에서 공장으로 돌아가 읽을 책 몇 권을 챙기고, 그 길로 어머니가 계신 교외에 가서 머물 생각이었다. 그러나 도쿄로 들어가는 전차가 경보 사이렌에 멈췄다가 다시 출발했다가 하는 사이에 갑자기 오한이 들이닥쳤다. 극심한 현기증이 나면서 뜨거운 노곤함이 몸을 덮쳐왔다. 자주 겪어본 경험으로 편도선염 증상임을 알 수 있었다. 나는 도쿄 집으로 돌아와 서생에게 이부자리를 펴달라고 해서 곧바로 잠자리에 들었다.

한참 후 계단 아래에서 부드러운 여자의 말소리가 들렸고, 그 소리가 끓어오르는 열에 들뜬 이마를 징징 울려왔다. 계단을 올라 복도를 총총히 걸어오는 소리가 들렸다. 나는 가까스로 눈꺼풀을 들어올렸다. 요란한 기모노 옷자락이 보였다.

"—어머, 웬일이야, 한심하게."

"뭐야, 차코 아냐?"

"뭐야가 뭐야? 오 년 만에 만난 사람한테."

그녀는 먼 친척이었다. 원래 이름은 치에코(千枝子)인데 친척들 사이에서는 차코라고 불렀다. 나보다 다섯 살 위였다. 이전에 만난 것은 그녀의 결혼식 때였는데, 지난해 남편이 전사한 뒤 정신이 좀 이상해졌나 싶을 만큼 명랑해졌다는 소문이었다. 아닌 게 아니라 애석해하는 기미라고는 조금도 없이 그저 희희낙락이었다. 나는 어이가 없어 아무 말 없이 가만히 있었다. 머리에 꽂은 하얗고 큼직한 조화는 떼어버리면 좋으련만 싶었다.

"오늘은 다쓰한테 볼일이 있어서 온 거야." 그녀는 다쓰오(達夫)라는 아버지의 이름을 편하게 바꿔 부르며 말했다. "이삿짐을 소개하는 일로 좀 부탁할 게 있어서 왔지. 얼마 전에 할머니가 다쓰를 어디선가 만났는데 좋은 곳을 소개시켜준다고 했다나봐."

"아버지는 오늘 늦으실 텐데요? 그건 그렇고……" —나는 그녀의 입술이 너무도 붉어서 불안해졌다. 열이 오른 탓인지, 그 붉은 색깔이 내 눈을 도려내고 내 두통을 더욱 심하게 만드는 것 같았다. "요즘 같은 때에…… 그런 진한 화장을 하고 다녀도 다들 아무 말도 안 해요?"

"너도 이제 여자가 화장하는 데 신경 쓰는 나이구나? 그렇게 누워 있으니 아직도 젖먹이 어린애로만 보이는데 말이야."

"에이, 잔소리. 저리 가요."

그녀는 일부러 내 곁으로 다가왔다. 잠옷 입은 꼴을 보이기 싫어 나는 목까지 이불을 끌어당겼다. 갑자기 그녀가 내 이마에 손을 내밀었다. 그 찌르는 듯한 차가움은 너무도 때를 잘 맞춘 것이어서 나를 감동시켰다.

"열이 대단하네. 재봤니?"

"정확히 39도."

"얼음이 있어야겠어."

"이런 때 얼음 같은 게 어디 있어요?"

"내가 어떻게든 해볼게."

치에코는 무슨 재미있는 일이라도 난 양 옷자락을 차락차락 맞부딪치며 아래층으로 내려갔다. 조금 뒤에 다시 올라와서 얌전한 모양새로 앉았다.
"서생에게 얼음을 구해 오라고 보냈어."
"고마워요."
 나는 천장을 보고 있었다. 그녀가 베갯머리의 책을 집어들었을 때 차디찬 비단 옷자락이 내 뺨에 닿았다. 문득 그 차가운 옷자락이 몹시 기분 좋았다. 그걸 뺨에 대달라고 부탁하려다가 그만두었다. 방 안이 어둑해지기 시작했다.
"심부름 나간 애가 왜 이리 늦니."
 열이 오른 병자에게 시간 감각은 병적인 정확성을 띠게 마련이다. 치에코가 그렇게 늦다고 안달하기에는 아직 좀 이르다고 나는 생각했다. 이삼 분 지나 다시 그녀가 말했다.
"정말 늦네. 도대체 뭐 하는 거야, 그애는?"
"늦기는 뭘 늦어요?"
 나는 신경질적으로 소리를 높였다.
"어머, 가엾어라. 속이 타는 모양이구나. 눈을 좀 감고 있어. 그리 무서운 눈으로 천장만 노려보지 말고."
 눈을 감자 눈꺼풀에 열이 몰려 괴로웠다. 문득 이마에 뭔가 와 닿는 것이 느껴졌다. 그와 함께 희미한 숨결이 이마에 닿았다. 나는 얼굴을 돌리며 의미도 없는 한숨을 내쉬었다. 그러자 그 숨결에 이상하고 뜨거운 기운이 섞여들더니, 돌연 입술이 무겁고 기름기가 철퍽한 것으로 밀폐되었다. 이가 맞부딪쳐 소리를 냈다. 나는 눈을 뜨고 보는 것이 두려웠다. 그사이에 차디찬 손바닥이 내 뺨을 꼭 감쌌다.

이윽고 치에코가 몸을 거두자 나도 윗몸을 일으켰다. 우리는 엷은 어둠 속에서 서로를 노려보았다. 치에코 자매는 음탕한 여자들이었다. 그녀 안에서 타오르는 그 피가 똑똑하게 보였다. 타오르는 그것과 나의 열병이 설명하기 어려운 기묘한 친화감으로 이어졌다. 나는 완전히 몸을 일으켜 "한 번 더"라고 말했다. 서생이 돌아올 때까지 우리는 수없이 입술을 맞댔다. 키스만이야, 키스만이야, 라고 그녀는 내내 말했다.

─이 입맞춤에 육체감이 있었는지 없었는지 나는 알지 못한다. 어찌되었건 최초의 경험이란 그 자체가 일종의 육감일 뿐이므로 이런 경우에 변별은 쓸데없는 것인지도 모른다. 나의 도취로부터 예의 관념적인 요소를 추출해봐야 별볼일도 없다. 중요한 것은 내가 '입맞춤을 아는 남자'가 되었다는 점이다. 바깥에서 맛있는 과자를 받으면 저절로 '누이에게 주고 싶다'고 생각하는, 제 누이를 끔찍이 생각하는 오라비처럼 나는 치에코와 포옹하는 동안 열렬히 소노코만을 생각했다. 그때부터 내 생각은 소노코와 키스하는 공상에 집중되었다. 그것이 내가 범한 최초의, 그리고 가장 중대한 오류였다.

어떻든 소노코를 생각하자 이 첫 경험은 서서히 추한 모습으로 변해갔다. 나는 다음날 치에코가 전화를 걸어오자 내일 당장 공장에 돌아간다고 거짓말을 했다. 밀회 약속도 지키지 않았다. 이런 부자연스러운 냉랭함이 첫 키스에 쾌감이 없었다는 데서 비롯되었다는 사실은 눈을 감아버리고, 소노코를 사랑하기 때문에 그것이 추하게 여겨지는 것이라는 생각을 스스로에게 심어 넣었다. 처음으로 소노코에 대한 사랑을 나 자신을 변명하는 구실로 이용한 것이다.

첫사랑을 하는 소년소녀가 그러하듯 나와 소노코도 사진을 교환했다. 내 사진을 메다용에 넣어 가슴에 걸고 다닌다는 편지가 왔다. 그런데 소노코가 보내준 사진은 접이식 손가방에나 들어갈 큼직한 것이었다. 안주머니에도 들어가지 않아서 나는 보자기에 싸서 지니고 다녔다. 내가 없는 틈에 공장에 화재가 날까봐 집에 돌아올 때마다 꼭 가져왔다. 그러던 어느 날 공장 기지에 돌아오는 밤 전차에서 갑작스럽게 경보 사이렌을 만나 차내등이 꺼졌다. 한참 후에 대피령이 떨어졌고 나는 서둘러 짐 선반을 손으로 더듬어 손가방을 찾았다. 그러나 사진이 든 손가방은 그것을 넣었던 커다란 보통이와 함께 도둑맞은 뒤였다. 나는 미신을 믿는 편이었다. 소노코를 빠른 시일 안에 만나러 가지 않으면 안 된다는 불안이 그날부터 나를 따라다녔다.

 5월 24일 밤의 공습이 3월 9일 한밤중에 떨어졌던 공습처럼 나를 결정지었다. 어쩌면 나와 소노코 사이에는 그런 수많은 불행이 내던져준, 일종의 열병을 일으키는 독기와도 같은 것이 필요했는지도 모른다. 그것은 어떤 종류의 화합물에는 반드시 황산이라는 냄새가 필요한 것과 같았다.

 광야와 언덕이 만나는 지점에다 무수히 뚫어놓은 구덩이 안에 몸을 감추고 우리는 도쿄 하늘이 벌겋게 타오르는 광경을 보았다. 이따금 폭발이 일어나 하늘에 그림자가 패대기쳐지면 구름 틈새로 기묘할 만큼 푸른 한낮의 하늘이 빠끔히 내다보였다. 한밤중에 푸른 하늘이 언뜻 드러나는 것이다. 힘을 잃은 탐조등이 마치 적기를 반갑게 맞이하는 서치라이트처럼 활활 타오르는 빛의 십자무늬 가운데로 적기 날개에서 번득이는 빛을 언뜻 비추고는, 느릿느릿 도쿄 쪽에 가까운 탐조등에 빛의 바통을 전해주며 은근한 안내자 역할을 맡고 있었다. 고사포의 포격도 근래에는 뜸했다. B29*는 아무 거리낌 없이 도쿄 하늘에 들어섰다.

그렇게 멀리서 도쿄 상공에서 일어나는 공중전을 보았으니 어떻게 적과 우리 편을 구별할 수 있을까. 그런데도 벌건 하늘을 배경으로 격추되는 비행기의 자취를 보면 구경하던 이들은 일제히 갈채를 보냈다. 그중에서도 떠들썩한 것은 소년공들이었다. 방공호 여기저기에서 극장처럼 박수와 환성이 울려퍼졌다. 이렇게 멀리서 구경할 때는 떨어지는 비행기가 적의 것이든 우리 것이든 본질적으로 큰 차이가 없다고 나는 생각했다. 전쟁이란 그런 것이었다.

─다음날 아침 나는 아직도 연기가 피어오르는 침목을 밟으며 절반은 거뭇거뭇 타버린 좁은 판자를 걸쳐놓은 철교를 건너 불통된 철도선의 거의 절반을 걸어서 집에 돌아왔고, 우리집 근처만 타지 않고 멀쩡하게 남아 있는 것을 발견했다. 이따금 이쪽에 와서 머물던 어머니와 동생들도 어젯밤의 불난리를 보고 다급하게 돌아와 기뻐하고 있었다. 불난리 속에서 멀쩡하게 살아남은 것을 축하하기 위해 지하에서 통조림 양갱을 꺼내 와 모두 함께 먹고 있었다.

"오빠, 좋아하는 사람 있지?"

열일곱 살의 말괄량이 여동생이 내 방에 들어와 말했다.

"누가 그런 소릴 해?"

---

* 제2차 세계대전에 사용된 미국의 폭격기.

"나도 다 알아."

"좋아하면 안 되냐?"

"아니. 그런데 결혼은 언제 해?"

― 나는 흠칫 놀랐다. 현상수배자가 아무것도 모르는 사람에게 우연히 범죄와 관련된 이야기를 들은 듯한 기분이었다.

"결혼 같은 거 안 해."

"그건 부도덕하지. 처음부터 결혼할 마음도 없으면서 연애를 해? 아이, 싫어, 남자는 정말 악당이야."

"빨리 도망 안 가면 잉크병 던진다."

혼자가 되자 나는 입 안에서 몇 번이고 되풀이했다.

'그래, 결혼이라는 것도 있을 수 있어. 그리고 자식이라는 것도. 왜 그걸 잊고 있었지? 최소한 잊어버린 척은 하고 있었어. 결혼이라는 사소한 행복도 전쟁이 갈수록 심해지니까 전혀 없을 일인 양 착각하고 있었을 뿐이야. 사실 결혼이란 내게는 **몹시 중대한** 행복인지도 모르지. 뭐랄까, 몸의 터럭이 모조리 곤두설 만큼 중대한……'

그런 생각이 오늘 낮상이라도 소노코를 만나야 한다는 모순된 결심으로 나를 몰아붙였다. 이것이 사랑일까? 그렇다면 그건 하나의 불안이 우리 안에 머물 때 기묘한 열정의 형태로 나타나는 저 '불안에 대한 호기심'과도 같은 것이 아닐까?

소노코와 그녀의 할머니, 어머니에게서 한번 놀러 오라는 초대 편지가 몇 차례나 왔다. 나는 그녀의 큰아버지 댁에서 신세를 지는 건 곤란하니 호텔을 구해달라고 소노코에게 편지를 보냈다. 그녀는 그

동네 호텔에 일일이 찾아가봤지만 어디나 다 관청에 차출되었거나 독일인이 연금되어 있어서 이용할 수 없다고 했다.
　호텔—나는 공상에 빠져 있었다. 그것은 소년 시절부터 지녀온 공상의 실현이었다. 또한 그것은 늘 탐독했던 연애소설의 악영향이었다. 그러고 보면 세상에 대한 나의 사고방식에는 돈키호테 같은 구석이 있었다. 돈키호테의 시대에는 기사담을 탐독하는 사람이 아주 많았다. 하지만 그토록 철저히 기사 이야기에 빠져들자면 스스로가 한 사람의 돈키호테여야 했다. 내 경우도 이와 전혀 다르지 않았다.
　호텔, 밀실, 열쇠, 창문의 커튼, 부드러운 저항, 전투 개시 합의. ……그때야말로, 바로 그때야말로 나는 **가능할** 것이다. 하늘로부터 받은 영감처럼 나에게 **정상성**이 불타오를 것이다. 마치 악령이 들린 것처럼 나는 완전히 딴사람으로, 다름아닌 한 남성으로 다시 태어날 것이다. 그때야말로 나는 아무런 두려움 없이 소노코를 끌어안고 나의 모든 능력을 쏟아부어 그녀를 사랑할 수 있을 것이다. 의혹과 불안은 깨끗이 씻겨나가고 나는 마음 깊은 곳으로부터 "네가 좋다"고 말할 수 있을 것이다. 그날부터 나는 큰 소리로 공습중인 거리거리를 "이 사람이 나의 연인이오!"라고 부르짖으며 걸을 수도 있을 것이다……
　로마네스크한 성격에는 정신 작용에 대한 미묘한 불신이 폭넓게 퍼져 있어서, 그것이 이따금 몽상이라는 일종의 불륜에 가까운 행위를 이끌어낸다. 몽상은 모두가 생각하는 것처럼 정신적인 작용이 아니다. 그것은 오히려 정신으로부터의 도피이다.
　—그러나 호텔에 대한 꿈은 **전제적으로** 실현되지 않았다. 결국 그 지방 호텔은 어디도 잡을 수 없으니 집에 머물러달라는 편지를 소노

코는 거듭 보내왔다. 나는 승낙의 답장을 보냈다. 피로와도 비슷한 안도감이 나를 휩쌌다. 그러나 나로서도 이 안도감을 체념이라고 곡해할 수는 없었다.

6월 12일에 나는 출발했다. 해군 공장 기지는 전체적으로 될 대로 되라는 분위기가 만연했다. 휴가를 내지 못해도 아무 구실이나 붙이면 외출이 허락되었다.

기차는 더럽고 텅 비어 있었다. 전쟁중의 기차에 대한 추억은 (즐거웠던 그때만은 빼고) 어쩌면 그리도 비참한 것뿐일까. 나는 이번에도 어린아이 같은 비참한 고정관념에 시달리며 기차와 함께 흔들렸다. 그것은 소노코와 키스하기 전에는 절대로 그 마을을 떠나지 않으리라는 생각이었다. 하지만 이 생각은 인간이 자신의 욕망이 강요하는 생각과 싸울 때의 긍지 넘치는 결의와는 전혀 다른 것이었다. 나는 어설픈 도둑질을 하러 가는 기분이었다. 두목의 명령을 받고 어쩔 수 없이 강도질에 나서는 심약한 똘마니 같은 기분이었다. 사랑받고 있다는 행복감은 나의 양심을 찔렀다. 내가 참으로 원하는 것은 좀더 결정적인 불행인지도 몰랐다.

소노코가 나를 큰어머니에게 소개했다. 나는 점잖게 굴었다. 아주 열심히 점잖은 나를 만들어냈다. 모두가 암묵 속에서 이렇게 손가락질하는 것만 같았다.

'소노코는 어쩌다가 저런 남자를 좋아하게 되었을까. 어쩌면 저리도 허여멀건하고 삐쩍 마른 대학생이 다 있담. 대체 저런 남자의 어디가 좋다는 거야?'

그렇게 손가락질하는 사람들에게 어떻게든 잘 보여야 한다는 갸륵한 마음으로, 나는 언젠가 기차 안에서 보인 것 같은 배타적인 행동은 취하지 않았다. 소노코의 어린 여동생들이 하는 영어 공부를 봐주기도 하고, 할머니의 케케묵은 베를린 시절 이야기에 맞장구를 쳐주기도 했다. 이상하게도 단둘이 있을 때보다 가족들이 함께 있을 때 소노코가 훨씬 친근하게 느껴졌다. 나는 할머니나 어머니 앞에서 몇 번이고 그녀와 대담한 눈짓을 나누었다. 식사 때는 테이블 아래로 서로의 다리를 건드렸다. 그녀도 점점 이런 놀이에 열중해서 내가 할머니의 길고 긴 이야기에 따분해하고 있으면, 할머니 뒤편에서 장마철 흐린 날씨 때문에 녹음이 한층 짙어진 나무가 그늘을 드리운 창문에 몸을 기대고 내게만 보이도록 가슴의 메다용을 손끝으로 흔들어 보이기도 했다.

반달 모양 칼라로 나누어진 그녀의 가슴이 하얗게 빛났다. 눈이 번쩍 떠질 정도로! 그럴 때 그녀의 미소에서는 줄리엣의 두 볼을 물들인 저 '외설스러운 피'가 느껴졌다. 처녀에게 꼭 어울리는 종류의 외설이라는 것이 있다. 그것은 성숙한 여자의 음탕함과는 전혀 다르게, 마치 미풍과도 같이 사람을 취하게 한다. 그것은 어떤 귀여운 악취미의 일종이다. 이를테면 어린 아기에게 간지럼 태우는 것을 좋아하는 취미.

내 마음이 문득 행복에 취하는 것은 이런 순간이었다. 이미 오랫동안 나는 행복이라는 금단의 과실에 가까이 다가가지 못했다. 하지만 그것은 지금 나를 쓸쓸한 집요함으로 유혹하고 있었다. 나는 소노코를 심연(深淵)처럼 느꼈다.

그럭저럭하는 사이에 해군 공장 기지에 돌아가는 날이 이틀 뒤로 다가왔다. 나는 아직 나 자신에게 부과한 키스라는 의무를 치르지 못한 상태였다.

우기에 내리는 부연 안개비가 고원지방 일대를 감싸고 있었다. 나는 자전거를 빌려 우체국에 편지를 부치러 나갔다. 소노코가 징용을 피하기 위해 눈가림으로 다니는 관청에서 오후 근무를 빼먹고 돌아올 시간이어서, 우리는 우체국에서 만나기로 약속을 해두었다. 안개비에 젖어든 녹슨 쇠줄 안으로 인기척 없는 테니스 코트가 쓸쓸하게 보였다. 자전거를 탄 독일인 소년이 젖은 금발과 젖은 흰 손을 반짝이며 내 자전거 바로 곁을 스쳐 지나갔다.

고풍스러운 우체국 안에서 몇 분쯤 기다리는 동안에 어슴푸레하게 문밖이 밝아졌다. 비가 그친 것이다. 장마 틈틈이 잠깐 맑아지는 순간, 뜻하지 않게 맑게 개는 한순간이었다. 구름은 완전히 걷히지 않고 세상이 백금처럼 잠깐 환해진 것뿐이었다.

소노코의 자전거가 유리문 건너편에서 멈췄다. 그녀는 가슴을 헐떡이며 젖은 어깨로 숨을 몰아쉬고, 히지만 팽팽한 볼의 홍조 속에서 웃고 있었다. '지금이다, 덤벼라!' 나는 명령을 받은 사냥개와도 같은 자신을 느꼈다. 이 의무관념은 악마의 명령 같았다. 자전거에 올라탄 나는 소노코와 나란히 동네의 메인스트리트를 지나 달려갔다.

우리는 전나무, 단풍나무, 자작나무 숲 사이를 달렸다. 나무들은 맑은 빗방울을 떨어뜨리고 있었다. 바람에 흩날리는 그녀의 머리칼은 아름다웠다. 단단한 종아리가 페달을 기분 좋게 밟았다. 그녀는 생(生) 그 자체로 보였다. 지금은 사용하지 않는 골프장 입구를 지나자 우리는 자전거에서 내려 골프장을 따라 젖은 길을 걸었다.
나는 신병처럼 긴장하고 있었다. 저쪽에 가로수가 있다. 저 그늘이 적당하다. 저기까지 약 오십 걸음이다. 이십 걸음째에서 그녀에게 뭔가 말을 건넨다. 긴장을 누그러뜨릴 필요가 있으니까. 그리고 남은 삼십 걸음 동안 그냥 가벼운 이야기를 나누면 된다. 오십 걸음. 거기서 자전거를 세운다. 그리고 산 쪽의 경치를 본다. 그쯤에서 그녀의 어깨에 팔을 두른다. 나지막한 소리로, 이렇게 우리 둘이만 있는 게 꿈만 같군, 정도의 말을 한다. 그러면 그녀가 뭔가 시시껄렁한 대답을 할 것이다. 그쯤에서 어깨에 둘렀던 팔에 힘을 넣어 그녀의 몸을 내 쪽으로 끌어당기는 것이다. 키스하는 요령은 치에코 때와 다를 게 없다……
나는 연출가에게 충성을 맹세했다. 사랑도 욕망 따위도 있을 리 없었다.
소노코는 내 품 안에 있었다. 숨을 헐떡이며 불처럼 얼굴을 붉히고 두 눈을 꼭 감고 있었다. 그 입술은 미숙하고도 아름다웠지만 여전히 나의 욕망에는 불을 지피지 못했다. 그러나 나는 순간순간 바로 다음 순간에 기대를 걸었다. 키스 중에 나의 정상성이, 나의 거짓 없는 사랑이 출현해줄지도 모른다. 기계는 돌진하고 있다. 누구도 그것을 멈출 수 없는 것이다……
나는 그녀의 입술을 내 입술로 덮었다. 일 초가 지났다. 아무런 쾌감도 없었다. 이 초가 지났다. 마찬가지. 삼 초가 지났다. ─나는 모든 것을 깨달았다.
나는 몸을 떼고 일순 서글픈 눈으로 소노코를 보았다. 그 순간 내 눈을 보았다면, 그녀는 참으로 표현하기 힘든 사랑의 표시를 읽었으리라. 그것은 그 같은 사랑이 인간에게 가능할지 어떨지 누구도 단언할 수 없는 그런 사랑이었다. 하지만 그녀는 부끄러움과 청결한 만족감에 젖어 인형처럼 눈을 내리깔고 있었다.
　나는 아무 말 없이 환자를 다루듯이 그녀의 팔을 잡고 자전거 쪽으로 걸음을 옮겼다.

　도망치지 않으면 안 된다. 일 초라도 빨리 달아나지 않으면 안 된다. 나는 초조했다. 내 얼굴에 떠오를 표정을 들키지 않기 위해 보통 때보다 더 명랑한 척했다. 저녁식사 때 이런 나의 행복한 듯한 모습은, 소노코가 누구라도 금방 눈치 챌 정도의 극심한 방심상태를 보이는 것과 너무도 딱 들어맞는 우연의 일치임이 공공연히 드러나버렸기 때문에 결과는 도리어 내게 불리해졌다.
　소노코는 몹시 활기차 보였다. 그녀의 행동에는 원래부터 소설적인 데가 있었다. 소설에 나오는 사랑에 빠진 여인, 바로 그 모습 자체였다. 그녀의 그런 한결같은 어성스러움을 직접 마주하자, 나는 아무리 명랑함을 가장하려 해도 그 아름다운 영혼을 포옹할 자격이 없는 인간이라는 것이 너무도 명료하게 느껴져 말마저 더듬거릴 지경이 되고 말았다. 그 때문에 그녀의 어머니는 내 건강이 염려스럽다는 말까지 내비쳤다. 그러자 소노코는 사랑스럽게도 모든 일을 재빨리 알아차리고 내가 기운을 잃지 않도록 메다용을 흔들며 걱정 말라는 신호를 보내왔다. 나는 나도 모르게 미소를 지었다.
　어른들은 이 방약무인한 미소의 왕래에 반은 어이가 없고 반은 어쩔 줄 몰라 하는 얼굴을 나란히 지어 보였다. 그 어른들이 우리의 미래에서 무엇을 볼지 생각하면 나는 다시금 전율하는 것이었다.

다음날 우리는 다시 골프장의 같은 장소에 갔다. 나는 어제 우리가 남긴 기념물, 짓밟힌 노란 들국화 덤불을 찾아냈다. 오늘은 풀이 말라 있었다.

습관이란 무서운 것이다. 저지르고 난 뒤 그토록 나를 고통스럽게 했던 키스를 나는 다시 하고 말았다. 더구나 이번에는 누이에게 하는 것 같은 키스였다. 그러자 이 키스는 도리어 불륜의 맛을 풍겼다.

"다음에는 언제 또 만날 수 있을까요?"

그녀가 말했다.

"글쎄, 나 있는 곳에 아메리카가 상륙하지만 않는다면," 나는 대답했다. "한 달쯤 뒤에 다시 휴가를 얻을 수 있어." ―나는 원했다. 원하는 것뿐만 아니라 미신적인 확신까지 하고 있었다. 앞으로 한 달 사이에 미군이 S만을 통해 상륙하고, 우리는 학도병으로 차출되어 한 사람도 남김없이 전사하리라는 것을. 그렇지 않으면 아직 그 누구도 생각한 적 없는 거대한 폭탄이 내가 어디에 있건 따라와 바로 이 나를 깨끗이 죽여주리라는 것을. ―나도 모르는 사이에 원자폭탄을 예견한 셈이라고나 할까.

그리고 우리는 햇빛이 쏟아지는 비탈길 쪽으로 갔다. 두 그루의 자작나무가 선량한 자매 같은 모습으로 비탈길에 그림자를 드리우고 있었다. 고개를 숙이고 걷던 소노코가 입을 열었다.

"다음에 만날 때는 어떤 선물을 주실래요?"

"선물? 글쎄, 지금 내가 준비할 수 있는 선물이라면……" — 괴로운 나머지 나는 짐짓 모르는 척 시치미를 떼며 대답했다. "엉터리 비행기라든가 진흙 묻은 삽, 그런 거밖에 없는데?"
"그렇게 형체가 있는 것 말고요."
"글쎄, 뭐지?" — 나는 더욱 시치미를 떼며 막다른 길을 자초했다. "꽤 어려운 문제인데? 돌아가는 기차 안에서 찬찬히 생각해볼게."
"네, 그러세요." — 그녀는 묘하게 위엄과 침착함이 담긴 목소리로 말했다. "꼭 선물을 가져오겠다고 약속해주세요."
소노코가 약속이라는 말에 힘을 주어 말했기 때문에 갑자기 나는 허세 넘치는 쾌활함으로 몸을 보호하지 않으면 안 되었다.
좋아, 손가락 걸자, 라고 나는 허풍스럽게 말했다. 이렇게 우리는 철없는 아이들처럼 손가락을 걸었다. 그 순간 갑작스럽게 어린 시절에 느꼈던 공포가 내게 되살아났다. 그것은 손가락을 걸고 그 약속을 깨면 걸었던 손가락이 썩는다는 이야기가 어린아이의 마음에 던진 공포감이었다. 소노코가 뜻하는 선물이란 말은 하지 않았지만 분명 '청혼'을 뜻하는 것이기 때문에 그런 공포감에는 이유가 있었다. 나의 공포감은 밤에 혼자서 복도에 나가지 못하는 아이가 주위에 가득한 어둠에서 느끼는 그런 공포감이었다.

그날 밤 잠자리에 들 즈음 소노코가 내 침실 문 앞의 주렴으로 몸을 반쯤 휘감으며 부러 토라진 목소리로 하루 더 있다가 가라고 애원했을 때, 나는 이불 속에서 그저 멍하니 그녀를 쳐다보았다. 나 스스로 정확한 계산이라고 생각했던 첫번째 항목부터 틀려버리고 그 바람에 모든 것이 무너지자, 나는 지금 소노코를 보는 나 자신의 감정을 무엇이라고 판단해야 좋을지 알 수 없었다.
"정말 갈 거예요?"
"응, 정말이야."
나는 오히려 즐거운 듯이 대답했다. 다시 위장 기계가 경솔한 회전을 시작했다. 그저 단순히 공포감에서 빠져나오려는 즐거움에 지나지 않건만, 나는 이것을 그녀를 애타게 할 수 있는 새로운 권력의 우월감이 주는 즐거움으로 해석해버렸다.
자기기만이 내가 믿고 의지할 유일한 방패막이였다. 상처를 입은 인간은 임시변통의 붕대가 꼭 청결하기를 요구하지는 않는다. 나는 알량하나마 사용하는 데 익숙해진 자기기만으로 나의 출혈을 덮어누르고 병원을 향해 달려가고 싶었다. 나는 저 천하태평한 공장 기지를 기꺼이 엄격한 병영으로 만들어버렸다. 내일 아침에 돌아가지 않으면 당장 영창에 끌려가기라도 할 것처럼.

출발하는 날 아침, 나는 물끄러미 소노코를 바라보았다. 여행자가 지금 막 사라지려는 풍경을 바라보듯이.
모든 게 끝났음을 나는 알고 있었다. 주위 사람들은 하나같이 바로 지금 시작되었다고 생각하는데, 나 혼자만은 모든 게 끝났다는 사실을 알고 있었다. 나 또한 주위의 다정한 경계의 기척에 몸을 내맡기고 나 자신을 속여보려 애썼지만, 나만은 모든 게 끝났음을 알고 있었다.
그나저나 소노코의 조용한 기색이 나를 불안하게 했다. 그녀는 내가 가방 꾸리는 것을 도와주기도 하고 뭐 잊은 물건이 없는지 방 안 여기저기를 둘러보기도 했다. 그러다가 창문 가까이에 서서 창밖을 내다보며 꼼짝도 하지 않았다. 오늘도 구름이 잔뜩 끼고 어린잎들의 푸른 모습만 눈에 띄는 아침이었다. 다람쥐가 지나갔는지 나뭇가지가 흔들렸다. 소노코의 뒷모습에는 조용한, 그러면서도 아직 미숙한 '기다림의 표정'이 넘치고 있었다. 그런 표정을 짓는 연인의 등을 뒤로하고 방을 나서는 일은 창문을 열어둔 채 방을 나서는 것과 같아서 소심한 나로서는 도저히 견딜 수 없었다. 나는 그녀에게 다가가 등뒤에서 부드럽게 껴안았다.

"꼭 다시 올 거죠?"

그녀는 편안한 마음으로 믿고 있다는 듯이 말했다. 그것은 마치 나에 대한 신뢰라기보다 나를 뛰어넘은 좀더 깊은 것에 대한 신뢰에 뿌리를 두고 있는 말 같았다. 소노코의 어깨에는 떨림이 없었다. 레이스를 두른 가슴만 높직하게 숨을 쉬고 있었다.

"응, 아마. 내가 살아 있다면."

—나는 그렇게 말하는 자신에게 구토감을 느꼈다. 왜냐하면 내 나이는 이렇게 말하기를 더 간절히 원했기 때문이다.

'오고말고! 나는 어떤 어려움도 헤치고 꼭 너를 만나러 올 거야. 안심하고 기다려줘. 너는 내 아내가 될 사람이잖아.'

내가 사물을 느끼는 방식, 그리고 생각하는 방식에는 이런 식의 모순이 항상 얼굴을 내밀었다. 나 자신에게 '응, 아마' 따위로 말하는 애매모호한 태도를 취하게 하는 것은 내 성격의 죄가 아니라 성격 이전의 것이 빚어내는 작용이었다. 그러니 내 **탓**은 아니다라고 분명하게 깨닫고 있는 만큼 많든 적든 내 **탓**이다라고 말하는 부분에 대해서는 해학적일 만큼 건전하고 상식적인 훈계로 대하는 것이 보통이었다. 소년 시절부터 거듭해온 자기 단련을 통해 나는 애매모호한 인간, 남자답지 않은 인간, 좋고 싫음이 확실하지 않은 인간, 사랑하는 건 알지 못하고 사랑받기만을 원하는 인간은 죽어도 되지 않겠다라고 마음먹고 있었다. 그것은 아닌 게 아니라 내 탓이다라는 부분에 대해서는 꽤 잘 먹히는 훈계였지만, 내 탓이 아니다라는 부분에 대해서는 처음부터 불가능한 요구였다. 지금 같은 경우 소노코에게 남자답게 확실한 태도를 취하는 일은 가히 삼손의 힘이라고 해도 과장이 아닐 것이다. 하지만 지금 소노코의 눈에 보이는 나의 성격이라고 할 것, 애매모호한 한 남자의 영상은 내가 그것을 얼마나 싫어하는가라는 감정으로 우뚝 버티고 서서, 나라는 존재 전체를 가치 없는 것으로 느껴지게 하고 내 자부심을 엉망진창으로 만들어버리는 것이었다. 나는 나 자신의 의지도 성격도 믿지 않게 되고 최소한 의지가 관련된 부분은 가짜라고 생각하지 않을 수 없었다. 다시 이 같은 의지로 단단히 무장한다는 것은 몽상에 가까운 과장이기도 했다. 정상적인 인간이라고 해도 의지만의 행동은 불가능한 것이다. 만일 내가 정상적인 인간이었다 해도 나의 소노코가 행복한 결혼생활을 영위할 만한 조건이 하나에서 열까지 다 갖춰져 있는 것도 아니고, 그렇다면 그 정상적인 나도 '응, 아마'라고 대답했을지도 모른다. 내게는 이런 알기 쉬운 가정까지도 일부러 눈을 감아버리고 보지 않는 습관이 있었다. 마치 나 자신을 괴롭힐 기회는 하나도 놓치지 않으려는 듯이. ─이것은 도망칠 기회를 놓친 인간이 자신을 불행하게 여기는 안주(安住)의 땅으로 도망칠 때 쓰는 상투적인 수단이었다.

─소노코가 조용한 어조로 말을 꺼냈다.

"괜찮아요. 당신은 요만한 상처도 입지 않아요. 내가 매일 밤 하느님께 빌 거예요. 내 기도, 지금까지 꽤 잘 들었거든요."

"믿음이 깊군. 그래서 그런지 소노코는 정말 마음이 편안해 보여. 무서울 만큼."

"왜 무서워요?"

그녀는 검고 총명한 눈을 동그랗게 떴다. 이슬처럼 아무런 의혹도 없는 이 천진무구한 질문의 시선을 마주하자 내 마음은 흐트러지고 뭐라 대답할 말을 잃었다. 나는 안심 속에 잠들어 있는 그녀를 뒤흔들어 깨우고 싶은 충동에 휩싸였지만, 도리어 소노코의 눈동자가 내 안에 잠들어 있는 것을 뒤흔들어 일깨웠다.

─학교에 가는 여동생들이 인사를 하러 왔다.

"안녕히 가세요."

작은 여동생은 내게 악수를 청하더니 손끝으로 내 손바닥에 슬쩍 간지럼을 먹이고 문밖까지 달아나서, 문틈으로 비쳐 들어온 희미한 나뭇잎 틈새의 햇살 속에서 금빛 띠를 두른 붉은 도시락 보퉁이를 높이 흔들었다.

할머니와 어머니까지 배웅을 나오는 바람에 역에서의 이별은 별스러울 것 없는 그저 그런 것이 되었다. 우리는 농담을 주고받으며 아무렇지도 않게 장난을 쳤다. 이윽고 기차가 오고 나는 창가에 자리를 잡았다. 나는 곧바로 기차가 출발해주기만을 빌었다.

그때 뜻하지 않은 방향에서 밝은 음성이 나를 불렀다. 그것은 정확하게 소노코의 목소리였다. 바로 전까지만 해도 익숙해져 있던 목소리가 멀리 신선한 부름의 소리가 되어 내 귀를 놀라게 했다. 그 목소리가 분명 소노코의 것이라는 의식이 아침의 광선처럼 내 마음에 비쳐들었다. 나는 목소리가 들리는 쪽으로 눈을 돌렸다. 그녀는 역무원 출입구를 빠져나와 플랫폼에 인접한 나무 울타리에 매달려 있었다. 체크무늬 볼레로 사이로 힘차게 레이스가 넘쳐나와 바람에 나부꼈다. 그녀의 눈은 나를 향해 생생하게 열려 있었다. 기차가 덜컹 움직였다. 소노코의 약간 무거운 듯한 입술이 망설이는 모양새를 지은 채 나의 시야에서 사라져갔다.

소노코! 소노코! 나는 기차가 한 번 흔들릴 때마다 그 이름을 마음속에 떠올렸다. 말할 수 없이 신비한 호명처럼 느껴졌다. 소노코! 소노코! 내 마음은 그 이름이 한 번씩 되풀이될 때마다 찌부러졌다. 이름이 반복됨에 따라 둔중한 피로감이 징벌처럼 깊어졌다. 투명하기까지 한 이 고통의 성질은 내가 나 자신에게 설명하기에도 유례없이 난해한 것이었다. 보통 인간이 가질 감정의 궤도와는 너무도 동떨어진 괴로움이어서 그것을 괴로움이라고 느끼는 것마저 곤란했다. 무언가에 비유하자면, 밝은 정오에 오포(午砲) 소리가 울리기를 기다리는 사람이 시간이 지났는데도 결국 울리지 않은 오포의 침묵을 푸른 하늘 어딘가에서 찾아보려는 듯한 괴로움이었다. 그것은 무서운 의혹이었다. 오포가 정오에 정확히 맞추어 울리지 않았다는 것을 알고 있는 이는 이 세상에 나 한 사람뿐인 것이다.

이제 끝이다, 이제 끝장났다, 라고 나는 중얼거렸다. 나의 탄식은 낙제점을 받은 소심한 수험생의 탄식과 비슷했다. 큰일 났다, 아아 큰일

났다. 그 X를 남겨두었기 때문에 틀렸다. 그 X부터 먼저 해결했더라면 이런 오답은 나오지 않았을 것이다. 인생의 수학을 내 나름대로 다른 사람들과 똑같은 연역법으로 풀어나갔더라면 좋았을 것이다. 내가 약간 약아빠지게 굴었던 것이 무엇보다 큰 잘못이었다. 나 혼자만 귀납법으로 해보겠다고 나서는 바람에 실수를 한 것이다.

내 혼란이 너무도 격심해서 먼저 자리를 잡고 앉아 있던 승객들이 수상한 사람을 보듯 내 안색을 살폈다. 감색 제복을 입은 적십자 간병인과 그의 모친인 듯한 가난한 시골 아낙이었다. 그들의 시선을 깨닫고 간병인의 얼굴을 쳐다보자 꽈리처럼 불그스름하게 살이 찐 그 처녀는 부끄러움을 감추려고 갑자기 어머니에게 어리광을 피웠다.

"어머니, 배가 고픈데요?"

"아직 때도 안 되었는데 왜 이런대?"

"그래도 배가 고프다니까. 내놔요, 좀. 응?"

"말도 참 안 듣네!"

— 결국 어머니가 져서 도시락을 꺼냈다. 내용물의 가난함은 우리가 공장에서 배급받는 식사보다 훨씬 더 심했다. 단무지 두 쪽을 곁들인 감자투성이 밥을 간병인은 허겁지겁 먹었다. 인간이 밥을 먹는다는 습관이 이토록 무의미하게 보인 일은 없었기 때문에 나는 내 눈을 비볐다. 이윽고 이런 생각은 내가 삶에 대한 욕망을 완전히 잃어버린 데서 나왔다는 것을 깨달았다.

그날 밤 교외의 집에 도착해 나는 태어나서 처음으로 진지하게 자살을 생각했다. 생각하는 사이 지독하게 겁이 나서 그건 그야말로 우스꽝스러운 짓이라고 마음을 고쳐먹었다. 나에게는 패배의 취미가 선천적으로 결여되어 있었다. 게다가 마치 풍성한 가을 수확물처럼 내 주위에 널려 있는 엄청난 숫자의 죽음, 전쟁터에서의 재난사, 순직, 병사, 전사, 자동차 사고사, 단순한 병사의 어느 그룹엔가 내 이름이 분명히 낄 것이라는 생각이 들었다. 사형수는 자살을 하지 않는다. 아무리 생각해도 자살하기에는 너무나 어울리지 않는 계절이었다. 나는 무엇인가가 나를 죽여주기를 기다리고 있었다. 하지만 그것은 무엇인가가 나를 살게 해주기를 기다리는 것과 똑같은 일이었다.

공장으로 돌아와 이틀이 지나자 소노코에게서 열정이 넘치는 편지가 왔다. 그것은 진짜 사랑이었다. 나는 질투를 느꼈다. 양식 진주가 천연 진주에게 느끼는 것과 같은 견디기 힘든 질투를. 자신을 사랑해주는 여자에게 그 사랑을 이유로 질투를 느끼는 남자가 이 세상에 과연 또 있을까?

……소노코는 나를 보낸 뒤에 곧바로 자전거를 타고 근무처로 나갔다. 너무 멍해 있던 탓에 동료들이 어디 아프냐고 물었다. 서류 정리를 몇 번이나 틀렸다. 점심을 먹으러 집에 왔다가 다시 직장에 돌아가는 길에 골프장 쪽으로 돌아 자전거를 세웠다. 노란 들국화가 아직 밟힌 채로 누워 있는 그 주변을 바라보았다. 그러고는 화산의 산맥이 안개가 씻겨나가면서 밝은 광채를 띤 고동색을 펼치는 것을 보았고, 그런데도 아직 어두운 안개의 기척이 산굽이에 서서히 피어올라 저 착한 자매 같은 두 그루 자작나무 잎이 희미한 예감처럼 떨리는 것도 보았다.

─내가 기차 안에서 내 손으로 심어놓은 소노코의 사랑으로부터

어떤 방법으로 도망칠지 마음을 졸였던 바로 그 시각에! ⋯⋯하지만 나는 가장 진실에 가까울지도 모르는 가련한 구실에 내 몸을 맡기고 안심하는 때가 있었다. 그것은 '그녀를 사랑한다면 더욱 그녀로부터 달아나야 한다'는 구실이었다.

나는 발전하지는 않았지만 그렇다고 식은 것처럼 보이지도 않게 쓴 편지를 그 뒤 몇 번인가 소노코에게 보냈다. 소노코에게 다녀온 지 한 달이 못 되는 사이에 구사노의 두번째 면회가 허락되어, 그가 옮겨온 도쿄 근방의 부대로 그 일가가 다시 면회를 온다는 소식이 들려왔다. 약한 마음 때문에 나는 그곳에 찾아갔다. 이상하게도 그토록 도망치자는 결심을 굳혔던 바로 그 소노코를 나는 다시 만나지 않고는 배길 수가 없었다. 만나보고서야 나는 조금도 변함없는 그녀 앞에서 완전히 변해버린 나 자신을 발견했다. 나는 그녀에게 농담 한마디 건넬 수 없었다. 이런 나의 변화에서 그녀도, 그녀의 오빠와 할머니도, 그녀의 어머니까지도 단지 나의 점잖은 예의를 발견할 뿐이었다. 구사노가 언제 나처럼 선량한 눈길로 내게 던진 한마디가 나를 전율케 했다.
"가까운 시일 내에 너에게 꽤 중대한 통첩이 갈 거야. 기대해라."
―그 일주일 뒤, 내가 휴일을 맞아 어머니와 가족에게 돌아와 있을 때 그 통첩이 들이닥쳤다. 구사노다운 거친 글씨가 거짓 없는 우정을 보여주고 있었다.

⋯⋯소노코와의 일, 우리 가족 모두 진지하게 생각하고 있다. 내가 우리 가족의 권한을 위임받은 전권 대사로 임명되었다. 이야기

는 아주 간단하지만, 일단 너의 생각을 듣고 싶다.

모두들 너를 신뢰하고 있다. 소노코는 말할 것도 없고, 어머니는 식을 언제쯤 올릴 것인지까지 생각하는 모양이더라. 결혼식은 조금 빠른 얘기겠다만 혼약의 일정을 정하는 건 그리 성급한 일이 아니라고 생각한다.

이런 이야기는 모두 우리 쪽의 짐작에 따른 것이다. 네 생각이 어떤지 묻고 싶다. 집안 간에 나눌 이야기도 우선 네 생각을 알고 난 뒤에 진행하고 싶다신다. 그러나 이렇게 말한다고 해서 너의 뜻을 속박할 마음은 없다. 그저 네 참된 생각을 보여주면 좋겠다. NO라는 대답이라 해도 결코 원망하거나 화를 내거나 친구로서 우리의 우정에 누가 되는 일은 있을 수 없다. YES라면 물론 몹시 기쁘겠다만, NO의 경우라도 절대 기분 나쁠 일은 없다. 자유로운 마음으로 솔직하게 쓴 답장을 받고 싶다. 부디 의리나 어쩔 수 없는 체면이 아닌 진정한 답장을 바란다. 다정한 친구로서 너의 답장을 기다리마.

……나는 아연했다. 그 편지를 읽는 내 모습을 혹시 누가 보지나 않았는지 주위를 둘러보았다.

있을 수 없다고 생각했던 일이 일어난 것이다. 전쟁이라는 상황에 대한 느낌과 생각에서 나와 소노코 일가 사이에 상당한 차이가 있다는 점을 계산에 넣지 않았던 것이다. 아직 스물한 살이고 학생이고 비행기 공장에 나가고 있고, 게다가 전쟁이 계속되는 가운데 성장한 나는 전쟁의 힘을 지나치게 로마네스크한 것으로 생각했다. 하지만 이토록 거센 전쟁의 파국 속에서도 인간이 영위하는 자침(磁針)은 의연히 한 방향으로만 향하고 있었다. 나 또한 지금까지 사랑을 할 작정이었으면서 어째서 그것을 깨닫지 못했을까. 나는 어설픈 웃음을 입가에 띤 채 편지를 다시 읽었다.

그러자 몹시 흔해빠진 우월감이 가슴을 간질였다. 나는 승리자였다. 나는 객관적으로는 행복하며, 누구도 그것을 비난하지는 않았다. 그렇다면 나에게도 행복을 경멸할 권리가 있었다.

불안과 아픔과 견딜 수 없는 슬픔을 가슴 가득히 안고서 나는 억지스럽고 심술궂은 미소를 입가에 띠었다. 작은 개천 하나만 풀쩍 뛰어넘으면 끝날 일처럼 생각되었다. 지금까지의 몇 달간을 모조리 엉터리라고 생각하기만 하면 되는 것이다. 처음부터 소노코 따위, 그런 어린 소녀 따위 사랑한 적이 없다고 생각하기만 하면 되는 것이다. 나는 그저 약간의 욕망에 이끌려(거짓말쟁이 자식!) 그녀를 속였다고 생각하면 되는 것이다. 망설일 이유는 없다. 키스를 했다고 책임질 것까지는 없다.

'나는 소노코 따위는 사랑하지 않아!'

이 결론이 나를 들뜨게 했다.

정말 멋진 일이었다. 나는 사랑하지도 않으면서 한 여자를 유혹했고, 그쪽에서 사랑이 타오르자마자 내팽개친 채 돌아올 기약도 없는 사내가 되었던 것이다. 의젓하기 짝이 없는 도덕가에 우등생이라는 나 자신이 소름끼치도록 싫었는데, 이건 얼마나 보기 좋은 타락인가. ……하지만 내가 모를 리 없었다. 목적도 이루지 못하고 여자를 버리는 색마는 이 세상에 있지도 않다는 것을. ……나는 눈을 감았다. 나는 고집스러운 중년 여인처럼 듣고 싶지 않은 말에는 완전히 귀를 막

아버리는 습관이 있었다.

　이제는 어떻게든 이 결혼을 방해할 공작이 남아 있을 뿐이다. 마치 연적의 결혼을 방해하듯이.

　나는 창을 열고 어머니를 불렀다.

　여름의 거센 햇빛이 널찍한 채마밭 위에 빛났다. 토마토며 가지가 열린 밭둑이 표독스럽고 반항적으로 바짝 마른 초록색을 태양 쪽으로 치켜들고 있었다. 그 질긴 잎사귀에 태양은 잘 끓어오른 광선을 착착 바르고 있었다. 식물이 내뿜는 어두운 생명의 충일감이 시선을 가득 메운 채마밭의 반짝임 아래에서 밀치락달치락 서로 갈갈이 찢기고 있었다. 저 건너에 이쪽으로 어두운 얼굴을 돌린 신사(神社)의 숲이 있었다. 숲 건너편의 보이지 않는 저지대에 이따금 부드러운 진동을 퍼뜨리며 교외선 전차가 지나갔다. 그때마다 전차 위의 전선을 훑고 간다는 흔적으로 희미하게 흔들리는 빛이 보였다. 그것은 두툼한 여름 구름을 뒤로하고 의미심장하게, 혹은 어떤 의미도 없다는 듯 한동안 정처 없이 흔들리는 것이었다.

　채마밭 한가운데서 푸른 리본을 단 커다란 밀짚모자가 일어섰다. 어머니였다. 큰외삼촌의 밀짚모자는 돌아보지도 않은 채 쓰러진 해바라기처럼 꼼짝하지 않았다.

　여기서 생활하기 시작한 뒤로 조금 햇볕에 그을린 어머니는 멀리에서도 하얀 이가 눈에 띄었다. 그녀는 소리가 들리는 곳까지 다가오더니 어린아이 같은 쨍쨍한 소리로 외쳤다.

　"왜 그러니? 볼일 있으면 네가 이쪽으로 나와라."

　"중요한 일이에요. 잠깐 여기로 오세요."

어머니는 불만스러운 듯 느릿느릿 다가왔다. 손에 든 바구니에는 잘 익은 토마토가 그득했다. 이윽고 그녀는 창틀 위에 토마토 바구니를 내려놓고 무슨 일이냐고 물었다.

나는 편지를 보여주지 않았다. 대충 내용만 말해주었다. 이야기를 하면서 나는 무엇 때문에 어머니를 불렀는지 점점 알 수가 없었다. 나는 자신을 이해시키기 위해 지껄이고 있는 게 아닐까. 아버지가 신경질적이고 까다로운 성격이니 한 집에 살자면 내 아내 될 사람은 분명 고생깨나 하지 않겠느냐, 그렇다고 지금 집을 살 뾰족한 방도도 없다, 우리집처럼 고풍스러운 가정과 소노코의 밝고 개방적인 집안은 가풍이 전혀 다르다, 나로서도 이렇게 일찌감치 아내를 맞아들여 고생하고 싶지는 않다…… 나는 태연한 얼굴로 온갖 뻔한 악조건을 줄줄이 늘어놓았다. 나에게는 어머니의 고집스러운 반대가 필요했던 것이다. 하지만 어머니는 태평하고 관대한 인품을 가지고 있었다. 강력한 약을 써야 했다.

"얘, 그건 좀 이상한 이야기다." —어머니는 별로 깊이 생각하지도 않고 말을 막았다. "그래서, 네 마음은 대체 어떠니? 좋은 거야, 싫은 거야?"

"그야 나도, 그게……" —나는 우물거렸다. "그다지 진지했던 건 아니었어요. 절반은 재미로 생각했는데 그쪽에서 이렇게 심각하게 나오니까 좀 난처해서."

"그렇다면 아무 문제도 없잖아? 얼른 확실하게 대답해주는 편이 서로를 위해서 좋아. 어차피 네 의사를 물어보는 편지잖아? 확실하게 답장을 해주면 돼. ……엄마, 그만 간다? 이제 됐지?"

"네."

―나는 가벼운 한숨을 내쉬었다. 어머니는 옥수수가 가로막고 선 사립문까지 갔다가 다시 총총걸음으로 내 창문 쪽으로 돌아왔다. 어머니의 얼굴 표정이 아까와는 조금 달라져 있었다.

"얘, 근데 방금 그 이야기 말인데······." ―어머니는 약간 타인 같은, 말하자면 한 여자가 낯선 사내를 보는 듯한 눈매가 되어 나를 바라보았다. "혹시 너, 소노코하고······ 벌써······?"

"어머니도 참." 나는 웃어버렸다. 이 세상에 태어난 뒤로 이토록 괴로운 웃음은 웃어본 적이 없는 기분이었다. "내가 그런 바보짓을 할 거 같아요? 내가 그렇게 신용이 없었나?"

"알았다. 그냥 한번 확인해봤어." ―어머니는 밝은 얼굴로 되돌아가 쑥스럽다는 듯 자신의 말을 지워버렸다. "어미라는 건 그런 걱정을 하자고 사는 거야. 됐다. 너라면 내가 믿지."

―그날 밤 내가 생각해도 참으로 부자연스럽게 보이는 완곡한 거절의 편지를 썼다. 너무 갑작스러운 일인 데다 지금 단계에서는 거기까지 마음이 나아가지 않는다고 썼다. 다음날 아침 공장에 돌아가자마자 우체국에 편지를 부치러 갔을 때, 속달계의 여직원이 내 떨리는 손을 의아한 듯 쳐다보았다. 나는 그 편지 위에 그녀의 거칠고 지저분한 손길이 지극히 사무적으로 스탬프를 찍는 모습을 바라보았다. 나의 불행이 사무적으로 취급되는 것을 보자 도리어 마음이 편안해지는 것 같았다.

공습은 중소도시에 대한 공격으로 옮겨 갔다. 생명의 위험은 일단 사라진 듯했다. 학생들 사이에 항복설이 퍼졌다. 젊은 조교수가 암시적인 의견을 내비치며 학생들의 인기를 거머쥐려고 했다. 그가 몹시 회의적으로 의견을 펼칠 때 만족스러운 듯 콧방울을 벌름거리면 나는 그리 쉽게 넘어갈 것 같으냐고 생각했다. 하지만 한편으로는 그때까지도 승리를 믿고 있던 광신자 무리에게도 흰 눈을 흘겼다. 전쟁에서 이기든 지든, 그런 건 어찌되든 상관이 없었다. 나는 단지 다시 태어나고 싶을 뿐이었다.

원인을 알 수 없는 고열 때문에 나는 교외의 집으로 돌아왔다. 열에 들떠 빙글빙글 도는 천장을 바라보며 경문(經文)처럼 계속 소노코의 이름을 속으로 중얼거렸다. 이윽고 자리에서 일어날 즈음, 히로시마 전멸의 뉴스를 들었다.

마지막 기회였다. 다음 차례는 도쿄라고 사람들 사이에 소문이 파다했다. 나는 하얀 셔츠에 하얀 반바지 차림으로 거리를 돌아다녔다. 자포자기의 절정에 이른 사람들은 오히려 명랑한 얼굴로 활보했다. 일 초 일 초, 아무 일도 없었다. 부풀어오른 고무풍선이 이제 곧 터지겠지, 터질 거야, 하고 압력을 더해갈 때처럼 명랑한 두근거림이 모든 곳에서 느껴졌다. 그러면서도 일 초 일 초, 여전히 아무 일도 없었다. 그런 날이 열흘이 넘도록 계속되자 남은 건 미쳐버리는 일밖에 없을 지경에까지 이르렀다.

어느 날, 얼뜨기 같은 고사포 포격을 뚫고 맵시 좋은 비행기가 여름 하늘에 전단을 쏟았다. 항복했다는 뉴스였다. 그날 저녁 아버지는 회사에서 돌아오는 길로 곧장 우리에게 들렀다.

"어이, 그 전단 사실이란다."

―아버지는 정원을 통해 들어와 뒷마루에 앉자마자 그렇게 말했다. 그리고 확실한 정보통에게서 얻었다는 원문의 영문 복사본을 내게 보여주었다.

나는 그 복사본을 받아 들고 다 읽기도 전에 **사실**을 완전히 이해했다. 그것은 패전이라는 사실이 아니었다. 내게는, 단지 나에게만은 무서운 나날이 시작된다는 사실이었다. 그 이름을 듣는 것만으로도 나를 부르르 떨게 만드는, 게다가 절대로 찾아오지 않을 거라고 자신을 속여왔던 인간의 '일상생활'이라는 것이 이제 어쩔 도리 없이 내일부터 시작된다는 사실이었다.

참으로 의외였지만 내가 두려워하던 일상은 여간해서 시작될 기미를 보이지 않았다. 그것은 일종의 내란이었고, 사람들이 '내일'을 생각하지 않는 정도는 전쟁중보다 오히려 더 심한 것 같았다.

대학 교복을 빌려준 선배가 군대에서 돌아와 그것을 돌려주었다. 그러자 나는 추억에서, 혹은 과거에서 자유로워진 듯한 착각에 한참이나 빠져들었다.

여동생이 죽었다. 나는 내가 눈물을 흘릴 줄 아는 인간이라는 사실을 깨닫고 경박한 안도감을 얻었다. 소노코는 어떤 남자와 중매결혼을 했다. 내 여동생이 죽은 지 얼마 지나지 않은 참이었다. 어깨에서 무거운 짐을 내린 느낌이라고 해야 할까. 나는 나 자신을 향해 까불대며 장난을 쳐 보였다. 그녀가 나를 버린 게 아니라 내가 그녀를 버린 것의 당연한 결과라고 자부하면서.

숙명이 내게 강요하는 것을 나 자신의 의지라고, 또한 이성의 승리라고 갖다붙이는 오랜 세월의 악벽은 미치광이 같은 오만함에 도달해 있었다. 내가 이성이라고 이름 붙인 것의 특질에는 어딘가 도덕적이지 못한 느낌, 변덕스러운 우연이 나를 왕위에 떠받들어준 가짜 폭군 같은 느낌이 있었다. 이 당나귀 같은 폭군은 어리석은 전제가 몰고 올 복수라는 결과조차 예감하지 못하는 것이었다.

뒤이어 찾아온 한 해는 애매하게 낙천적인 기분으로 보냈다. 피상적인 법률 공부, 기계적인 통학, 기계적인 귀가…… 나는 어느 누구에게도 귀를 기울이지 않았고 어느 누구도 내게 귀를 기울이지 않았다. 젊은 승려와도 같은, 세상을 통달한 듯한 미소를 나는 배웠다. 나 자신이 살아 있다고도 죽었다고도 느끼지 않았다. 나는 잊어버린 것 같았다. 저 자연스러운 자살 — 전쟁에 의한 죽음 — 에의 희구가 이제는 끊겨버렸다는 사실을.

참된 고통은 아주 천천히 다가온다. 그것은 마치 폐결핵과도 같아서 자각 증상이 일어날 때는 이미 병을 다스리기 어려운 단계에 들어서고 마는 것이다.

어느 날 나는 점점 신간이 늘어나는 책방의 서가 앞에 서서 조잡하게 가제본한 번역서를 꺼내들었다. 프랑스의 어느 작가가 쓴 요설 가득한 에세이였다. 얼핏 펼쳐 든 페이지의 한 구절이 내 눈을 파고들었다. 그러나 곧 불쾌한 불안감에 떠밀려 얼른 책장을 덮고 다시 서가에 집어넣었다.

다음날 아침, 문득 생각이 나서 등굣길에 대학 정문 가까이에 있는 그 책방에 들러 어제 본 책을 샀다. 민법 강의가 시작되자 펼친 노트 사이에 슬쩍 꺼내 놓고 어제 본 구절을 찾았다. 그 구절은 어제보다 더욱 선명한 불안감을 내게 안겨주었다.

'……여자가 힘을 가지는 것은 단지 그 연인을 벌할 수 있는 불행의 정도에 의해서일 뿐이다.'

대학에서 친해진 친구가 한 사람 있었다. 몇 대째 이어오는 제과점의 아들이었다. 언뜻 보기에는 따분하기 짝이 없는 착실한 학생처럼 보이지만, 그가 인간이나 인생이라는 것에 대해 던지는 '흥!' 하는 투의 감상과 나와 몹시 닮은 허약한 체격 등이 공감을 부른 것이었다. 내가 자기 방어와 허세로부터 그와 비슷한 견유파*의 태도를 익히게 된 것과 반대로, 그의 그것에는 좀더 위험성이 적은 자신감의 뿌리가 있는 것 같았다. 어디에서 오는 자신감일까, 하고 나는 생각했다. 얼마 뒤에 그는 내가 동정이라는 것을 눈치 채고, 위압적인 자조와 우월감으로 자신이 못된 곳에 드나든다는 사실을 고백했다. 그리고 내게도 같이 가자고 꼬드겼다.

"가고 싶으면 전화해. 언제든 같이 가주지."

"응, 가고 싶으면 말할게. 아마…… 머지않아, 곧 결심이 설 거야."

나는 그렇게 대답했다. 그는 멋쩍은 듯 코를 굼실거렸다. 그는 지금의 내 심리 상태를 완전히 읽었고, 마침 지금의 나와 똑같은 상태였던

---

* 犬儒派. 키니코스 학파. 무위와 자연을 생활의 이상으로 보고 그를 위해 사회적 관습이나 문화적 생활을 경멸한 그리스 철학의 일파이다. 여기에 빗대어, 기성 사회를 경멸하고 세상에서 튕겨나가는 자를 견유파라 한다.

그때 그 자신의 수치감이 내게서 튕겨왔다는 듯한 표정이었다. 나는 초조했다. 그의 눈에 비치는 내 상태와 현실의 내 상태를 정확히 맞추고 싶다는 데서 오는 초조감이었다.

결벽성이라는 것은 욕망이 명령하는 일종의 어리광이다. 내 본래의 욕망은 그러한 정면 돌파의 제멋대로조차 허용하지 않을 만큼 은밀한 것이었다. 그렇다 해도 내 가상의 욕망 — 즉 여자에 대한 단순한 추상적 호기심 — 에는 어리광이라는 것조차 거의 없을 만큼 냉담한 자유가 부여되어 있었다. 호기심에는 도덕이 없는 것이다. 어쩌면 그것은 인간이 가진 가장 부도덕한 욕망인지도 몰랐다.

참담하고 비밀스러운 연습을 나는 시작했다. 나부(裸婦)의 사진을 골똘히 쳐다보며 나 자신의 욕망을 확인하는 일. — 이미 다 아는 일이었지만 나의 욕망은 전혀 묵묵부답이었다. 늘 하던 악습 때에 우선 아무런 환영도 떠올리지 않는 것에서부터, 다음에는 여자의 가장 음란한 자태를 마음속에 떠올리는 것으로 나 자신을 훈련하려고 시도했다. 때때로 그것은 성공하는 듯했다. 하지만 이 성공에는 마음이 꺾여버릴 듯한 빤한 거짓이 있었다.

죽기 아니면 살기라고 나는 마음을 정했다. 일요일 오후 다섯시에 모 찻집에서 기다려달라고 그에게 전화를 걸었다. 전쟁이 끝나고 두 번째 맞는 해의 정월 중순이었다.

"드디어 결심했나?" — 그는 전화에 대고 껄껄 웃었다. "좋아, 가자. 나는 틀림없이 갈 거니까 그리 알아. 괜히 내뺐다가는 가만 안 둔다."

— 웃음소리가 귀에 남았다. 거기에 대항하는 건 어느 누구도 눈치 채지 못할 딱딱한 미소밖에 없음을 나는 알고 있었다. 그래도 아직 한

가닥의 희망, 아니, 희망이라기보다 미신이라 할 것이 내게 있었다. 그것은 위험한 미신이었다. 허영심만이 위험을 무릅쓰게 한다. 내 경우에는 스물세 살인데도 아직 동정이라는 소리는 듣지 않겠다는 흔해 빠진 허영심이었다.

생각해보니, 내가 결심을 굳힌 날은 내 생일이었다.

—우리는 서로 탐색하는 표정으로 상대를 보았지만, 그도 오늘만은 그럴싸한 표정을 짓는 것도 괜히 낄낄거리며 웃는 것도 다 똑같이 우스꽝스럽게 보이리라는 것을 알고 있었다. 그는 애매하게 일그러뜨린 입가로 끊임없이 담배연기를 뿜었다. 그리고 이 찻집의 과자가 얼마나 엉망인가에 대해 두세 마디 별볼일 없는 의견을 늘어놓았다. 나는 제대로 듣지도 않았다. 그리고 이렇게 말했다.

"너도 각오는 됐겠지? 처음으로 그런 곳에 데려가는 놈은 평생 친구거나 아니면 평생 원수거나 둘 중 하나야."

"야, 괜히 겁주지 마. 알다시피 나는 마음이 약한 사람이야. 평생 원수라니, 그런 역할은 못 해."

"그렇게 너 자신을 잘 알다니, 감동스럽다."

나는 일부러 오만하게 나갔다.

"그건 그렇고," 그가 사회자 같은 얼굴로 말했다. "어디서 한잔 걸치고 가야겠지? 처음인 사람은 좀 힘들거든."

"싫어, 술은 안 마신다." 나는 뺨이 써늘해지는 것을 느꼈다. "그냥 멀쩡하게 갈 거야. 그 정도 배짱은 있어."

그러고는 어두운 전차, 어두운 기차, 낯선 역, 낯선 거리, 허술한 가

건물이 늘어선 변두리 동네, 보랏빛이며 붉은빛의 전등이 여자들의 얼굴을 연극의 가면처럼 보이게 하는 거리에 닿았다. 서리가 녹아 질퍽거리는 골목길을 오입쟁이들이 맨발로 걷는 듯한 발소리를 내며 말없이 오가고 있었다. 아무런 욕망도 없었다. 그저 불안만이 간식을 달라고 졸라대는 어린애처럼 나를 다그쳤다.
"아무 데나 좋아. 아무 데라도 좋다니까."
여기요, 여기서 놀다 가, 놀다 가…… 일부러 그러는 듯 할딱거리는 여자들의 소리에서 나는 도망치고 싶었다.
"그쪽 집 여자들은 위험해. 괜찮겠어, 저런 낯짝이? 저쪽이라면 비교적 안전한데."
"낯짝 같은 건 아무려나 상관없어."
"그럼 나는 상대적으로 미인 쪽으로 한다? 나중에 원망 마라."
─우리가 다가가자 두 여자가 홀린 듯이 일어섰다. 일어서면 천장에 머리가 닿을 만큼 작은 집이었다. 금니와 잇몸을 드러내고 웃으며 느려터진 도호쿠 지역 사투리를 쓰는 키다리 여자가 나를 쪽방으로 유괴해갔다.
의무관념이 나로 하여금 여자를 끌어안게 했다. 어깨를 안고 입을 맞추려고 하자 여자는 통통한 어깨를 흔들며 웃었다.
"안 돼요오, 립스틱 묻어. 이렇게 하는 거야."
창녀가 립스틱을 바른 큰 입을 벌려 금니를 번쩍이며 억센 혀를 막대처럼 내밀었다. 나도 여자를 흉내 내 혀를 내밀었다. 혀끝이 맞부딪쳤다…… 사람들은 모르리라. 무감각이라는 것이 강렬한 아픔과 비슷하다는 것을. 나는 온몸이 강렬한 아픔으로, 게다가 전혀 감지되지 않는 아픔으로 마비되는 것을 느꼈다. 나는 베개에 얼굴을 떨어뜨렸다.
 십 분 후에 불가능하다는 사실이 확정되었다. 수치감이 내 무릎을 후들거리게 했다.

 친구가 눈치 채지 못했다는 가정하에 그로부터 며칠 동안 나는 오히려 쾌유(快癒)의 저 방종한 감정에 몸을 맡겼다. 불치병일지도 모른다는 두려움에 괴로워하던 사람이 도리어 걱정하던 병명을 확정적으로 알고 나서 맛보는 일시적인 안도감 같은 것이었다. 그 안도감이 그저 일시적이라는 것을 환자는 잘 안다. 게다가 마음은 더는 도망칠 곳 없이 절망적이고, 그래서 그 절망의 무게만큼 더더욱 영속성 있는 안도감을 기다리는 것이다. 더는 도망칠 곳이 없는 타격을, 바꾸어 말하자면 더는 도망칠 곳이 없는 안도감을 나 또한 은근히 고대하고 있었으리라.
 그로부터 한 달 남짓한 사이에 나는 몇 번 학교에서 그 친구를 만났다. 서로 그때의 이야기는 꺼내지 않았다. 한 달이 지나서 그는 나와 친하면서 여자를 좋아하는 것으로 유명한 한 친구를 데리고 집에 찾아왔다. 십오 분이면 어떤 여자라도 손에 넣을 수 있다고 늘 공언하고 다니는 자만심 가득한 녀석이었다. 이야기는 이윽고 당연히 갈 곳에 안착했다.
 "이젠 못 참겠어. 내가 나를 억제할 수가 없다니까." —여자 사냥꾼 친구가 내 얼굴을 흘끔 쳐다보면서 말을 이었다. "만일 내 친구 중에 임포텐츠*가 있다면 참 부러울 거야. 부럽기만 할까, 아주 존경스럽다."

내 얼굴빛이 변한 것을 알아채고 나를 모처에 데려갔던 친구가 얼른 화제를 바꿨다.

"마르셀 프루스트 책, 너한테 빌리기로 했었지? 그 책 재미있냐?"

"응, 재미있어. 프루스트는 소돔의 사내지. 남자 하인과 관계를 가졌거든."

"소돔의 사내라는 게 뭐야?"

아무것도 모르는 척 이 작은 질문에 매달려, 어떻게든 내 추태가 발각되지 않았다는 반증의 단서를 얻으려고 발버둥치고 있다는 것을 나는 알고 있었다.

"소돔의 사내가 말 그대로 소돔의 사내지. 몰랐냐? 남색가 말이야."

"프루스트가 그랬다는 건 처음 듣는 소리인데?"

— 나는 내 목소리가 떨리는 것을 느꼈다. 화낸 모습을 보였다가는 상대에게 확증을 쥐어주는 꼴이었다. 나는 더는 수치스러울 수 없을 만큼 수치스러운 짓, 즉 겉으로 아무렇지도 않은 척 구는 일을 뻣뻣이 견뎌내고 있는 나 자신이 너무나 두려웠다. 모처에 동행한 친구가 이미 냄새를 맡았다는 건 명백했다. 내 생각 때문인지 그는 내 얼굴을 마주 보지 않으려고 애쓰는 듯했다.

밤 열한시에 이 저주받은 방문객들이 돌아가자 나는 방에 틀어박힌 채 하룻밤을 그대로 밝혔다. 나는 흐느껴 울었다. 마지막에는 여느 때와 같은 피투성이 환상이 찾아와 나를 위로해주었다. 세상 그 무엇보다 친근하고 다정한, 잔인무도한 환영에 나는 몸을 내맡겼다.

---

* 남성의 성적 불능증.

위로가 필요했다. 공허한 대화와 잔치 끝에는 씁쓸한 맛밖에 남지 않는다는 것을 알면서도, 나는 옛 친구의 집에서 열리는 모임에 이따금 얼굴을 내밀었다. 대학 친구들과 달리 폼만은 그럴듯한 친구들이 두루 모이는 그런 모임이 오히려 마음이 편했기 때문이다. 그곳에는 빤히 속이 보이게 내숭을 떠는 부잣집 영양들과 소프라노 가수, 햇병아리 여류 피아니스트, 갓 결혼한 젊은 부인들이 있었다. 춤을 추고 술도 조금 마시고 시시해빠진 게임도 하고 약간은 에로틱한 술래잡기도 하면서 밤을 꼬박 새우는 것이었다.

새벽녘이 되면 때로는 춤을 추면서도 졸았다. 잠을 쫓으려고 방석 몇 장을 바닥에 던져 놓고 갑작스럽게 멈춰버리는 레코드판 소리를 신호 삼아, 춤추며 만든 원을 무너뜨리며 남녀가 한 조씩 한 장의 방석에 앉고 그때 자리를 잡지 못한 한 사람에게 숨겨둔 장기를 내보이도록 하는 놀이를 했다. 춤을 추던 이들이 모두 함께 우르르 바닥의 방석을 차지하고 앉으려니까 금세 난리가 났다. 몇 차례 거듭하다보니 여자들도 체면을 따질 여지가 없었다. 가장 아름다운 영양께서 사람들과 뒤얽히다가 엉덩방아를 찧는 통에 스커트가 허벅지까지 추켜 올라갔는데도 술에 취해서인지 그저 웃고만 있었다. 허벅지가 선명하게 하얀 빛을 발했다.

예전의 나였다면 단 한순간도 잊지 않은 그 연기로, 자신의 욕망을 드러내지 않으려 눈을 돌리는 보통 청년들의 관습을 흉내 내어 얼른 거기서 눈을 돌렸을 것이다. 하지만 그날 이후의 나는 이전의 나와는 달랐다. 나는 조금의 수치심도 없이 — 즉 타고난 성정의 수치심이 없다는 점에 대한 수치심이 조금도 없이 —, 마치 물질을 보듯이 지그시 그 하얀 허벅지를 훑어보았다. 그 응시(凝視)에서 수렴된 고통이 갑작스럽게 내게 찾아왔다. 고통은 이렇게 고하는 것이었다. '너는 인간이 아니다. 너는 남과 섞일 수 없는 몸이다. 너는 인간이 될 수 없는 기묘하고 서글픈 생물이다.'

때마침 고급공무원 시험이 코앞에 닥쳤다. 시험 준비가 나를 무미건조한 공부의 노예가 될 수 있게 해주어 심신을 들볶는 그 생각에서는 자연히 멀어지게 되었다. 그러나 그것도 처음 한동안뿐이었다. 그날 밤의 무력감이 생활 구석구석에 스며들면서 늘 마음이 우울하고 아무 일도 손에 잡히지 않는 나날이 계속되었다. 나 자신에게 다른 가능성이 있다는 증거를 찾아내야만 한다는 생각이 날이 갈수록 강해졌다. 하지만 타고난 배덕(背德)을 만족시켜줄 수단은 어디에서도 찾을 수 없었다. 내 기묘한 욕망을 조금이나마 온당한 형태로 채워줄 기회는 이 나라에 없었다.

봄이 오고, 나는 평정한 겉모습 뒤로 미칠 듯한 초조감을 쌓아갔다. 모래 섞인 열풍이 그렇듯 계절 자체가 내게 적의를 품고 있는 것처럼 느껴졌다. 자동차가 나를 스치고 가면 나는 마음속으로 악을 쓰며 이렇게 나무랐다. 어째서 나를 깔아뭉개지 않는 거야!

나는 기꺼이 강제적 학습과 강제적 생활방식을 자신에게 부과했다. 그게 더 편했기 때문이다. 공부하는 틈틈이 거리에 나서면 간혹 내 충혈된 눈을 수상하게 여기는 눈빛들을 느꼈다. 남들의 눈에는 다시없이 근면성실한 나날이 계속되고 있는데, 나는 자포자기와 내일에 희망을 걸지 않는 생활과 지긋지긋한 나태에서 벌레가 파먹고 들어오는 듯한 피로를 느꼈다. 그러나 봄도 끝나가는 어느 날 오후, 전차를 타고 가던 나는 불현듯 숨이 멎는 듯 격렬한 심장의 두근거림에 휩싸였다. 서 있는 승객들 틈새로 건너편 좌석에서 소노코의 모습을 보았기 때문이다. 어린아이 같은 이마 아래 진솔하고 얌전한, 말할 수 없이 깊은 선량함을 담은 그녀의 눈이 있었다. 나는 허둥지둥 일어서려고 했다. 그때 내 앞에 서 있던 승객 한 사람이 손잡이를 놓고 출구 쪽으로 나갔다. 여자의 얼굴이 똑바로 보였다. 소노코가 아니었다.

내 가슴은 그때까지도 벌떡거리고 있었다. 그 두근거림을 단순히 놀람의 혹은 양심의 가책에서 온 것이라고 설명하면 간단하겠지만, 찰나적으로 느낀 정결한 감동을 그런 설명으로 뒤엎을 수는 없었다. 나는 3월 9일 아침 플랫폼에서 소노코를 발견했을 때의 감동을 순간적으로 떠올렸고, 이번의 감동도 그때의 것과 완전히 똑같은 것임을 깨달았다. 후려치는 듯했던 그 슬픔까지도 똑같았던 것이다.

이 사소한 일은 어떻게도 잊기 어려운 기억이 되어 그 뒤로 며칠 동안 내 마음에 생생한 동요를 일으켰다. 그럴 리 없어, 내가 아직 소노코를 사랑할 리 없어, 나는 여자를 사랑하지 못하는 존재야. 하지만 이런 반성은 오히려 솟구치는 저항이 되었다. 바로 전날까지도 그런 반성은 나에게 충실하고도 순종적인 유일한 것이었는데.

이렇게 추억이 돌연 내 안에서 다시 권력을 쥐었고 이 쿠데타는 노골적인 고통의 형태를 취했다. 이 년 전에 깨끗이 정리했다고 믿어왔던 '사소한' 기억이, 마치 성큼 자라서 나타난 숨겨둔 자식처럼 내 눈앞에 묘하게 거대한 것으로 되살아났다. 그것은 그 연애 기간 동안 내가 거짓으로 쌓아갔던 '달콤함'의 멜로디도 아니고, 또 나중에 내가 정리의 편법으로 사용했던 사무적인 멜로디도 아니고, 그저 추억의 구석구석까지 일종의 명료한 고통의 멜로디로 일관된 것이었다. 그것이 회한이라고 한다면 그것을 견뎌내는 방법은 수없이 많은 앞서간 이들이 각양각색으로 제시해주고 있었다. 하지만 이 고통은 회한조차도 아니고, 어딘가 이상하게 명석한, 이른바 창문을 통해 거리를 구획하는 강렬한 여름 햇빛을 한없이 내려다보라는 명령을 받기라도 한 듯한 고통이었다.

장마철 흐린 어느 오후, 그즈음 별로 드나들지 않던 아자부 거리를 볼일도 볼 겸 산책하고 있으려니 뒤쪽에서 내 이름을 부르는 소리가 있었다. 소노코였다. 돌아본 그 순간에 그녀를 발견한 나는 전차 안에서 다른 여자를 그녀로 착각했을 때처럼은 놀라지 않았다. 이 우연한 만남은 너무도 자연스러웠고, 나는 모든 것을 미리 알고 있었던 듯한 느낌이 들었다. 훨씬 이전부터 이 순간을 속속들이 알고 있었던 듯 느꼈던 것이다.

그녀는 목둘레의 레이스 외에는 아무런 장식이 없는 고급스러운 벽지 같은 꽃무늬 원피스를 입고 있었다. 부인티는 전혀 나지 않았다. 배급소에서 돌아오는 길인 듯 양동이를 손에 들고 역시 양동이를 든 할멈을 뒤에 달고 있었다. 그녀는 할멈을 먼저 집에 돌려보내고 나와 이야기하며 걸었다.

"좀 야위었네요."

"음, 시험 공부 덕분에."

"그렇군요. 건강에도 신경을 쓰셔야죠."

우리는 잠깐 동안 말이 없었다. 전화(戰火)에서 살아남은 고급 주택가의 한산한 길에 엷은 햇살이 비쳐들기 시작했다. 어떤 집의 쪽문 쪽에서 물에 흠뻑 젖은 오리 한 마리가 뛰쳐나와 꽥꽥거리며 우리 앞을 지나 개천을 따라 저 건너편으로 걸어갔다. 나는 행복감을 느꼈다.
"요즘 무슨 책을 읽지?"
내가 물었다.
"소설요?『여뀌풀 벌레』하고, 또……"
"『A』는 안 읽었어?"
나는 그즈음 유행하던『A』라는 소설 제목을 댔다.
"그 발가벗은 여자요?"
그녀가 말했다.
"응?"
내가 놀라서 되물었다.
"그건 싫은데…… 표지 그림 말이에요."
― 이 년 전의 그녀는 얼굴을 마주하고 '벌거벗은 여자'라는 둥의 말을 쓰는 사람이 아니었다. 소노코가 이제는 순결하지 않다는 것을 그런 사소한 단어 하나에서 아플 만큼 느낄 수 있었다. 길모퉁이에 이르자 그녀가 멈춰 섰다.
"여기를 돌아서 골목 끝이 우리집이에요."
헤어지는 게 괴로워서 나는 내리뜬 눈을 양동이 쪽으로 옮겼다. 양동이 안에는 해수욕장 볕에 그을린 여인의 피부 같은 색깔의 곤약이 햇빛을 받으며 밀치락달치락하고 있었다.
"햇볕을 너무 받으면 곤약이 상해버리겠지?"

"그래요, 책임지세요."

소노코가 높직한 콧소리로 말했다.

"잘 가."

"네, 잘 지내세요."

그녀는 등을 돌렸다.

내가 다시 불러 세워 친정에는 자주 가느냐고 묻자, 이번 토요일에 갈 거라고 아무렇지도 않게 대답했다.

헤어지고 나서 나는 그때까지 깨닫지 못한 중대한 사실을 새삼 깨달았다. 오늘의 그녀는 나를 용서한 듯 보였던 것이다. 어째서 나를 용서한 것일까. 나에 대해 그녀가 보인 관대함보다 더한 모욕이 또 있을까. 하지만 만일 다시 한번 확실하게 그녀의 모욕을 맞닥뜨린다면 내 고통도 치유될지 몰랐다.

토요일이 너무 멀게 느껴졌다. 때맞춰 구사노가 교토의 대학에서 자기 집에 돌아와 있었다.

토요일 오후, 구사노를 찾아가 이야기를 나누다가 나는 내 귀를 의심했다. 피아노 소리가 들렸던 것이다. 그것은 이제 미숙한 음색이 아니라 풍성하고 자유분방한 울림을 가졌고 충실하고 빛났다.

"누구지?"

"소노코야. 오늘 집에 와 있어."

아무것도 모르는 구사노가 그렇게 대답했다. 나는 고통 속에서 갖가지 추억을 하나하나 다시 마음속에 떠올렸다. 그때의 완곡한 거절에 대해 그 뒤로 한마디도 꺼내지 않는 구사노의 선의가 무겁게 다가왔다. 나는 소노코가 그때 조금이라도 괴로워했다는 증거를 얻고 싶었고, 내 불행에 대해 뭔가 대응물을 보상받고 싶었다. 하지만 '시간'이 구사노와 나와 소노코 사이에 잡초처럼 무성하게 자라나 일정한 의지, 일정한 체면, 일정한 배려를 뛰어넘는 감정 표출이 금지되고 만 것이었다.

피아노 소리가 멈췄다. 잠깐 데려올까, 하고 구사노가 마음을 써주었다. 이윽고 오빠와 함께 소노코가 이쪽 방으로 건너왔다. 우리 세 사람은 소노코의 남편이 다니는 외무성에 같이 근무하는 친구들에 대해 이런저런 이야기를 나누며 별뜻도 없이 웃었다. 어머니가 부르는 소리에 구사노가 자리를 떠서 이 년 전의 어느 날처럼 나는 소노코와 단둘이 되었다.

그녀는 남편이 애를 써주어 구사노 가의 저택이 징발을 면했다는 자랑 비슷한 말을 어린애처럼 내게 들려주었다. 소노코가 소녀 시절부터 보였던, 아무렇지도 않게 자랑을 늘어놓는 그 버릇을 나는 좋아했다. 겸손이 지나친 여자는 오만한 여자와 똑같이 매력이 없다. 소노코는 대범하게, 그렇다고 지나치지도 않게 있는 그대로 자신을 자랑하곤 해서 순진하고 귀염성 있는 여성스러움을 드러냈다.

"저기요." 그녀가 조용히 말문을 열었다. "한번 물어봐야지 하면서도 지금까지 묻지 못한 게 있어요. 어째서 우리는 결혼을 하지 못했을까요? 나는 오빠를 통해 답장을 받았을 때부터 세상일이 뭐가 뭔지 알 수 없게 되었어요. 날마다 생각하고 또 생각하면서 지냈죠. 그래도 알 수가 없더군요. 지금도 나는 어째서 당신과 결혼하지 못했는지 알 수가 없어요……"

화가 난 것처럼 약간 불그레해진 뺨을 내 쪽으로 향하고 그녀는 시선을 돌린 채 책을 읽듯이 말했다.
"······내가 싫었어요?"
듣기에 따라서는 사무적인 심문처럼 들리는 이 단도직입적인 물음에 나의 마음은 격렬한, 참혹한 기쁨으로 응답했다. 하지만 금세 이 괘씸한 기쁨은 고통으로 바뀌었다. 그것은 실로 미묘한 고통이었다. 원래부터 내가 안고 있던 존재의 고통 외에도 이 년 전의 '사소한' 사건의 반복에 아직 이토록 마음이 아프다는 것에 자존심이 상처를 입기도 했다. 나는 그녀 앞에서 자유롭고 싶었다. 그러나 여전히 그럴 자격은 없었다.
"소노코는 아직 세상을 잘 몰라. 소노코의 좋은 점도 바로 그 세상 물정 모르는 부분이지. 하지만 세상이라는 건 서로 좋아하는 이들끼리 언제라도 결혼할 수 있게 되어 있지 않아. 내가 구사노에게 보낸 편지에도 썼던 그대로야. 그리고······"
나는 자신이 감상적인 소리를 하려 든다는 것을 느꼈다. 그만 입을 다물고 싶었다. 하지만 멈출 수는 없었다.
"······그리고 나는 그 편지 어디에도 확실하게 결혼할 수 없다는 얘기는 하지 않았어. 나는 겨우 스물한 살이었고 학생이었고 너무 급한 이야기였기 때문이지. 그렇게 내가 우물쭈물하는 사이에 소노코는 급하게 결혼을 해버렸고."
"그래요, 나도 후회할 권리 같은 건 없어요. 남편은 나를 사랑해주고 나도 남편을 사랑하니까요. 정말 행복하고 더는 바랄 것이 없어요. 하지만 나쁜 생각일까, 이따금······ 그래요, 뭐라고 할까, 또 다른 내가 또 다른 삶의 방식을 원한다는 상상을 할 때가 있어요. 그러면 나는, 뭐가 뭔지 알 수 없게 되어버려요. 말해서는 안 될 말을 하려는 듯한 기분이 든다니까요. 생각해서는 안 될 일을 생각하는 듯한 기분이 들어서, 그만 더럭 겁이 나요. 그럴 때마다 남편이 크게 의지가 되어 줘요. 남편은 나를 어린애처럼 귀여워하거든요."

"잘난 소리 같지만, 한마디 해볼까? 그 말을 들으니 알겠어. 소노코는 나를 미워하는 거야, 지독히 원망하고 있고."

─하지만 소노코는 '원망한다'는 말의 의미조차 알지 못했다. 순하고도 성실하게 토라진 모습을 그대로 내비칠 뿐이었다.

"좋을 대로 상상하세요."

"다시 한번 우리 둘이서만 만날 수 없을까?"─나는 무엇엔가 쫓기듯이 애원했다. "전혀 양심에 거리낄 일이 아냐. 그저 얼굴만이라도 보면 마음이 풀릴 거 같아. 나는 이제 어떤 말도 할 자격이 없어. 그저 아무 말 하지 않고 있어도 좋아. 그냥 삼십 분이라도 좋아."

"만나서 어쩌게요? 한 번 만나면 또 한 번 더, 라고 하시겠지요? 남편 집안은 시어머니가 아주 엄하셔서 내가 외출할 때에는 어디에 가는지, 얼마나 걸리는지 일일이 다 물으시는걸요? 그런 구차한 짓까지 해가며 만나서, 혹시……"─그녀는 말을 어물거렸다. "……인간의 마음이란 어떤 방향으로 움직일지 누구도 자신 있게 말할 수 없으니까요."

"그야 물론 그렇지. 하지만 소노코는 여전히 체면에 얽매이는군. 모든 일을 어째서 좀더 밝게 자기 방식대로 사심 없이 생각하지 못하지?"

─나는 지독한 거짓말을 하고 있었다.

"……남자들은 그래도 되겠죠. 하지만 결혼한 여자는 그렇게는 안 돼요. 당신도 아내가 생기면 분명히 알게 될 거예요. 나는 모든 일에 아무리 조심해도 지나치지 않다고 생각해요."
"꼭 누님 같은 설교를 하는군."
— 구사노가 들어와서 이야기는 끊겼다.

이런 대화를 하는 동안에도 내 마음속에는 한없이 의심과 망설임이 번졌다. 내가 소노코를 만나고 싶어하는 마음은 신의 이름을 걸고 진실이었다. 하지만 거기에 육체적인 욕망이라고는 결코 없다는 것도 분명했다. 지금 이 욕구는 어떤 종류의 욕구인 것일까. 육욕이 전혀 없다는 게 이미 명백한 이 정열은 나를 현혹시키려는 것이 아닐까. 만일 이것이 진실한 정열이라고 해도 금방 잡힐 불길을 놓고 떠들썩하게 소란을 떠는 것은 아닐까. 애초에 육체적 욕망에 전혀 뿌리를 두지 않는 사랑 따위가 있을 수 있을까. 이것은 명백한 배리(背理)가 아닌가.
하지만 또 한편으로는 이렇게 생각하는 것이었다. 인간의 정열이 갖가지 배리 위에 우뚝 서는 힘을 가진다고 한다면, 정열 그 자체의 배리 위에도 또한 설 힘이 없다고 단언할 수는 없는 것이라고.

*

그 결정적인 하룻밤 이래 나는 교묘히 여자를 피해가며 살았다. 참된 육욕을 돋울 Ephebe의 입술은커녕 한 여자와도 입술을 맞대지 않고 지내왔다. 키스하지 않으면 도리어 실례가 될 그런 경우를 만났을 때도. — 그리고 여름의 방문이 봄보다 더 심각하게 나의 고독을 위협했다. 한여름은 내 육감의 노한 말에 채찍을 내리쳤다. 내 육체를 태우고 괴롭히는 것이었다. 내 몸을 보전하기 위해서 때로는 하루에 다섯 번의 악습이 필요했다.

성도착 현상을 완전히 단순한 생물학적 현상으로 설명하는 히르슈펠트의 학설은 나의 어둠을 깨쳐주었다. 그 결정적인 하룻밤도 당연한 귀결이지 전혀 부끄러워할 귀결이 아니었다. 상상 안에서 Ephebe를 선호하는 것은 아직 pedicatio*로는 한 번도 향하지 않았고, 연구가들이 거의 같은 정도로 보편성을 증명하는 한 종류의 형식으로 고정되었다. 독일인들 사이에서는 나와 같은 충동이 그리 희귀한 것으로 여겨지지 않았다. 플라텐 백작**의 일기는 더욱 현시적인 한 예일 것이다. 빙켈만***도 그러했다. 문예부흥기의 이탈리아에서는 미켈란젤로가 분명하게 나와 같은 계열의 충동을 가진 이였다.

그러나 이런 과학적인 이해로 내 마음의 생활이 정리될 리 없었다. 성도착이 현실적인 것이 되기 힘들었던 이유도 내 경우에는 그것이 단지 육체의 충동, 심술궂게 부르짖고 심술궂게 헐떡이는 어두운 충동에 머물렀기 때문이었다. 나는 바람직한 Ephebe에게서도 그저 육욕을 돋우는 데 그쳤다. 피상적인 말로 해보자면 영혼은 여전히 소노

---

* 라틴어로 남색(男色).
** 독일의 시인. 괴테 등의 낭만주의 영향 아래에서 로맨틱한 새로운 시민감정을 우아한 고전시형으로 노래했다. 또한 남성미를 찬미하고 동성애로 괴로워했다.
*** 독일의 미학자이자 미술사가. 고대 그리스·로마 미술에 동경을 품고 이탈리아로 이주, 그때까지 골동품이나 유품에 불과했던 그리스 미술을 그 창조의 근원으로 되돌아가 고찰했다.

코의 소유였다. 나는 영혼과 육체가 서로 다르다는 중세적 도식을 간단히 믿을 수는 없지만 설명의 편의를 위해 이렇게 말하는 것이다. 나에게 이 두 분열은 단순하고 직접적이었다. 소노코는 나의 정당성에의 사랑, 영적인 것에의 사랑, 영원한 것에의 사랑의 화신으로 생각되었다.

하지만 그것으로도 문제는 정리되지 않았다. 감정은 고정된 질서를 좋아하지 않는다. 그것은 에테르 안의 미립자처럼 자유자재로 휘휘 돌며 떠다니고 파르르 전율하는 편을 더 좋아하는 것이었다.

……일 년이 지나 우리는 깨달았다. 나는 고급공무원 시험에 합격해 대학 졸업과 함께 관청의 사무관으로 근무하게 되었다. 그 한 해 동안 우리는 때로는 우연처럼, 때로는 그리 중요하지도 않은 용건을 붙여 두세 달 간격으로, 그것도 대낮에 한두 시간 아무 일도 없이 만나고 아무 일도 없이 헤어지는 기회를 가졌다. 그뿐이었다. 나는 누가 보더라도 부끄러울 일 없이 처신했다. 소노코도 얼마 되지 않는 추억 이야기와 지금 서로가 처한 환경을 조심스럽게 야유하는 정도의 화제 이외에는 더 깊이 들어가지 않았다. 관계라고 할 게 없는 것은 물론이고, 무슨 사이라고 부르는 것조차 이상할 정도의 교제였다. 함께 있는 동안에도 우리는 그때그때 헤어지는 순간을 어떻게 깔끔하게 처리할지만 생각했다.

나는 그것으로 만족했다. 만족할 뿐만 아니라 언제 끊길지 모를 이 관계의 신비한 풍요로움을 누구에겐가 감사했다. 소노코를 생각하지 않은 날은 하루도 없었고, 만날 때마다 조용한 행복을 누렸다. 밀회의 미묘한 긴장과 정갈한 견제 같은 것이 생활 구석구석까지 영향을 미쳐서, 참으로 부서지기 쉬우나 대단히 투명한 질서를 내 삶에 몰고 오는 것 같았다.

하지만 일 년이 지나 우리는 깨달았다. 우리는 어린아이의 방에 있는 것이 아니라 이미 어른의 방을 차지한 주인이며, 그곳에서는 어중간하게 열린 문은 당장 고치지 않으면 안 되었다. 항상 일정한 너비만 빠끔히 열려 있고 그 이상은 열리지 않는 문과도 같은 우리 사이는 어서 빨리 수리해야 하는 것이었다. 그뿐인가, 어른들은 어린아이처럼 단순한 놀이를 견디지 못한다. 우리가 지나쳐온 몇 번인가의 밀회는 겹쳐보면 네 귀가 꼭 맞는 카드 패처럼 모두 같은 크기와 같은 두께를 가진, 마치 판에 박은 듯한 만남에 지나지 않았다.

나는 게다가 이런 관계에 대해 나밖에 모른다는 부도덕한 기쁨까지 속속들이 맛보았다. 그것은 이 세상에 존재하는 보통의 부도덕보다 한층 더 미묘한 부도덕이며, 정묘한 독과도 같은 청결한 악덕이었다. 나의 본질, 가장 첫번째로 꼽을 내 존재의 의미가 부도덕한 결과로 도덕적인 행동이나 양심에 거리낄 것 없는 남녀의 교제, 그 정당한 절차, 도덕적인 지조가 높은 인간으로 간주되는 것 — 이런 것들이 도리어 배덕의 감춰진 맛, 말 그대로 악마적인 맛으로 내게 알랑거리는 것이었다.

우리는 서로 손을 내밀어 무언가를 지탱하고 있지만, 그 무언가는 있다고 믿으면 있고 없다고 믿으면 잃어버릴 듯한, 일종의 기체와도 같은 물질이었다. 이것을 지탱하는 작업은 언뜻 보기에는 단순하지만 실제로는 교묘하고도 치밀한 계산의 결과였다. 나는 인공적인 '정상성'을 그 공간에 출현시켜 완전히 가공의 '사랑'을 순간순간 지탱하려고 하는 위험한 작업에 소노코를 끌어들인 것이다. 알지 못하기 때문에 그녀의 조력이 유효하다고도 할 수 있었다. 하지만 이윽고 때가 와서 소노코는 이 이름 붙이기 힘든 위험, 세상의 흔하디흔한 조잡한 위험과 비슷하면서도 닮은 데라고는 하나도 없는, 정확한 밀도를 가진 이 위험의 빠져나오기 어려운 힘을 희미하게 느꼈던 것이다.

늦여름의 어느 날, 나는 '금계(金鷄)'라는 레스토랑에서 고원지대의 피서지에서 돌아온 소노코를 만났다. 만나자마자 나는 관청일을 그만둔 경위를 말했다.

"그럼 앞으로 어떻게 해요?"

"될 대로 되라지."

"참, 못 말려."

그녀는 그 이상 깊이 들어가지 않았다. 우리 사이에는 이런 식의 예의가 이미 만들어져 있었다.

고원의 햇볕에 그을린 소노코의 살빛은 가슴께의 눈부신 흰빛을 잃은 모습이었다. 반지에 박힌 지나치게 큼직한 진주가 더위로 우울하게 흐려져 있었다. 그녀의 깨끗한 목소리에는 원래부터 애절함과 나른함이 뒤섞인 음악이 있었는데, 그것이 이 계절에 한층 잘 어울리는 것처럼 들렸다.

잠시 동안 우리는 늘 하던 대로 무의미하고 헛되게 맴맴 도는 불성실한 대화를 이어갔다. 더위 탓이었을까, 그런 대화가 더욱 공허하게 느껴졌다. 타인들끼리 나누는 이야기를 듣고 있는 것 같았다. 잠에서 깨어나는 찰나에 그때까지 꾸었던 즐거운 꿈을 잃기 싫어 다시 자보려고 애쓰지만, 그 애타는 노력 때문에 오히려 더 말똥말똥해져서 결국 꿈을 잃고 말았을 때의 기분, 그 빤하게 가르고 들어오는 각성의 불안, 그 깨어나는 순간에 느끼는 꿈의 허망한 열락, 그런 것들이 우리 마음속을 질 나쁜 병균처럼 파먹고 있음을 나는 간파했다. 질병은 미리 짜기라도 한 것처럼 거의 동시에 우리 마음속에 찾아온 것이다. 그것이 반동적으로 우리를 명랑하게 만들었다. 상대의 말에 쫓기기라도 하듯이 우리는 부지런히 농담을 주고받았다.

소노코는 우아하게 올린 앞머리 아래로 햇볕에 그을려 정숙함은 약간 흐트러졌지만 여전히 어린 티가 도는 이마와, 부드럽게 촉촉한 눈과, 좀 묵직한 듯한 입술을 언제나처럼 조용하게 지키고 있었다. 한 여자 손님이 우리 탁자 옆을 지나가면서 소노코를 눈여겨보았다. 보이가 큼직한 얼음 백조의 등에 빙과를 담은 은쟁반을 들고 오락가락했다. 그녀는 반지가 반짝이는 손가락으로 핸드백의 플라스틱 장식을 톡톡 치고 있었다.

"재미없지?"

"그런 말 하면 싫어요."

어딘지 이상한 권태가 그녀의 목소리에 담겨 있는 것처럼 들렸다. 그것은 '요염하다'라고 해도 그리 틀리지 않을 종류의 것이었다. 창밖의 여름 가로수 쪽으로 그녀의 시선이 옮겨 갔다. 그리고 천천히 이렇게 말했다.

"가끔 알 수가 없어요. 이렇게 만나는 게 무엇 때문인지. 그러면서도 또 만나고 마는군요."

"최소한 의미 없는 마이너스는 아니기 때문이겠지. 의미 없는 플러스라는 건 틀림없지만 말이야."

"나는 남편이라는 존재가 있어요. 의미 없는 플러스라고 하시지만, 플러스의 여지는 없는걸요?"

"답답한 수학이군."

— 소노코가 드디어 의혹의 문 바로 앞에까지 왔다는 것을 나는 깨달았다. 반밖에 열리지 않는 문을 그대로 놔둘 수 없음을 느끼기 시작한 것이다. 자칫하면 이제 이런 성실한 민감성이 나와 소노코 사이에 존재하는 공감의 대부분을 차지할지도 모른다. 모든 것을 그냥 이대로 유지할 수 있는 나이와는 나 또한 한참 거리가 멀었다.

이름 붙이기 어려운 나의 불안이 어느새 소노코에게 전염되었고, 게다가 이 불안의 기척만이 우리의 유일한 공유물이 될지도 모르는 사태를 불현듯 내 눈앞에 똑똑히 들이대는 것만 같았다. 소노코는 다시 이렇게 말했다. 나는 듣지 않으려고 했다. 하지만 내 입이 경솔한 말대꾸를 하는 것이었다.

"지금 이대로 가면 어떻게 될 것 같으세요? 어디 꼼짝달싹할 수 없는 곳까지 몰릴 것 같지 않아요?"

"나는 소노코를 존중하고 있어. 어느 누구에게도 거리낌이 없다고 생각해. 친구끼리 서로 만나는데 안 될 게 뭐 있어?"

"지금까지는 그랬죠. 그건 말씀하시는 그대로예요. 당신은 정말 훌륭한 분이라고 생각해요. 하지만 앞일은 모르지요. 부끄러운 짓을 한 적도 없는데 나는 자꾸만 무서운 꿈을 꿔요. 그럴 때마다 신이 미래의 죄를 미리 벌하시는 듯한 기분이 들어요."

이 '미래'라는 말의 확실한 여운이 나를 전율케 했다.

"이렇게 나가다가는 언젠가는 서로를 괴롭히게 될 것 같아요. 괴로움에 빠진 뒤에는 이미 늦는 거 아닌가요? 우리가 이러는 거, 그저 불장난 아닌가요?"

"불장난이라니, 어떤 짓을 할 거라고 생각하는데?"

"그건 여러 가지가 있겠죠."

"이런 걸 불장난이라 할 수 있을까? 물장난이라면 또 모르지만."

그녀는 웃지 않았다. 말을 듣는 틈틈이 일그러질 만큼 입술을 꼭 깨물었다.

"요즘 나 자신을 무서운 여자라고 생각해요. 나는 정신적으로는 이미 더럽혀진 나쁜 여자라고 할 수밖에 없어요. 남편 아닌 사람에 대해서는 꿈에서도 생각하면 안 될 텐데 말이에요. 올가을에 나, 세례를 받기로 마음먹었어요."

소노코가 반은 도취 상태에서 털어놓는 이런 수상쩍은 고백 속에서, 나는 도리어 그녀가 여자다운 마음의 역설에 의해 말로 표현할 길 없는 것을 말하려 한다는 무의식적인 욕구를 짐작할 수 있었다. 그것을 기뻐할 권리도 슬퍼할 자격도 내게는 없었다. 애초부터 그녀의 남편에게 눈곱만큼의 질투도 느끼지 않는 내가 어떻게 자격이니 권리니 하는 것을 행사할 것이며, 어떻게 부정하고 어떻게 긍정할 수 있을 것인가. 나는 그저 입을 다물고 있었다. 여름이 한창인데 여전히 희고 가느다란 내 손가락이 나를 절망에 빠뜨렸다.

"지금은 어때?"

"지금?"

그녀는 시선을 떨어뜨렸다.

"지금은 누구를 생각하고 있지?"

"……남편요."

"그러면 세례를 받을 필요는 없군."

"아니, 있어요. ……나는 무서워요. 아직도 지독히 흔들리는 듯한 마음이 들어서."

"그럼 지금은 어떻지?"

"지금?"

소노코는 정색을 하고 누구에게랄 것 없이 되묻는 듯한 눈빛으로 고개를 들었다. 이 눈동자의 아름다움은 참으로 진기한 것이었다. 항상 감정의 흐름을 노래하는 샘처럼 깊고 따뜻하고 숙명적인 눈동자였다. 이 눈동자를 마주하면 나는 늘 말을 잃었다. 피우던 담배를 멀리 있던 재떨이에 급히 비벼 껐다. 그 겨를에 가느다란 화병이 넘어져 탁자에 물이 번졌다.

보이가 다가와 물을 닦아냈다. 젖은 식탁보가 닦여나가는 모습을 보는 일은 우리를 비참한 기분으로 몰아넣었다. 그것이 다른 때보다 더 일찍 레스토랑을 나서는 계기가 되었다. 여름 거리가 짜증스럽게 붐볐다. 가슴을 활짝 편 당당한 연인들이 팔짱을 끼고 지나갔다. 나는 온갖 것에서 모욕감을 느꼈다. 모욕은 여름의 쨍쨍한 햇볕처럼 나를 지글지글 태우는 것이었다.

이제 삼십 분 뒤면 헤어질 시간이었다. 정확하게 이별의 섭섭함 때문이라고 하기는 힘들었지만, 열정에 들뜬 어둡고 신경질적인 초조감이 그 삼십 분을 유화물감처럼 농후한 도료로 모조리 칠해버리고 싶게 만들었다. 확성기로 박자가 엉망진창인 룸바를 거리에 퍼뜨리는 무도장 앞에서 나는 멈춰 섰다. 문득 옛날에 읽었던 시구 하나가 떠올랐기 때문이다.

……하지만 그렇다 쳐도 끝이 없는 댄스였다.

나머지는 잊었다. 분명 앙드레 살몽*의 시구였다. 소노코는 내 청에 고개를 끄덕이고, 삼십 분의 댄스를 위해 낯선 무도장 안으로 나를 따라왔다.

무도장은 사무실의 점심시간을 마음대로 한두 시간 늘려 실컷 춤을 즐기는 사람들로 혼잡했다. 얼굴에 열기가 훅 끼쳤다. 그러잖아도 환기장치가 형편없는데 바깥의 빛을 차단하는 묵직하기 짝이 없는 커튼까지 드리워져, 장내에 질펀하게 깔린 답답한 열기는 조명 불빛이 비추는 부연 안개 같은 먼지들을 느릿느릿 흔들고 있었다. 땀과 싸구려 향수와 포마드 냄새를 뿌리며 희희낙락 춤추는 사람들이 어떤 자들인지는 말하지 않아도 알 만했다. 나는 소노코를 데리고 들어온 것을 후회했다.

하지만 지금 되돌아설 수 없었다. 우리는 내키지 않는데도 춤추는 사람들 속에 끼어들었다. 띄엄띄엄 놓인 선풍기도 바람다운 바람을 보내오지 못했다. 댄서와 알로하셔츠를 입은 젊은이가 땀투성이 얼굴을 딱 붙인 채 춤을 추고 있었다. 댄서의 콧방울은 거뭇거뭇해졌고 분

---

* 프랑스의 시인이자 미술비평가. 피카소 등과 함께 큐비즘 운동에 참가했고, 서사시적 표현으로 제1차대전 시대의 불안을 노래하였다.

가루와 땀이 한데 뭉쳐 부스럼 딱지처럼 보였다. 드레스의 등판은 아까 레스토랑에서 물에 젖었던 식탁보보다 더 더럽고 축축했다. 춤을 제대로 추기도 전에 벌써 가슴에 땀이 번졌다. 소노코는 괴롭게 짧은 한숨을 내쉬었다.

우리는 바깥바람을 쐬려고 계절에 맞지 않는 조화를 빙 둘러놓은 아치 밑을 빠져나가 안쪽 정원의 조잡한 의자에 앉아 잠시 쉬었다. 그러나 이곳에는 바깥바람은 있었지만 콘크리트 바닥을 퉁기고 나온 햇빛이 그늘 쪽 의자에까지 강한 열기를 던졌다. 코카콜라의 단맛이 끈끈하게 입 안에 들러붙었다. 내가 온갖 것으로부터 느끼는 모욕의 아픔이 소노코의 입까지 닫아걸게 했다는 것이 느껴졌다. 나는 이 서서히 지나가는 침묵의 시간을 더는 견딜 수 없어 시선을 우리 주위로 옮겼다.

뚱뚱한 아가씨가 손수건으로 가슴을 훔치며 나른하게 벽에 기대 있었다. 스윙 밴드가 깔아뭉갤 듯한 퀵스텝을 연주했다. 정원 화분의 전나무는 갈라진 흙 위에서 비스듬히 기울었다. 해가 닿지 않는 의자에는 모두 사람이 앉았지만 해가 닿는 의자 쪽은 당연히 아무도 앉는 사람이 없었다.

그러나 한 팀만은 해가 닿는 의자를 차지하고 남들이 뭐라고 하건 말건 웃고 떠들고 있었다. 아가씨 둘, 그리고 젊은 남자 둘이었다. 아가씨 하나는 별로 익숙하지 않은 손놀림으로 한껏 오만하게 담배를 입에 가져갔고 그때마다 콜록콜록 기침을 했다. 둘 다 유카타로 만든 듯한 괴상한 모양의 원피스 차림이어서 팔이 전부 드러나 있었다. 어부의 딸 같은 그 불그레한 팔뚝에는 군데군데 벌레에 물린 흔적이 있었다. 그녀들은 사내들의 야비한 농담 한 마디 한 마디마다 일일이 서로 얼굴을 마주 보며 유난스럽게 웃어댔다. 머리칼에 쏟아지는 강렬한 여름 햇볕도 별로 신경이 쓰이지 않는 모양이었다. 한 젊은 사내는 약간 창백하고 음험한 얼굴에 알로하셔츠를 입고 있었다. 하지만 팔뚝은 울룩불룩하고 늠름했다. 입가에 비열한 웃음이 쉴새없이 떠올랐다가 사라졌다. 손끝으로 여자의 가슴팍을 쿡쿡 찌르며 시시덕거렸다.

또 한 젊은 사내에게로 내 눈길이 가 닿았다. 스물두세 살의 거칠기 짝이 없지만 거무스레한 빛으로 정돈된 얼굴의 젊은이였다. 그는 반라의 모습으로 땀에 젖어 얇은 쥐색을 띠는 빛바랜 하라마키*를 풀어 다시 배에 두르는 중이었다. 쉴새없이 친구의 말에 참견하고 함께 시시덕거리며 그는 일부러 느릿느릿 하라마키를 배에 감아나갔다. 벗은 가슴은 충실하고 탄탄한 근육으로 불룩거리고, 깊고 입체적인 근육이 만들어내는 움푹 팬 도랑이 가슴팍 한가운데서부터 배 쪽으로 흘러갔다. 옆구리에는 굵은 밧줄 같은 근육의 사슬이 양쪽에서 조여들어 엉켜 있었다. 부드럽고 뜨겁고 질량감 넘치는 몸통을 그는 더럽고 빛바랜 하라마키를 팽팽히 당겨가며 단단히 감고 있었다. 햇볕에 그을린 어깨는 기름칠을 한 듯 번들거렸다. 겨드랑이의 움푹 팬 곳에서는 충충한 검은 덤불이 해를 받아 금빛으로 빛났다.

그것을 본 순간, 그중에서도 탄탄한 팔뚝에 새겨진 목단 문신을 본 순간 나는 욕정에 휩싸였다. 내 시선은 열렬히 그 천박하고 야만적인, 그러나 비할 데 없이 아름다운 육체로 달려가 꽂혔다. 그는 태양 아래

---

* 배가 차가워지는 것을 막기 위해 두르는 천(옮긴이).

에서 웃고 있었다. 가슴을 뒤로 젖힐 때마다 볼록 튀어나온 목울대가 보였다. 심상치 않은 두근거림이 내 가슴의 밑바닥을 스치고 내달렸다. 나는 그 모습에서 눈을 뗄 수가 없었다.

나는 소노코라는 존재를 잊어버렸다. 오로지 한 가지만 생각했다. 그가 저렇게 웃통을 벗은 모습으로 여름이 한창인 거리로 뛰어나가 야쿠자들과 한판 싸움을 벌이고, 날카로운 비수가 저 하라마키를 뚫고 그의 몸통에 꽂히고, 저 더러운 하라마키가 피범벅으로 아름답게 물들고, 그리고 그 피투성이 시신이 들것에 실려 다시 이곳으로 돌아오고······

"이제 오 분 남았네요."

소노코의 높고 애절한 목소리가 내 귀를 찔렀다. 나는 흠칫 놀라 그제야 새삼스럽게 소노코 쪽을 돌아보았다.

그 순간 내 마음속에서 무엇인가가 잔혹한 힘에 의해 두 쪽으로 갈라졌다. 번개가 떨어져 생나무가 쪼개지듯이. 내가 지금까지 온 영혼을 기울여 쌓아올린 건축물이 참혹하게 무너져내리는 소리를 나는 들었다. 나라는 존재가 뭔가 무시무시한 '부재(不在)'로 바뀌는 바로 그 순간을 본 것 같았다. 나는 눈을 감고 아주 짧은 순간에 내 가면으로 다시 돌아와, 얼어붙을 듯한 의무관념에 필사적으로 매달렸다.

"벌써 오 분? 이런 곳에 데려와서 미안해. 화나지 않았어? 저런 천박한 자들을 소노코 같은 사람이 봐서는 안 되는데. 이 무도장은 야쿠자들에게 개업 인사를 제대로 못했다더군. 그래서 아무리 막아도 저런 사람들이 몰려와서 공짜 춤을 춘대."

하지만 그들을 쳐다본 건 나뿐이었다. 그녀는 그쪽은 돌아보지도 않았다. 그녀는 봐서는 안 될 것은 보지 말라는 가정교육을 받았다. 아예 그쪽은 돌아볼 생각도 없었고, 장내의 춤을 구경하려고 앞에 죽 늘어선 땀에 젖은 등판의 행렬만 물끄러미 보고 있을 뿐이었다.

하지만 이 자리의 공기가 알게 모르게 소노코의 심성에도 어떤 변화를 일으켰던지 이윽고 그녀의 얌전한 입가에는 이제부터 할 말을 미리 짐작하고 미소로 우선 시험해보는 듯한, 말하자면 미소의 전조 같은 것이 떠올랐다.

"이상한 질문이기는 한데, 당신, 이미 해보셨죠? 그런 거, 물론 이미 다 아시겠죠?"

나는 완전히 탈진해버렸다. 하지만 마음에 용수철 같은 게 남아 있어서 틈을 두지 않고 즉각 그럴싸한 대답이 내 입에서 튀어나왔다.

"응…… 알지. 미안하지만."

"언제쯤?"

"작년 봄에."

"어떤 분하고?"

— 이 우아한 단어에 나는 깜짝 놀랐다. 소노코는 그녀도 아는 어느 영양과 나를 연관 짓는 생각밖에 하지 못하는 것이었다.

"이름은 말할 수 없어."

"어떤 분?"

"제발 묻지 말아줘."

너무도 간절한 애원의 말투가 특별하게 들렸던지 소노코는 그 순간 놀란 듯 입을 다물었다. 나는 그녀가 내 얼굴에서 핏기가 사라지는 것을 눈치 채지 않도록 내가 할 수 있는 최선의 노력을 다했다. 헤어질 시간이 기다려졌다. 비속한 블루스가 시간을 부여잡고 뭉그적거렸다. 우리는 확성기에서 나오는 감상적인 유행가 소리 속에서 꼼짝도 하지 않았다.

나와 소노코는 거의 동시에 손목시계를 보았다.

―나갈 시간이었다. 나는 자리에서 일어서며 다시 한번 해가 들이치는 의자 쪽을 훔쳐보았다. 그새 그들은 춤추러 나갔는지 텅 빈 의자만 내리쬐는 햇빛 아래 덩그러니 놓였고, 탁자 위에 흘러내린 음료수가 번쩍번쩍 무시무시한 반사광을 뿜고 있었다.

1949년 4월 27일

미시마 유키오, 그 인간과 문학

 미시마 유키오의 연보를 들여다보면 그 정연한 배치에 놀라게 된다. 1925년에 태어나 1945년 스무 살 나이에 종전을 겪고, 1970년 마흔다섯 살에 정확히 맞춰 끝이 난다. 그토록 천분과 재능을 품었으면서도 너무 일찍 죽음을 서둘렀다는 한탄은 참으로 깊지만, 다른 한편에서 이 질서정연하고 빈틈없는, 흡사 프랑스풍 인공정원 계획표와도 같은 숫자의 조합을 대하면, 모종의 신비한 완결감이 가슴을 내리친다. 숙명, 천운 같은 단어도 저절로 떠오른다.
 1925년은 다이쇼라는 연대가 그 다음해에 이미 끝나버렸으니 이른바 쇼와 시대 전후라고 할 연도이며, 미시마는 문자 그대로 쇼와 시대의 아들로서 쇼와라는 연대와 그 생애를 함께했다고 할 수 있을 것이다. 적잖이 과장스러운 말투를 양해해준다면 쇼와의 일본과 그 고동

(鼓動), 그 흥망성쇠를 함께했던 것이다.

미시마 유키오의 본명은 히라오카 기미타케이며 1925년 1월 14일, 도쿄 시 요쓰야 구 나가스미초(현재의 신주쿠)에서 태어났다. 아버지는 전 농림성 수산국장 히라오카 아즈사로, 어머니는 시즈에, 미시마는 그들의 장남이었다. 그의 아버지는 장남이 태어난 해에 당시 농림성에서 사무관으로 일하고 있었다. 조부도 존명했는데, 1806년생으로 현재의 도쿄 대학 법학부를 졸업한 멋쟁이 메이지인이었다. 후쿠시마 현 지사를 거쳐 가라후토 청 장관을 역임했다. 아버지 아즈사도 마찬가지로 도쿄 대학 법학부 출신이었고, 미시마 또한 1947년에 똑같은 대학 똑같은 학부를 졸업했다. 즉 삼대에 걸친 관료 엘리트 가계였다.

나아가 조모의 가계를 보면, 그 조부에 막부 약년기에 근무했던 나가이 겐바노카미나오무네가 있었다. 행정이나 통치라는 형태의 정치 성향이 이 일가의 혈맥 깊숙이 스며들어 있었다고 인정하지 않을 수 없는 것이다. 이러한 가계의 피와 그 의식이 얼마나 작가로서 미시마 유키오 안에 숨 쉬고 있었는지, 그리고 또한 그의 작품에 어떤 영향을 미쳤는지는 물론 간단하게 단언하기 힘든 문제이다. 그러므로 여기서는 결코 무시할 수 없는 요소였다는 정도로 확실하게 인정하면 좋을 것이다.

미시마는 일반적인 의미에서도 실로 두뇌가 명석하고 이론적인 구성가였지만, 특히 그 평론이나 좌담을 접하면서 법학도다운 논리라는 느낌을 받은 적이 한두 번이 아니었다. 복잡하게 얽힌 상황이나 과제를 실로 능수능란하게 정리하고 명쾌하게 줄기를 세워 하나하나 해결

해나가는 것이다. 그 수완의 선명함에 놀라면서도, 한편으로는 모든 것이 너무도 지나치게 삼단논법식으로 딱 맞아떨어지는 것을 감지한다. 가장 중요한 대상 그 자체 속에서 길어올리기보다는 미리 준비된 논리의 잣대로 재단한다는 불만을 억누를 수 없는 것이다. 이러한 일가의 관료적 훈련의 피, 또한 미시마 자신의 법학부 공부는 뜻밖에도 뿌리 깊게 그의 사고방식 속에 끼어들었던 것으로 여겨진다. 미시마의 소설이나 희곡에도 구성에 대한 집착이 두드러지고, 때로 피타고라스의 이른바 천구(天球)의 음악처럼 정연하게 조립된 구성 자체가 몰고 오는 음악적인 쾌감 같은 것이 미시마 작품에서 문학적 매력의 중요한 요소를 이루는 것이다. 이것을 곧바로 가계와 학교에서의 훈련에 연결지어 모든 것을 거기에서 연역(演繹)하려는 시도는 말할 필요도 없이 지나친 것이지만, 다른 한편 미시마에게 구성과 논리적 질서에의 지향을 단순히 문학적인 고전주의로 딱 잘라 말해도 좋은가 하면, 반드시 그렇다고는 단언할 수 없는 것이다.

물론 법학도다운 건조하고 비실체적인 논리 조작이 곧바로 미시마 작품 속에 도입되었다는 말은 아니지만, 한결같은 논리와 질서정연함에 대한 미시마의 편애에는 그가 의식적으로 내세운 미학적인 이념이라고만은 받아들일 수 없는 그림자가 어른거리고 있다. 집념화한 질서애(秩序愛), 명석함과 일관성에 대한 들씌운 노력 같은 것의 기척을 느끼지 않을 수 없는 것이다. 『사랑의 갈증』이나 『가면의 고백』을 비롯한 미시마의 작품에서 드러나는 정연한 구성과 질서는, 그것이 너무도 질서정연한 탓에 도리어 하나의 수수께끼가 된다고 할 것이다.

쇼와 시대에 최초의 국제적인 대사건은 만주사변의 발발이지만, 그 해 미시마는 가쿠슈인 초등학교에 입학했다. 그는 허약하고 신경질적인 소년이었다고 한다. 이 초등학교 학생에게 최초의 기억으로 손꼽히는 사회적인 사건은 이른바 2·26 사건의 군사 쿠데타로, 그 당시 미시마는 초등학교 5학년이었다. 이것이 작가 미시마에게 의외로 오랫동안 각인된 상징적인 사건이 된 과정은 그 자체로 하나의 연구 대상이 될 만하다. 그가 의식적으로 이 사건을 작품화하게 되는 첫번째 기도는 1961년의 소설『우국』이지만, 이미 이십대의 작가에 의한 반자전적 소설『가면의 고백』에서 눈 내리는 아침의 묘사를 통해 '눈 풍경이 펼치는 이 가면극은 자칫하면 혁명이나 폭동 같은 비극적인 사건을 연출할 것만 같았다. 눈빛이 반사되어 창백해진 행인들의 얼굴도 어쩐지 가담자들처럼 느껴졌다'라는 이미지로 사건의 내적인 여운을 나타내었다고 해도 무방하다. 열한 살의 소년이 받은 충격이 13년을 지나 스물네 살 작가의 문학적 상상력 속에 문득 되살아난 것으로 생각된다.

쇼와의 대사건과의 기이한 인연은 다시 이어져서, 미시마가 가쿠슈인 중학교에 진학한 것이 바로 루거우차오(蘆溝橋) 사건의 해이며, 또한 그가 처음으로 미시마 유키오라는 필명을 사용하기 시작하고 처음으로 학외의 문학잡지에 작품을 발표했던 것이 1941년, 즉 태평양전쟁 발발의 해였다. 그 작품이 바로 그의 공적인 첫 작품「꽃이 한창인 숲」이며, 잡지『문예문화』에 게재되었다. 그해 미시마는 열여섯 살이었고, 가쿠슈인 학교에서의 국문학 스승 시미즈 후미오의 추천에 의한 것이었다. 그 뒤 같은 잡지에, 그리고 학교 친구 두 명과 함께 출간한 동인지에 단편을 계속 발표하여 1944년 연말에는 일찌감치 처녀 소설집 『꽃이 한창인 숲』을 간행하였다. 적잖이 의고적인 탐미조가 지나치게 눈에 띄는 점은 있으나 오늘날에도 충분히 통용될 만한 작품집이며, 특히 미시마적인 세계를 예견하는 주제와 이미지가 실로 듬뿍 집약되어 있다. 죽음과 바다와 낙일(落日) 등, 미시마의 주요한 상징은 거의 모두 이곳에 미리 등장하고 있다. 문자 그대로 상징의 숲이다. 눈이 핑핑 돌 듯한 미시마의 조숙한 재능에 놀라움을 느끼는 동시에 일종의 운명적인 암합(暗合)에 충격을 받는 것이다. 이 작가에게는 명석한 계산, 조숙한 개화와 신기하도록 일관된 숙명의 재촉, 내면의 어두운 충동 등이 끊임없이 공존하고 하나로 뒤엉켜 있었다.

『꽃이 한창인 숲』이 출간된 해 도쿄 대학 법학부에 진학했고, 그 다음해 스무 살 나이로 종전을 맞이했다는 것은 앞에서 이미 말했다. 이 종전 체험도 2·26 사건과 함께 이후의 미시마에게 음으로 양으로 깊은 영향을 남긴다. 종전 당시 미시마는 이른바 근로 동원으로 가나가와 현의 해군 기지에서 생활했고, 직접 그 종전 전후를 묘사한 희곡 『젊은이여, 소생하라』에서 당시의 생활과 경험을 되살려냈는데, 이 또한 체험 자체보다 그 뒤에 미시마의 내면에서 자라고 커져간 상징적인 의미가 더 중요한 자리를 차지한다.

야마카와: 전쟁이 끝났다, 끝났다고. …… 참으로 묘하구나.
혼다: 오늘 점심의 옥음(玉音) 방송 말이야, 폐하의 목소리, 미숙한 소리여서 놀랐어. 그게 황족풍의 목소리구나. (소리를 흉내 내며) '견디기 어려움을 견디고 참기 어려움을 참아내 이로써 만세를 위하여 태

평을 열기를 바라노라' 라고? 무조건 항복도 말하기에 따라서는 그 럴싸하네.

야마카와 : 이걸로 우리가 가장 결단이 빠른 편이군. 눈물을 흘린 녀석은 도다 한 사람이잖아? 그런 주제에 그 녀석, 오늘 저녁밥도 또 슬쩍 속여서 삼인분을 먹었어.

『젊은이여, 소생하라』 속 학생들끼리의 대화가 보여주듯 오히려 시니컬하고 건조한 객관화가 눈에 두드러지는 희곡이지만, 종전에 따른 단절 의식은 현실의 사회적 사건에서 취재한 장편 『푸른 시절』이나 『금각사』에서도 중요한 극적인 계기로 묘사되고 있다. 특히 후자에서는 금각사라는 일본 전통미의 상징이라 할 수 있는 건축물의 파괴로 치닫게 되는 주인공의 내적인 동인 속에, 종전이 빠뜨릴 수 없는 중요한 일환으로서 분명하게 도입되어 있다. 주인공에 대해 금각사가 상징하는 영속적인 전통미를 한층 매력적인 것으로 만들었다면, 동시에 답답한 반발 또한 일으키지 않을 수 없었던 요인의 하나가 종전이라는 사건이었다. 전쟁에 실패하여 의지할 무엇을 잃은 일본인에게 자국의 미적 전통은 기묘한 이중성을 품은 까다로운 대상이 되었다. 한편에서는 자신감 회복을 위한 거의 유일한 단서이면서도 동시에 그저 답답하기 짝이 없는 내적 주박(呪縛)의 상징으로도 비친 것이다. 그러한 전통에 대한 애증이 공존하는 미묘한 불균형을 미시마는 『금각사』에서 선명하게 소설화했다.

종전 다음해부터 미시마는 「담배」 「곶에서의 이야기」 등을 가와바타 야스나리의 추천으로 문예지에 발표, 아직 학생 신분인데도 벌써 신진작가로서 주목을 받았다. 다음해인 1947년 대학을 졸업하고 곧바로 대장성 은행국에서 근무하게 되지만, 이즈음부터 종전 후 문예 저널리즘의 급격한 비대 현상이라는 조건도 있어서 갑작스럽게 불어난 집필로 관청 근무는 일 년을 못 채우고 퇴직하였다. 쇼와 연대와 나이를 똑같이 하는 미시마는 이때 스물세 살, 그의 생애 거의 중반에 이르러 있었다. 이때 이후로는 작가 이외에 다른 직업을 가져본 적이 없는 외줄기 길이었다.

그의 출발을 구획 짓는 작품이라면 역시 이미 언급했던 반자전적 장편소설 『가면의 고백』을 들어야 할 것이다. '어떤 인간에게도 저마다의 드라마가 있고 남에게 말할 수 없는 비밀이 있으며 제각각의 특수한 사정이 있다고 어른들은 생각하지만, 청년은 자신의 특수한 사정을 세계에서 유일한 예인 것처럼 생각한다. 보통 이러한 견해는 시를 쓰기에는 적합하지만 소설을 쓰기에는 맞지 않다. 『가면의 고백』은 그것을 억지로 소설이라는 형태로 만들어보려 한 것이다'(『나의 편력시대』)라는 것은 서른여덟 살의 작가가 이 작품에 대해 회상한 말이지만, 지금 다시 읽어보면 의외일 정도로 솔직한 자기 고백이다. 일종의 자기청산의 젊디젊은 의욕과 스스로의 특이성에 대한 로맨틱한 영광화(榮光化) 등이 함께 뒤섞여 첩첩 포개져 있는 점도 그야말로 이십대 중반 예술가의 자화상으로 걸맞다. 『가면의 고백』이라는 제목으로 봐서 그 가면성, 픽션성을 유독 강조하는 견해가 강하기는 하지만, 가면의 사용 그 자체까지 포함하여 이것은 역시 미시마의 자화상, 자전적 소설이라고 받아들이는 편이 옳을 것이다. 여기에는 내적인 마물과의 격투가 있고, 이 이야기의 '나'는 작가와 피와 살을 함께 나누고 있다.

『가면의 고백』처럼 내부의 괴물을 가까스로 정복한 듯한 소설을 쓴 다음에, 스물네 살의 내 마음속에는 두 가지 상반된 지향이 확실하게 생겨났다. 하나는 어떻게 해서든 살아가지 않으면 안 된다는 마음이었고, 또 하나는 명확한, 이지적인, 밝은 고전주의에의 경도였다'라는 미시마의 말도 정직하고 정확한 자기 표백(表白)이라 인정해도 좋을 것이다.

원래 '두 가지 상반된 지향'의 동시 공존과 같은 행복한 사태는 아주 잠시밖에 지속되지 않는다. 북미·유럽을 거쳐 그리스까지의 여행의 기록 『아폴론의 잔』, 그리고 『파도 소리』 『근대 노가쿠집』 정도가 이러한 공존과 균형의 행복을 유지했던 시기의 소산이고, 『금각사』에서는 앞서 말했던 씁쓸하고도 가열한 불균형이 꿈틀거리기 시작한다. 단지 실생활에 준하여 보자면 미시마는 1955년경부터 보디빌딩을 시작하고, 나아가 권투와 검도 등으로 육체의 단련에 열중하게 되었고, 1958년에는 결혼을 하여 가정을 꾸렸다. 예전의 허약한 소년은 체격이 늠름한 삼십대 성년으로 선연하게 다시 연마되어 『가면의 고백』이나 『금각사』에 정착된 아웃사이더의 거센 고독은 일단 청춘의 기념비로서 뒤쪽으로 밀려난 것처럼 보였다. 이 무렵 미시마가 가장 힘을 쏟았던 것은 장편소설 『교코의 집』이며, 다음해에 그는 도쿄 도지사 선거에서 재료를 얻어 『잔치는 끝나고』를 썼는데, 이 작품으로 인해 후에 프라이버시 침해로 기소된다. 두 작품 모두 화면이 널찍한 객관적인 사회소설이며, 그런 점에서는 무엇보다 주인공의 내면을 소재로 삼고 그 거센 소외감에 집중했던 『가면의 고백』이나 『금각사』와는 현

저한 대비를 이룬다.

어떤 의미에서는 사회와의 화해의 계절, 사회에 대해 활짝 열린 시기라고 할 수 있을 것이다. 하지만 『잔치는 끝나고』가 간행된 1960년은 또한 안보 소동의 해이며 내셔널리즘과 반미주의와 좌익의 분위기가 기묘하게 뒤섞인 앙분(昂奮)의 높은 파고가 전 일본을 뒤덮은 해였다. 그리고 우스꽝스럽게도 이 소동을 개막의 신호로 삼은 1960년대는 이 나라에 전례가 없을 정도의 경제적 번영기이기도 했다. 60년대는 객관적으로 개관하기에는 실제로 아직은 지나치게 가깝고 지나치게 생생하기 때문에, 삼십대 중반이 되어 마침내 열린 소설가로서의 성숙기에 사회에 발을 디딘 미시마가 우연히 이런 시기에 딱 맞아떨어졌다는 사태의 행운과 불행에 대해서는, 아니, 그 문학적인 의미도 아직은 정확하게 측정하기가 어렵다. 1961년 초에 미시마는 2·26 사건에 초점을 맞춘 중편 『우국』을 썼고, 이 년 뒤에 『검』과 『하야시 후 사론』을, 그 3년 후에는 『영령의 목소리』를 발표하여 내셔널리즘에의 두드러진 접근을 보였다. 하지만 그 전해에는 동시에 훌륭한 완성도를 가진 희곡 『사드 후작부인』을 마감했고, 또한 칠팔 년 전부터 영역(英譯)을 중심으로 해외에서 연달아 그의 작품이 번역, 출간되어 해외 독자의 폭넓은 관심을 모으기에 이르러 그해 가을에는 일찌감치 노벨상 후보로 거론되기도 했다. 그리고 최후의 대작 '풍요의 바다' 4부작이 출간되기 시작한 것도 마찬가지로 그해인 1965년 가을이었다.

1권 『봄의 눈』이 완결된 것은 1967년 초였지만 그는 그해 봄 자위대에 체험 입대를 하고 다음해에는 '방패회'를 결성하기에 이른다. 풍요의 바다는 그 뒤에도 2권 『분마』 3권 『새벽의 절』로 순조롭게 집필이 이어졌고, 그사이에 희곡 『나의 친구 히틀러』 『나왕의 테라스』 도 완성했다. 그리고 1970년 11월, 4권 『천인오쇠』를 완성한 직후인 11월 25일, 도쿄 이치가야의 자위대 총감실에 진입하여 자결하기에 이른 경위는 새삼 말할 필요도 없을 것이다.

미시마 유키오의 생애에는 마치 치밀하게 계산되고 정연하게 구분된 것만 같은 인공성과 질서의 분위기와 함께, 들썩운 자의 피하기 어려운 숙명의 기척이 감돌고 있다. 명석하고 청랑한 고전주의의 의지와 일종의 미치광이와도 같은 낭만주의의 방자함이 동거하고 뒤엉켜 있다. 그 매듭의 수수께끼를 판연히 해명하려면 아직도 상당한 시간이 필요할 것이다.

1973년 12월

사에키 쇼이치[*]

---

[*] 도쿄 대학 명예교수, 영문학자, 문학평론가(옮긴이).

『가면의 고백』에 대하여

풍요로운 불모—그런 느낌이 든다. 천진해 보이는 악당, 어린아이 같은 어른, 예술가의 재능을 가진 상식인, 모조품을 만드는 사기꾼. 하지만 원래 예술가란 재능 이외에는 아무것도 아닌 자다, 예술가란 곧 사기꾼을 말하는 게 아닌가, 라고 한다면 참으로 맞는 말—현대에서는 난처한 김에 해보는 이 역설을, 역설을 잃어버린 인간, 혹은 스스로 역설적인 존재가 되는 것에 의해 그것을 역설이 아니게 하려는 인간, 그것이 미시마 유키오이다.

미시마 유키오는 그 역설을 자신의 몸으로 살았을 뿐만 아니라 그러한 자신의 위치를 잘 알고 작품에서 일체의 계량을 모두 끝냈다. 『가면의 고백』에서 작가는 그런 장치를 가장 명확하게 의식하고 있다. 가와데쇼보 판의 월보(月報) 노트(이하 노트)에서 그는 다음과 같이 밝히고 있다.

'나는 무익하고 정교한 하나의 역설이다. 이 소설은 그 생리학적 증명이다. 나는 나 자신을 시인이라고 생각하지만, 어쩌면 나는 시 그 자체인지도 모른다. 시 그 자체는 인류의 치부에 다름아닐지도 모르기 때문에.'

이 말을 일단 정면으로 받아들여보자.

내가 어느 자리에서 미시마 유키오의 작품에 대해 이것은 음악이 아니라 오르골이라고 내뱉었던 것은 그 때문이다. 그 자신의 말로 하자면 '시인'이 아니라 '시 그 자체다'라는 것이 될 것이다. 그의 작품은 아름다운 소리로 가득 차 있다. 하지만 그야말로 불안정하다―그것은 오르골의 마음 내키는 대로다. 독자는 그가 자신의 마음 내키는 대로, 그 마음을 따라서 그저 흥이 나는 대로, 그리고 얼마간 따분한 듯이 그것을 흔들고 있는 것에 푹 빠져서 듣게 된다. 하지만 그것은 음악이 부여하는 기쁨과는 명백히 다른 것이다.

음악은 하나의 필연에 의해, 일관되고 안정된 리듬과 멜로디에 의해 인도된다. 그래서 우리는 쉽게 그것을 타고, 하나의 주제의 전개에 참여하고, 듣는 자도 또한 창조의 기쁨을 나누게 된다. 하지만 오르골은 제멋대로이고 불안정해서 다음 순간 어떤 소리가 나올지 짐작도 할 수 없다. 그런 주제에 거기에서는 어떤 우연도 우리를 놀라게 하지 않는다. 오르골의 소리는 늘 너무나도 오르골적이며 몽환적인 화려함이라는 한정사에 등을 돌리는 일이 결코 있을 수 없는 것이다. 그것은 아름답고 즐겁지만, 한없이 가보아도 똑같은 일이다―완결은 없다. 이것이 미시마 유키오 작품의 특징이다.

일단 그렇게 말할 수 있다. 하지만 그것은 '일단'으로만 하는 이야기이다. 그의 작품은 오르골이 아니고, 번듯한 음악인 것이다. 『가면의 고백』에 그 점이 가장 확실하게 증명되어 있다. 자기 자신을 '하나의 역설'에 지나지 않고 '시 그 자체'일지도 모른다고 규정하는 정신은 결코 역설 그 자체가 아니고 역설을 조종하는 예술가이며 번듯한 시인인 것이다. 『가면의 고백』에서 미시마 유키오는 그 자신이 예술가로서 서 있어야 할 흔들림 없는 암반을 발견한다. 혹은 거기에서 출발하여 이 작품을 쓰고 있다. 이 작품에 '가면의 고백'이라는 제목을 붙인 연유는, 즉 작가가 가면 뒤 자신의 맨얼굴을 자각하고 있었다는 무엇보다 큰 증거가 아닐까.

모든 예술은 가면의 고백이다. 그런데 어째서 유난스럽게 이 작품에 '가면의 고백'이라는 제목을 붙여야 했을까. 이유는 아마도 이것일 것이다—미시마 유키오의 젊고 풍성한 재능은 가면을 가면이라고 자각하지 않고 그저 '분장욕'의 흥미에 사로잡혀 '연기'의 욕구에 끌려다니며 가면 그 자체를 가지고 놀아온 결과 그것에 꽤 능숙해지게 되었고 마침내 맨얼굴을 파먹고 들어왔기 때문이 아닐까. 거기서—말을 바꾸자면, 가면을 쓰려고 하는 욕구 그 자체에서—미시마 유키오는 맨얼굴의 자신을 발견하지 않고는 배길 수가 없었던 것이다.

······남의 눈에 나의 연기로 비치는 것이 나로서는 본질로 돌아가고자 하는 욕구의 표현이었고, 남의 눈에 자연스러운 나로 비치는 것이 곧 나의 연기라는 메커니즘을 그 무렵부터 나는 희미하게 이해하기 시작했다.

하지만 이를 확실하게 이해한 것은 『가면의 고백』에서이다. 아니, 그 자신은 이미 자각하고 있었는지도 모른다. 단지 그는 『가면의 고백』에 의해 그런 자각을 정저(定著)하려 했다. 맨얼굴에 파고 들어오는 가면을 마음을 굳게 먹고 벗겨내고, 그 가면에 의해 좌우되지 않는 곳에 자신의 맨얼굴을 설정하려는 노력 — 그것이 『가면의 고백』의 비밀일 것이다. 따라서 미시마 유키오의 계획과는 반대로 — 아니, 반대가 아니라 이미 그 자신은 알고 있었을 테지만 — 이 작품은 '쓰는 사람'으로서의 미시마 유키오는 '완전히 사상(捨象)되어' 있을 뿐만 아니라, 실은 작가를 추구하고 포착하려는 지점으로 치고 올라간 소설이다. 『가면의 고백』은 소설의 소설인 것이다.

그렇다면 이 소설 속의 모든 것이 사실에 바탕을 두고 있다고 해도 '예술가로서의 생활이 적혀 있지 않은 이상 모든 것은 완전한 허구이며 존재할 수 없는 것이다. 나는 완전한 고백의 픽션을 만들려 했다'(노트)라는 것은 자기기만일까, 아니면 자각의 결여일까. 그렇지 않다. 아마도 미시마 유키오는 이 말을 써넣자마자 그 역시 거짓말이라는 사실을 깨달았음에 틀림없다. 단지 그것이 거짓말이라고 말해서, 그는 이 자기 해설을 지우려고는 하지 않고 오히려 그것이 자기 도회(韜晦)에 도움이 되어줄 것이라고 내다보고서 득의의 미소를 지었음에 틀림없다. 그 증거로 이렇게도 쓰고 있다 — '살에까지 파고든 가면, 살집이 달린 가면만이 고백을 할 수 있다. **고백의 본질은 불가능이다**라는 것이다'(노트).

'고백은 불가능하다'라고 함으로써 그는 독자를, 나아가 자기 자신마저도 배제시킨다. 그에 의해 작가는 맨얼굴도 가면이 되고, 그 배후에 참된 맨얼굴을 위한 도피처를 만든다. 미시마 유키오는 역시 '쓰는 사람'을 '완전히 사상'해낸 것이고, 결코 작가의 맨얼굴을 추구하고 보충하려고는 하지 않는다. 아니, 실상은 현대에서는 맨얼굴을 추구하는 흉내에 의해서가 아니면 가면은 완성할 수 없고 맨얼굴을 가면으로 간주하지 않고는 성립할 수 없다는 점에 있다. 아마 '살집이 달린 가면만이 고백을 할 수 있다'의 까닭이리라. 그런 점을 이 작품은 밝히고 있다—소설의 소설이라는 것도 그런 의미이다.

『가면의 고백』을 자세히 읽어보라. 이것이 꽤 괴로운 소설이라는 사실을 알 것이다. 이를테면 이런 묘사가 있다.

우리 학교는 초등학교 시절부터 계속 같은 반이었기 때문에 어깨를 걸거나 팔을 끼는 정도의 친밀함은 당연한 일이었다. 때마침 정렬의 호루라기 소리가 울렸고, 아이들은 저마다 그런 모습으로 운동장을 향해 걸음을 서둘렀다. 오미가 나와 함께 굴러 떨어진 것도 이제 슬슬 지켜보기에도 싫증이 난 놀이의 끝마무리에 지나지 않았고, 나와 오미가 팔을 끼고 걸어가는 것조차 특별히 눈에 띄는 장면은 아닐 터였다.

하지만 그의 팔에 기대어 걸어가는 나의 기쁨은 무상(無上)의 것이었다. 천성적으로 허약한 탓인지 다양한 기쁨에 불길한 예감이 뒤섞여 따라오곤 하는 나였지만, 그의 팔의 단단하고 긴박한 느낌은 내 팔을 통해 온몸으로 퍼져가는 것만 같았다. 세상 끝까지 이렇게 걸어가고 싶다고 나는 생각했다.

나와 똑같이 항상 감기를 달고 사는 비쩍 마른 소년이 체중계 위에 올라섰다. 솜털이 가득한 그의 초라하고 허여멀건한 등판을 보고 있는 사이에 나에게 돌연 기억이 되살아났다. 내가 항상 오미의 벗은 몸을 보기를 그토록 강렬하게 희구했었다는 것을. 신체검사라는 이 절호의 기회에 내가 어리석게도 미처 생각이 미치지 못했다는 것을. 이미 그 기회는 지나갔고 다시금 언제가 될지도 모르는 기회를 기다릴 수밖에 없다는 것을.

나는 파랗게 질렸다. 나의 벗은 몸이 그 허연 닭살로 인해 일종의 추위와도 같은 후회를 알아보는 것이었다. 나는 멍한 눈길로 내 가느다란 두 팔뚝에 찍힌 비참한 우두 자국을 문질렀다. 내 이름을 부르는 소리가 들렸다. 체중계가 마치 나의 형 집행시간을 일러주는 교수대처럼 보였다.

이것은 묘사일까? 그렇지 않다. 독자는 이 주인공이 정말로 '세계의 끝까지' 걸어가고 싶다고 생각했는지, 정말로 그가 '창백해지고' 눈앞의 체중계가 '교수대처럼 보였'는지 일단 의심하고 싶어 하지 않을까. 거기에는 흑을 백이라고 대충 둘러대는 문장의 괴로움이 있다. 그렇다면 그것은 가면을 맨얼굴이라고 대충 둘러대는 괴로움이고, 그 그늘에서 작가는 거꾸로 맨얼굴을 가면으로서 떼어내려고 하는 것이다. 위의 인용 부분만이 아니다. 나에게는 어떤 문장도 모조리 그러기 위해 기록된 것처럼 여겨진다. 미시마 유키오는 무에서 유를 만들어내는 마술사인 것이다.

이것은 아무라도 할 수 있는 일이 아니다. 고통스러워 보이기는 하지만, 마술은 아무튼 훌륭하게 수행되었다. 게다가 이따금 비유적인 레토릭이 경쾌한 일회전과 함께 거짓을 진실로 바꿔치기한다. 그 순간 심리주의가 선명하게 형이상학으로 전신(轉身)한다. 언어가 현실의 맨얼굴을 떠나 가면을 성취하는 것이다. 미시마 유키오가 아포리

즘을 즐겨 사용하는 까닭이리라.

 언어란—언어에 의한 산문 예술의 매력이란—바로 그런 점에 있다. 가령 미시마 유키오의 문장이 읽는 사람에 따라서는 그야말로 괴롭게, 그리고 또한 어떤 종류의 사람에게는 엉터리 같은 우연으로 보인다고 해도, 그것은 결국 언어의 예술로서 문학의 전통이 아직껏 현대 일본에 확립되어 있지 않기 때문일 것이다. 소박한 실감을 방패로 삼아 미를 허위로서 시의(猜疑)하는 비속한 심리주의, 나아가 그에 의해 완전히 더럽혀져버린 현대 일본어—그러한 저항을 느끼면 느낄수록 미시마 유키오 같은 작가는 괴로운 입장에 몰릴 것이다. 동시에 그 괴로움을 극복해낼 풍성한 재능을 우리는 미시마 유키오 속에서 처음으로 찾아낼 수 있다.

 『가면의 고백』은 미시마 유키오가 쓴 작품 중에서 최고의 위치를 차지하는 작품일 뿐만 아니라 전후 문학에서도 아주 오래도록 남을 최상의 수확 중 하나이다. 앞으로의 그의 행보에 현대 일본문학은 커다란 기대를 품어야 할 것이다. 미시마 유키오는 『가면의 고백』을 통해 도달한 지점에서 새롭게 출발함으로써 이 기대에 답해줄 것이다. 그가 자유자재로 가면을 사용해내기를 나는 즐겁게 기대하고 있다.

1950년 4월
후쿠다 쓰네아리*

---

* 문학평론가, 번역가, 극작가. 평화론을 비판한 보수파 논객으로 유명했음(옮긴이).

해설

가면을 쓴 작가의 고백

『가면의 고백』은 쇼와 문학의 귀재라 불리던 미시마 유키오가 스물네 살 나이에 전업 작가로 출발하면서 쓴 첫 장편소설로서 미시마 문학에서는 여러 가지로 중요한 의미를 지니는 작품이다. 마치 커밍아웃이라도 하듯 자신의 동성애적 성향을, 출생부터 성인이 되기까지의 성장과정 및 주변 환경과 결부시켜 논리적으로 피력한 것 자체가 당시의 일본문단에서는 신선한 충격이기도 했지만, 이 작품은 초기 대표작으로서 미시마 문학을 연구하는 데 가장 중요한 자료적 가치를 지니고 있다. 또한 남성 문학의 출현이라는 화제와 더불어 그 화려한 성공은 미시마가 전후 일본문단에서 인기작가로서의 지위를 구축하는 데 결정적 역할을 하기도 했다.

작품 자체가 미시마의 자서전이나 다름없을 정도로 세세한 부분까지 사실에 입각하고 있기 때문에, 작품 감상에 앞서서 먼저 미시마의 일생을 간략히 조감해볼 필요가 있을 것이다.

미시마의 본명은 히라오카 기미타케로 2남 1녀 중 장남으로 태어났다. 『가면의 고백』의 원문에서 주인공이 '코짱'이라는 애칭으로 불리는 것은 미시마의 본명인 기미타케에서 유래하는 것이다. 아버지 아즈사는 도쿄 대학 출신의 엘리트 관료로서 작가 지망생인 아들을 항상 못마땅하게 생각했지만, 교육자 집안 출신인 어머니 시즈에는 오히려 아들의 가장 좋은 조언자이자 독자이기도 했다. 미숙아로 태어나 자가중독 증세 탓으로 몇 차례나 죽을 고비를 넘겼던 미시마는 할머니 나쓰의 곁에서 과보호를 받으며 유년시절을 보냈다. 미시마의 성장과정에서 할머니가 미친 영향은 『가면의 고백』 속에 다음과 같이 기술되어 있다.

조모가 나의 병약함을 다스리기 위해 그리고 내가 나쁜 짓을 배우면 안 된다는 염려로 근방의 사내아이들과 노는 것을 금지했기 때문에, 하녀나 간호사를 빼면 나의 놀이 상대는 조모가 이웃에서 골라준 세 명의 여자아이뿐이었다. 소리가 크게 나거나 문이 거칠게 열리고 닫히거나 장난감 나팔, 씨름, 장난치는 소리나 울림도 조모의 오른쪽 무릎 신경통에 해가 되었기 때문에 우리의 놀이는 보통 여자아이들보다 더 조용한 것이어야 했다. 나는 오히려 혼자서 책을 읽거나 나무 블록을 쌓거나 마음대로 실컷 공상에 빠져들거나 그림을 그리거나 하는 쪽을 훨씬 더 좋아했다.

아마도 미시마는 『가면의 고백』을 통하여 자신의 동성애적 성향이 할머니와 함께 보냈던 유년시절 탓이라고 분석하고 있는 듯하다. 1931년 할머니의 뜻에 따라 귀족학교 가쿠슈인 초등학교에 입학한 미시마는 은사 시미즈 후미오를 통해 일본문학의 전통을 알게 되고 일본 낭만파의 영향을 받게 된다. 그리고 1944년 가쿠슈인 고등학교를 수석으로 졸업, 아버지가 권하는 대로 도쿄 대학 법학부에 입학한 미시마는 재학 시절 근로 동원 중에 패전 소식을 듣게 된다. 열세 살 때부터 조숙한 재능을 유감없이 발휘하며 왕성한 창작활동을 했던 미시마가 일본문단에 정식으로 데뷔한 것은 1946년 가와바타 야스나리의 추천으로 단편 「담배」가 『인간』지에 실린 덕분이다. 대학을 졸업한 미시마는 고등문관 시험에 합격하여 대장성 은행국에 근무하지만 1년도 안 되어 사표를 제출하고 본격적인 전업작가로 출발하게 된다. 그때 마침 가와데쇼보로부터 장편소설 집필 의뢰를 받고 쓴 것이 바로 『가면의 고백』이다. 미시마는 당시 유행하던 프롤레타리아 문학에는 전혀 동조하지 않고 화려한 문장으로 독자적인 미의 세계를 구축하여 『사랑의 갈증』 『푸른 시절』 등의 수작을 잇달아 발표하였고, 본격적인 동성애를 주제로 하는 장편 『금색』을 잡지에 연재 중이던 1952년, 첫 해외여행에서 그리스 방문을 계기로 육체적인 미와 균형을 중시하게 되어 그 결과로서 베스트셀러 『파도 소리』를 발표했으며, 이어서 미시마 문학의 최고봉 『금각사』로 불과 서른한 살의 나이에 문학적 절정기를 맞이한다. 30대 중반에 접어든 미시마는 화제작 『교코의 집』 이후로 잠시 문학적 침체기를 겪게 되지만 30대 후반에 접어들면서 급격히 정치에 관심을 보이기 시작, 청년장교들에 의한 쿠데타인 2·26 사건을 소재로 '2·26 사건 3부작'을 발표하는 등, 미시마 문학에는 문무양도와 내셔널리즘의 색채가 급격히 짙어지게 된다. 그리고 마흔 살이던 1965년 9월부터 4부작 '풍요의 바다'를 『신초』지에 연재하기 시작하여 1970년 11월 25일 오전 마지막 원고를 잡지사에 넘긴 미시마는, 자신의 추종자 네 명을 데리고 일본 육상자위대 이치가야 주둔지에 도착, 총감을 인질로 삼아 대원들을 발코니 아래에 모아놓고 자위대의 궐기를 촉구하는 연설을 하지만 별다른 반응이 없자 총감실에서 전통의식에 따라 할복자살을 하고 만다. 향년 마흔다섯 살이었다.

1인칭 소설인 『가면의 고백』은 모두 4장으로 구성되어 있는데, 주인공 '나'의 출생에 관한 에피소드로부터 시작하여 대학을 졸업하고 직장에 근무하다가 사표를 제출한 20대 중반까지의 이야기가 앞에서 소개한 미시마의 연보와 거의 일치하고 있다. 부모를 포함하여 생전의 미시마와 절친하게 지냈던 사람들의 증언에 의하면 『가면의 고백』에 기술된 내용은 대부분 사실이라고 한다. 기고는 1948년 11월 25일, 탈고는 이듬해인 1949년 4월 27일, 간행은 동년 7월로서 미시마가 스물네 살이 되던 해이다. 당시의 상황을 미시마는 다음과 같이 술회하고 있다.

　내가 대장성을 그만두기로 결심한 것은 1948년 여름으로, 9월 2일에 사표를 내고, 9월 22일에 '사표수리'라는 통지를 받았다.
　그러나 한편으로 작가생활은 지금과 다를 바 없는 형태로 시작하고 있었기에, 통지를 받고 모두에게 인사를 마치자 곧바로 강연이며 좌담회에 가서, 그날 밤은 지금과 마찬가지로, 밤샘을 하며 소설을 쓰는 식의 하루였다. 그래도 관직을 그만뒀으니, 생활에는 지장이 없을까 하는 불안감은 있었지만, 나는 극히 합리적으로 생각해서, '적어도 지금은 걱정이 없다. 5년, 6년 앞일은 모르겠다. 그러나 5년, 6년 후에도 걱정이 없으려면 지금 제대로 기본적인 일에 전력을 기울여야만 한다'는 식으로 자신을 안심시켰다.

그러기 위해서는 운동을 해서 몸을 튼튼히 만들어야겠다는 생각에 10월에 접어들자 승마 클럽에 가입했는데, 가와테쇼보에서 신작 집필 의뢰를 받은 것은 바로 그때였다. 이 의뢰는 나에게 있어서 그야말로 적시적기의 좋은 기회였다.

작품은 크게 보아 전반과 후반으로 나뉘는데, 전반에서는 자신의 성장과정에 얽힌 에피소드를 순서대로 소개하면서 분석하고 있는 점으로 보아, 집필 당시의 미시마는 프로이트의 『정신분석학』에 심취해 있었던 듯하다. 후반에서는 친구의 여동생 소노코와의 관계를 통해서 성인이 된 이후에 사회생활에 적응하지 못하는 자신의 고뇌를 그리고 있지만, 전반부와 후반부의 위화감이 작품의 결함으로 지적되기도 한다. 작품의 줄거리를 간단히 소개하자면 다음과 같다.

식민지 장관으로 재직하던 중 부하 직원의 잘못으로 인해서 관직을 은퇴한 할아버지, 뇌신경질환으로 인한 발작 증세를 보이면서도 명문 집안 출신의 긍지를 잃지 않고 있는 할머니, 급속도로 몰락해가는 집안에서 장남으로 태어난 나는 몇 차례나 죽음의 위기를 겪는 병약한 아이였기에 할머니의 과보호를 받으며 자란다. 기묘한 공상을 즐기는 나에게 다섯 살 무렵부터는 그 공상에 명확한 경향이 나타나, 주로 육체적 활력이 넘치는 젊은이들이나 비극적인 죽음을 맞이하는 동화 속의 왕자에 대한 동경심을 품게 되는데, 그것은 대부분 죽음과 피로 얼룩져 있었다. 특히 열세 살 때에 본 구이도 레니의 그림 '성 세바스티아누스 순교도'는 나 자신이 갈구하던 욕망의 본질이 무엇이었는지 깨닫게 한다. 또한 중학교에서는 생명력과 야성이 넘치는 연상의 동급생 오미에게 은밀한 열정을 느끼기도 한다. 이후 나는 친구의 여동생 소노코와 연인 사이가 되지만, 비정상적인 성욕과 육체적 불안감이 차츰 그 본성을 드러내어 결국 자신은 이성과의 관계가 불가능한 존재라고 확신하게 된다. 다만, 이미 남의 아내가 된 소노코와의 밀회 속에서 부도덕한 행위에 동반되는 만족감을 느낄 뿐이다.

다소 난해한 문장이지만 『가면의 고백』 초판에 삽입된 '『가면의 고백』 노트'에는 다음과 같은 작가 자신의 해설이 실려 있는데 그 전문을 소개하자면 다음과 같다.

이 책은 내가 이제까지 살아왔던 죽음의 영역에 남기려는 유서이다. 이 책을 쓴다는 것은 나에게 역설적인 자살을 의미한다. 투신자살을 영화로 찍어서 되돌리면 자살자가 맹렬한 속도로 계곡 밑으로부터 절벽 위로 날아올라 되살아난다. 이 책을 씀으로써 내가 시도한 것은 그러한 삶의 회복술이다.

고백이라고는 하지만 이 소설 속에서 나는 '거짓말'을 방목했다. 원하는 곳에서 그 거짓말들이 풀을 먹게끔 했다. 그러면 거짓말들은 만복이 되어 '진실'의 밭을 헤집지 않게 된다.

같은 의미로, 살에까지 파고든 가면, 살집이 달린 가면만이 고백을 할 수 있다. 고백의 본질은 불가능이다라는 것이다.

나는 무익하고 정교한 하나의 역설이다. 이 소설은 그 생리학적 증명이다. 나는 시인이라고 스스로 생각하지만, 어쩌면 나는 시 그 자체인지도 모른다. 시 자체는 바로 인류의 치부일지도 모르기 때문이다.

수많은 작가들이 자신에 관한 '젊은 날의 예술가의 초상'을 썼다. 내가 이 소설을 쓰려 한 것은 그 반대의 욕구에서이다. 이 소설에서는 '쓰는 사람'으로서의 내가 완전히 사상(捨象)된다. 작가는 작중에 등장하지 않는다. 그러나 여기에 적힌 것과 같은 생활은 예술이라는 지주가 없었더라면 순식간에 붕괴되는 성질의 것이다. 따라서 이 소설 속의 모든 것이 사실에 입각하고 있다 하더라도 예술가로서 생활이 적혀 있지 않은 이상 모든 것은 완전한 허구이며 존재할 수 없는 것이다. 나는 완전한 고백의 픽션을 만들려 했다. '가면의 고백'이라는 제목에는 그러한 의미도 포함되어 있다.

자신의 성관념에 관한 적나라한 고백은 일본문학에서는 전혀 새로운 것이 아니다. 왜냐하면 일본문학은 메이지 시대의 자연주의 출현 이래로 고백문학의 전통을 오늘날까지 이어오고 있기 때문이다. 그 효시는 다야마 가타이의 『이불』(1907)이라 하겠는데, 이는 가타이 자신을 연상케 하는 중년 작가가 주인공으로 등장하는 중편소설로, 주인공이 나이 어린 여제자를 짝사랑한 나머지 그 여제자가 떠나간 후에 그녀가 덮던 이불을 뒤집어쓰고 울었다는 내용의 작품인데, 가타이 스스로 그 내용이 실화임을 인정하여 세상을 떠들썩하게 했다. 또한 군의관이자 작가로서 일본의 근대화에 지대한 공헌을 했던 모리 오가이는 『비타 섹슈알리스vita sexualis』(1909. 라틴어로 '성욕적 생활'을 의미)를 집필하여, 어려서부터 스물다섯 살 나이에 결혼할 때까지의 자신의 성욕과 관련된 견문을 술회하기도 했는데, 오가이의 숭배자였던 미시마는 바로 이『비타 섹슈알리스』의 영향을 받아『가면의 고백』을 집필하게 된 듯하다. 그 외에도 가타이와 더불어 일본 자연주의문학의 대표적 작가라 불리는 시마자키 도손은 질녀와의 불륜으로 고민하다 그 사실을 소설『신생(新生)』을 통하여 고백함으로써 모든 것을 청산하려 하기도 했다. 법보다는 체면이나 타인의 시선을 중요시 여기는 전통사회에서 자신의 성적 수치심을 백일하에 드러낸다는 것은 자칫하면 사회적으로 스스로를 매장시키는 결과를 초래할 수도 있기에 상당한 용기를 필요로 한다.

하지만 동일한 장르의 고백문학이라 하더라도 미시마의『가면의 고백』은 그 방법에서 종래의 작품과는 확연한 차이가 있다. 일단은 과거의 에피소드를 사실적으로 고백하던 종래의 문학과는 달리, 그것을 관념화시키고 있다는 점에서 큰 차이가 있으며, 고백이라는 행위의 이면에 숨겨져 있는 진실에 주목하고 있다는 점에서도 차원이 다르다. 미시마는 스스로 이 작품을 '정신적 위기에서 생겨난 배설물'이라 설명했는데, 당시 평론가들의 반응 역시 '여우에게 홀린 듯한 기묘한 기분' '날카롭고 역설적인 작품' '수컷(牡) 문학이 출현했다' '자기찬미, 자기도취' '그는 완전히 새롭다. 여기부터 비로소 문학의 영역에서 20세기가 시작된다'는 등의 격렬한 표현이 두드러진다.

미시마가『가면의 고백』속에 진술한 내용은 그야말로 변화무쌍하고 다채롭다. 일단 첫 부분에서 자신이 출생하던 당시의 광경을 보았다는 황당한 이야기를 꺼내어 마치 이 작품이 모두 허구인 양 연막을 편 뒤에 적나라한 고백을 시작하는 것도 흥미롭지만, 가세가 급격히 기울어가는 집안의 장남으로 출생하여 할머니의 과보호를 받으며 여자아이처럼 지냈던 유년시절 이야기, 분뇨 수거인의 모습을 보고는 자신이 바로 그 수거인이고 싶었다는 이야기, 축제에 참가한 청년들이 광란하는 모습, 분장욕에 들떠 있던 이야기, 비극적인 것에 대한 애착심, 죽음과 맞선 잔다르크의 모습, 용에게 죽임을 당하는 동화 속의 왕자, 자위행위, 미래에 대한 막연한 불안과 성장의 거부, 전쟁놀이에서의 '연기'와 성 세바스티아누스 순교도의 충격, 연상의 동급생 오미에 대한 연모, '살인극장'과 고문에 관한 상상 등의 다양하고 충격적인 이야기가 전반부인 1장과 2장에 열거되어 있다. 미시마는 이것을 세 가지 전제로 요약하여 설명하고 있는데, 첫번째는 '분뇨 수거인과 오를레앙의 소녀(잔다르크)와 병사의 땀'이고, 두번째는 '분장욕', 세번째는 동화 속에서 '살해되는 왕자'에 관한 이야기이다. 아마도 독자들이 이 세 가지 전제를 염두에 두고 작품을 읽는다면 훨씬 이해하기 쉬울 것이고 흥미로운 독서가 가능할 것이다. 그리고 후반부인 3장과 4장에서는 그러한 주인공이 과연 실생활 속 이성과의 교제에서 어떠한 반응을 보이는가를, 아마도 자신의 실제 경험을 토대로 상세한 분석을 곁들여가며 기술하고 있다. 소노코는 실제로 학창시절 미시마와 절친하던 친구의 여동생이 모델이다.

『가면의 고백』 이후의 미시마의 일생은 그야말로 '자기개조'의 연속이었다고 할 수 있다. 일반적으로 미시마 문학은 10대를 습작기, 20대를 초기, 30대를 중기, 40대를 후기로 분류하는데, 1952년의 그리스 방문을 계기로 육체를 중시하는 문학 혹은 정신과 육체의 이원론에 입각한 문학세계가 확립되는 것은 바로 이 무렵이다. 또한 30대에 접어들어『금각사』를 잡지에 연재하면서 시작한 보디빌딩을 통하여, 미시마는 자신의 육체에 대한 자신감을 가지게 된다. 수필「보디빌딩 철학」에서 미시마는 다음과 같은 이야기를 하고 있다.

보디빌딩을 시작한 지 9월이면 1년이 된다. 감기가 들어서 3주가량 쉰 적이 한 차례 있을 뿐, 일단은 정진해왔다. 애당초 육체적 열등감을 불식하기 위해서 시작한 운동이지만, 얇은 종이를 벗기듯이 그 열등감은 치유되어 지금은 완치에 가깝다.
남들이 보면 아직 대수로운 몸이 아니라 하겠지만 주관적으로 좋은 체격이라면 그것으로 만족한다.
이러한 열등감을 30년이나 짊어지고 온 것이 무슨 이익이 있었는가 생각하니, 정말로 한심하다.

1950년대와 60년대, 매스컴의 발달과 더불어 스타 작가로서 부동의 위치를 확보했던 미시마는 보디빌딩으로 키운 근육을 과시하며『장미형』이라는 다소 마조히스틱한 구도의 사진집을 출간하여 세상을 놀라게 하기도 하고 영화에 출연하기도 하는 등 다양한 활동을 하며,『가면의 고백』의 주인공과는 전혀 다른 모습을 보이게 된다.
하지만 '작가는 자신의 첫 작품을 향하여 성숙해간다'는 말이 있듯이 미시마의 모든 것이 담겨 있는 작품은 바로『가면의 고백』이다.『가면의 고백』보다 2년 앞서 발표된『도적(盜賊)』이라는 일종의 장편 소설 습작이 있었지만, 그것은 여기저기에 분산 발표했던 단편들을 하나로 묶어서 만든 장편으로 자타가 공인하는 실패작이다. 그렇기에 전업작가로서 미시마에게 진정한 초작은 바로 『가면의 고백』이라 할 수 있으며, 이 속에 열거되어 있는 에피소드에는 20년 후에 천황폐하 만세를 외치며 할복한 미시마의 개인적 고뇌와 비극도 포함되어 있을 것이다.

고백문학을 접할 경우에 독자들이 염두에 둬야 할 것은, 그것이 소설로서 발표된 이상은 그 내용의 일부가 허구일 수 있다는 점이다. 『가면의 고백』 역시 에세이나 일기와는 달리, 소설로 발표되었기 때문에 작품의 골격은 미시마 자신의 성장 과정을 그대로 답습하고 있다 하더라도, 유년시절부터 성인이 되기까지 정신세계의 변천 과정을 논리적이고 체계적으로 설명하고 있다는 점에서, 그 자체에 무리가 있다고 보아야 할 것이다. 자신의 무의식 세계까지 포함하는 완벽한 고백이란 인간의 능력을 벗어난 신의 영역이라 할 수 있기 때문이다. 하지만 역설적으로 생각한다면 소설은 허구이기에 그 속에 과감한 고백을 담을 수도 있는 것이며, 그로 인해서 대부분의 소설은 작가 자신의 내면적 고백으로 받아들여지기도 한다. 미시마의 주장대로 고백의 본질은 '고백은 불가능하다'는 데 있으며, 진정한 고백을 위해서는 나 자신과 혼연일체가 된, 살 속 깊숙이 파고든 '가면'이 필요할지도 모른다.

또 하나 '남성 문학'으로서 미시마 문학을 평가할 때, 그 저편에는 어디까지나 '여성 문학'이 존재한다는 사실을 잊으면 안 된다. 『가면의 고백』에서 『금각사』에 이르기까지 미시마의 문학이 집요하리만큼 여성성을 부정하고 남성성을 강조한다는 자체가, 과도하게 여성의 존재를 의식하고 있음을 의미하기 때문이다. 『가면의 고백』에서 미시마 자신이 인정하고 있듯이, 가족 중에서 그의 성장과정에 영향을 준 것은 할머니와 어머니 그리고 여동생이었다. 실제로는 젊은 시절의 미시마는 마음에 드는 여성이 있으면 처녀이건 유부녀이건 가리지 않고 마구 연애편지를 보냈다는 주위의 증언도 있다. 더구나 『가면의 고백』으로부터 약 10년이 지난 1958년에 결혼하여 슬하에 1남 1녀를 두게 되니, 소노코와의 키스에서 아무런 감흥도 느끼지 못했다는 이야기는 감수성 예민한 남성들이 청춘시절에 흔히 겪는 종류의 에피소드로 간주할 수도 있다. 미시마는 『가면의 고백』으로부터 2년 후에 있었던 그리스 여행을 통하여 그 문제를 상당히 극복한 것으로 추정된다. 그 여행에 관한 에세이에서 '외국에 가면서 지참하는 돈은 적지만 감수성은 많이 써버리고 올 작정이다'라고 선언했을 정도이니까.

『가면의 고백』의 전반부에 보이는 동성애적 경향과, 후반부에 보이는 여성과의 관계에서의 '불능'이 반드시 동일한 것은 아니다. 그것은 단순히 전반부와 후반부의 위화감 내지는 작품의 결함이 아니라, 인간이 지니는 복잡하고 다양한 성향의 결과로 보아야 할 것이다. 동성애의 경우, 성심리학에서는 남녀를 불문하고 일단은 이성에 눈뜨기 전의 불안정한 시기에 일반적으로 나타나는 경향으로 분석하고 있지만, 『가면의 고백』에 보이는 동성애에는 상당히 공격적인 특성이 있다. 물론 그것은 상상의 영역이기에 현실의 문제로 비화시켜서 해석할 필요는 없으며, 미시마를 이른바 '게이'로 착각하는 오류가 있어서도 안 될 것이다. 다만, 만년의 미시마가 몰입했던 우익사상에서 천황에 대한 '심정(心情)' 속에 동성애적 요소가 짙게 느껴진다는 점을 생각한다면, 『가면의 고백』에 보이는 동성애적 경향의 본질을 막연하게

나마 수긍할 수 있으리라고 본다.

『가면의 고백』을 한마디로 정의하자면 한 청년 작가의 이상성욕에 관한 고백이라고도 할 수 있겠는데, 일찍이 여성의 발에 집착하던 다니자키 준이치로가 자신의 여성숭배 및 풋 페티시즘(foot fetishism)을 멋지게 예술의 경지로 승화시켰던 전례를 보더라도, 미시마 문학의 동성애적 경향 역시 단순한 흥미의 영역을 벗어나 문학의 영역에서 보다 긍정적으로 검증할 필요가 있을 것이다.

허호(수원대 교수·일본어학)

옮긴이의 말

 어떤 책을 번역하다보면 그 책을 쓴 이가 내 뒤에 서 있곤 한다. 그가 내 모국어가 아닌 그의 모국어로 글을 썼을 때의 차림새와 고통의 숨결을 지닌 채 뒤에 바짝 다가와 번역의 어디가 잘못되기라도 하면 쯧쯧 혀를 차기도 하고, 그럴싸하게 맞혀내면 고개를 끄덕이며 피식 웃어주기도 한다. 때로 나는 손을 멈추고 가만히 돌아보며 그의 안색을 살핀다. 그의 고뇌를 온전히 내 것으로 해보기 위해.
 몹시 까다로운 고뇌였다. 본래의 얼굴과 가면의 얼굴이 중첩되어 숨바꼭질을 하고 서로 피를 흘리며 애증으로 얽힌 고뇌. 어째서 그렇게까지 괴로워했을까, 하는 생각이 자꾸만 드는 걸 보면 역시 그와 나 사이에는 시간의 벽이 있다. 가령 서로 같은 시간에 있었다 해도 나이의 벽이 가로막았으리라. 나는 이제 그와 같은 세계에서 살고 있지 않고, 그가 이 작품을 쓰던 스물다섯 나이는 내 것이 아니다.

그의 고뇌는 지독하도록 정직하다. 그는 무엇보다 감상성의 허위를 증오했다. 또래들이 모두 성적인 경험을 가졌을 나이에 그것에 실패한 미시마는 감상성에 빠지는 대신 이 지독한 작품을 썼다. 동성에게서, 피를 흘리는 잔혹한 상상에서만 욕구를 느끼는 자신에 대해 그는 '타고난 결함'이라고 표현했다. 하늘이 주신, 그리하여 운명적일 수밖에 없는 결함이란 감상성과 결합되기 쉽다. 하지만 미시마는 '타고난' 그대로를 정직하게 직시하면서도 달콤한 자기연민에 젖어드는 것을 결코 허락하지 않았다. 그의 말을 빌리자면 '멜랑콜리의 발작'에서 도망치기 위해 차라리 그가 알고 지내던 어떤 사람에게도 털어놓지 못한 수치스러운 고백을 만천하의 독자들을 향해 낱낱이 고하는 방법을 택했다.

미시마는 인간의 의지를 사랑했고, 어떤 감상도 배제한 관념을 실천하고자 했다. 그에게 관념은 빈 것이 아니라 육체의 실감을 가진 것이었다. 인간 의지의 마지막 이상은 손으로 힘껏 움켜쥐어 그 탄탄함을 확인할 수 있는 관념이었다.

시대와 나이의 벽을 뚫고 미시마는 내게 이렇게 말했다. 새벽 다섯시면 일어나 마음을 정리하고 나의 삶을 점검하고, 백 번의 아령과 체조를 한 뒤에 공기가 가장 맑은 시간을 택해 검도 연습을 할 것이다. 태양빛 폴로셔츠와 검은 밤 빛깔의 바지, 그리고 아침식사로는 무찜과 일본식 된장국, 피가 듣는 서양의 스테이크 한 덩어리를 먹어 나의 근육에 적당한 탄력을 공급할 것이다. 시장마다 보란 듯이 나도는 새로움이며 창조며 미, 관념의 모조품을 선별하여 쓰레기통에 처박고,

오로지 지독하게 정직한 내 관념의 끝, 우리 인간이 가장 강한 의지로 실현해낼 수 있는 진실을 향해 어느 날인가는 내 배의 왼쪽 끝에서 오른쪽 끝으로 잘 벼린 칼끝을 당겨볼 것이라고.

  어떤 것에도 자신을 완전히 걸어보지 못하는 삶, 어떻게든 발가락 한 끝이라도 안전지대에 걸어놓고서야 유약한 몸뚱이로 세상을 향해 온갖 호기와 앙살을 떨어대는 문학을 향해 미시마는 냉소를 머금고 내 뒤에서 다시 팔짱을 끼곤 하는 것이다.

양윤옥

미시마 유키오 연보

1925년	1월 14일, 도쿄 시 요쓰야 구에서 농림성 사무관인 히라오카 아즈사의 2남 1녀 중 장남으로 태어남. 본명은 히라오카 기미타케(平岡公威).
1931년	귀족 자제를 교육하는 가쿠슈인 초등학교에 입학. 이즈음부터 시가와 하이쿠에 흥미를 품기 시작했고 동화를 즐겨 읽었다.
1937년	가쿠슈인 중학교에 진학, 문예부원으로 활동. 그동안 같이 지내던 조모 곁을 떠나 부모와 함께 생활하기 시작한다.
1938년	첫 단편 「좌선 이야기」와 「시금초」를 가쿠슈인 『보인회』 잡지에 발표.
1940년	2월부터 『치자나무』 지에 하이쿠와 시가를 투고. 이때 지은 시들을 모아 이후 『15세 시집(十五歲詩集)』 한 권으로 정리 출간하게 된다.
1941년	문학의 스승인 시미즈 후미오의 추천으로 『문예문화』 지에 『꽃이 한창인 숲(花ざかりの森)』을 연재한다. 이때 처음으로 쓴 '미시마 유키오'라는 필명을 스승 시미즈 후미오가 붙여주었다.
1942년	가쿠슈인 고등학교에 진학, 문예부 위원장이 된다. 『문예문화』 동인들을 통해 일본 낭만파의 간접적인 영향을 받는다. 동인지 『아카에』를 창간하고 「오쓰와 마야」를 발표한다. 처음으로 쓴 평론 「고금의 계절」을 『문예문화』에 게재.
1944년	가쿠슈인 고등학교를 수석으로 졸업하고 도쿄 대학 법학부

	에 입학한다. 첫 소설집 『꽃이 한창인 숲』을 간행.
1945년	징병 검사에서 제2을종을 받지만 징집 장소에서 군의관의 오진으로 그날로 귀경한다. 「에스가이의 사냥」을 『문예』지에 발표하며 첫 원고료를 받는다. 중편소설 「중세」 발표. 이 해 여동생이 사망한다.
1946년	가와바타 야스나리의 추천으로 단편 「담배」를 『인간』지에 발표하며 본격적으로 문단 활동을 시작한다.
1947년	도쿄 대학 법학부 졸업. 고등문관 시험에 합격하며 대장성 은행국에서 근무하게 된다. 「가루노미코와 소토오리히메」 「밤의 준비」 「하루코」 발표. 단편집 『곶에서의 이야기(岬にての物語)』 간행.
1948년	대장성을 퇴직하고 본격적으로 창작 활동을 시작한다. 『근대문학』지 동인으로 참가. 첫 희곡 「화택」을 발표한다. 잡지 『서곡』의 창간에 참가해 「사자」 발표. 「서커스」 「순교」를 발표하고, 단편집 『밤의 준비(夜の仕度)』 간행.
1949년	첫번째 장편소설 『가면의 고백(仮面の告白)』 간행. 단편집 『보석 매매(宝石賣買)』 『마군의 통과(魔群の通過)』 간행.
1950년	평론 「오스카 와일드론」, 단편 「일요일」 발표. 소설집 『괴물(怪物)』 『푸른 시절(靑の時代)』 『순백의 밤(純白の夜)』, 장편 『사랑의 갈증(愛の渴き)』을 간행. '문학 입체화 운동' 모임에 참여한다.
1951년	첫 평론집 『사냥과 사냥감(狩と獲物)』, 소설 『금색(禁色)』 간행. 다음해 5월까지 북남미를 거쳐 파리, 로마 등지를 여행한다.
1952년	『금색』의 2부인 「비악」 발표. 기행문 『아폴론의 잔(アポロの杯)』 간행. 희곡 「소토바고마치」 등 발표.
1953년	「알」 「급정차」 「불꽃」 발표. 단편집 『한여름의 죽음(眞夏の

	死)』, 장편『비악(秘樂)』, 희곡『밤의 해바라기(夜の向日葵)』 간행. 신초샤에서 '미시마 유키오 작품집' 출간 시작.
1954년	장편『파도 소리(潮騷)』로 제1회 신초 문학상 수상.
1955년	9월부터 보디빌딩 시작. 희곡「흰개미의 집」으로 기시타 연극상 수상. 소설『가라앉히는 폭포(沈める瀧)』『여신(女神)』, 단편집『라디게의 죽음(ラディゲの死)』, 평론집『소설가의 휴가(小說家の休暇)』 간행.
1956년	『신초』지에 연재하던 『금각사(金閣寺)』가 완결되어 연말에 간행. 『파도 소리』의 영문판이 크노프 사에서 간행. 이후 수많은 작품이 각국에서 번역 출판되었다. 희곡집『흰개미의 집(白蟻の巢)』『근대 노가쿠집(近代能樂集)』, 평론집『거북이는 토끼에게 따라잡히는가(龜は兎に追いつくか)』, 단편집『너무 길었던 봄(永すぎた春)』『시 쓰는 소년(時を書く少年)』 간행.
1957년	『금각사』로 제6회 요미우리 문학상 수상. 육 개월간 미국, 멕시코를 돌아 스페인과 이탈리아 등지를 여행한다. 희곡집『근대 노가쿠집』 영역판 크노프 사에서 간행. '미시마 유키오 선집'(전19권) 신초샤에서 간행 시작. 희곡『로쿠메이칸(鹿鳴館)』, 소설『미덕의 비틀거림(美德のよろめき)』 간행.
1958년	3월부터 10월까지 권투를 연습하다. 6월, 가와바타 야스나리의 중매로 화가 스기야마 야스시의 장녀 요코와 결혼. 팔 개월 동안 계속하던 권투를 중단하고 보디빌딩 재개. 단편집『다리의 모든 것(橋づくし)』, 기행문집『여행 그림책(旅の繪本)』, 희곡『장미와 해적(薔薇と海賊)』 간행. 『장미와 해적』으로 주간 요미우리 신극상 수상. 뉴욕 뉴디렉션 사에서『가면의 고백』 영역판 간행. 10월에 동인지『소리』를 창

	간하고 장편『교코의 집』의 1장과 2장 발표.『근대 노가쿠집』이 서독에서 상연된다.
1959년	장녀 노리코 태어남. 1월 검도 연습을 시작한다. 소설『교코의 집(鏡子の家)』, 평론집『문장독본(文章讀本)』등 간행.『금각사』영역판 간행.『근대 노가쿠집』스톡홀름 왕립극장에서 상연.
1960년	부인과 세계일주 여행. 영화〈가랏후야로〉에 배우로 출연, 주제가를 직접 작시하여 불렀다. 소설『잔치는 끝나고(宴のあと)』간행.
1961년	소설『잔치는 끝나고』에 대해 프라이버시 침해로 기소된다. 4월, 검도 초단이 되다. 단편집『스타(スタア)』, 소설『짐승의 장난(獸の戱れ)』『우국(憂國)』등 간행.『금각사』가 프랑스 갈리마르 사에서 출간.『근대 노가쿠집』뉴욕에서 상연.
1962년	장남 이치로 태어남.『10일의 국화(10日の菊)』로 요미우리 문학상 수상.『아름다운 별(美しい星)』발표. '미시마 유키오 희곡 전집' 간행.
1963년	자신이 모델로 선 사진작가 호소에 에이코의 사진집『장미형』간행. 소설『사랑의 질주(愛の疾走)』『오후의 예항(午後の曳航)』『검(劍)』, 평론『하야시 후사론(林房雄論)』간행. 문학좌(文學座)를 위한 희곡「기쁨의 거문고」가 상연 중지됨.
1964년	『비단과 명찰(絹と明察)』로 제6회 마이니치 예술상 수상. 『잔치는 끝나고』의 재판에서 패소하여 저자와 출판사인 신초사에 위자료 지급 판결이 내려짐(원고 사후에 화해가 성립되어 사건이 마무리됨). 수필집『제1의 성—남성 연구 강좌(第一の性—男性研究講座)』등 간행.
1965년	자신의 작품에 감독과 주연을 맡아 단편영화〈우국〉제작.

	부인과 함께 미국과 유럽 및 동남아시아 각지를 취재 여행. '풍요의 바다' 시리즈의 1권 『봄의 눈(春の雪)』 발표.
1966년	영화 〈우국〉으로 프랑스 세계단편영화 콩쿠르 입상. 「사드 후작부인」으로 제20회 예술제상 연극부문 수상. 아쿠타가와상 심사위원이 되다. 단편집 『영령의 목소리(英靈の聲)』, 『성 세바스티아누스의 순교』(번역) 등 '미시마 유키오 평론 전집' 간행.
1967년	가와바타 야스나리, 이시카와 준, 아베 고보와 함께 중국 문화 대혁명에 대한 항의 성명 발표. 잡지 예능 기자 클럽이 선출하는 화제상(話題賞) 수상. 한 달간 인도에 취재 여행. 자위대 체험 입대. '풍요의 바다' 2권 『분마(奔馬)』 발표.
1968년	조국방위대원과 함께 육상 자위대에 체험 입대. 이후 해마다 3월과 8월에 회원을 인솔해 체험 입대한다. '방패회(楯の會)' 결성. 8월, 검도 5단으로 승격한다. 항공 자위대에서의 경험을 그린 작품 『F104』 발표. 소설 『금색』 영역판 크노프 사 간행. 『오후의 예항』 포르멘탈 국제문학상 2위 입상. 평론 『태양과 철(太陽と鐵)』, 희곡 『나의 친구 히틀러(わが友ヒットラぐ)』 등 간행. 9월에 '풍요의 바다' 3권 『새벽의 절(曉の寺)』 연재 시작.
1969년	도쿄 대학 전공투 학생들과 토론. 6월, 영화 〈히토키리〉에 출연. 소설 『봄의 눈』 『분마』, 평론집 『문화방위론(文化防衛論)』, 희곡 『나왕의 테라스(癩王のテラス)』 등 간행.
1970년	'풍요의 바다' 4권 『천인오쇠(天人五衰)』를 『신초』에 연재하기 시작하다. 『새벽의 절』 '미시마 유키오 문학론집' 등 간행. 방패회 학생들과 다시 체험 입대, 이때부터 방패회 학생대장 모리타와 궐기 계획을 추진하여 육상 자위대에서 매월 1회에 걸쳐 군사훈련을 실시. 9월에 방패회의 최종 퍼

	레이드를 국립극장 옥상에서 행함. 11월 25일 『천인오쇠』의 최종회 원고를 신초샤에 건네준 후, 새벽 0시 15분 자위대 이치가야 주둔지 동부방면 총감실에서 자위대의 각성을 외치며 할복자살.
1971년	자살 당일에 완성한 '풍요의 바다'의 마지막 편 『천인오쇠』 간행. 유골은 1월 14일 히라오카 가족 묘지에 매장되고, 2월 29일 방패회가 해산됨.

문학동네 세계문학전집 발간에 부쳐

　세계문학은 국민문학 혹은 지역문학을 떠나 존재하는 문학이 아니지만 그것들의 총합도 아니다. 세계문학이라는 용어에는 그 나름의 언어와 전통을 갖고 있는 국민문학이나 지역문학의 존재를 인정하면서 그것을 넘어서는 문학의 보편적 질서에 대한 관념이 새겨져 있다. 그 용어를 처음 고안한 19세기 유럽인들은 유럽문학을 중심으로 그 질서를 구축했지만 풍부한 국민문학의 전통을 가지고 있는 현대의 문학 강국들은 나름의 방식으로 세계문학을 이해하면서 정전(正典)의 목록을 작성하고 또 수정한다.
　한국에서도 세계문학 관념은 우리 사회와 문화의 변화 속에서 거듭 수정돼왔다. 어느 시기에는 제국 일본의 교양주의를 반영한 세계문학 관념이, 어느 시기에는 제3세계 민족주의에 동조한 세계문학 관념이 출현했고, 그러한 관념을 실천한 전집물이 출판됐다. 21세기 한국에 새로운 세계문학전집이 필요하다는 것은 명백하다. 우리의 지성과 감성의 기준에 부합하는 세계문학을 다시 구상할 때가 되었다.
　문학동네 세계문학전집은 범세계적으로 통용되는 고전에 대한 상식을 존중하면서도 지난 반세기 동안 해외 주요 언어권에서 창작과 연구의 진전에 따라 일어난 정전의 변동을 고려하여 편성되었다. 그래서 불멸의 명작은 물론 동시대 세계의 중요한 정치·문화적 실천에 영감을 준 새로운 작품들을 두루 포함시켰다.
　창립 이후 지금까지 한국문학 및 번역문학 출판에서 가장 전문적이고 생산적인 그룹을 대표해온 문학동네가 그간 축적한 문학 출판 경험을 바탕으로 새로운 세계문학전집을 펴낸다. 인류가 무지와 몽매의 어둠 속을 방황하면서도 끝내 길을 잃지 않은 것은 세계문학사의 하늘에 떠 있는 빛나는 별들이 길잡이가 되어주었기 때문이다. 우리가 자부심과 사명감 속에서 그리게 될 이 새로운 별자리가 독자들의 관심과 애정에 힘입어 우리 모두의 뿌듯한 자산이 되기를 소망한다.

문학동네 세계문학전집 편집위원
민은경, 박유하, 변현태, 송병선, 이재룡, 홍길표, 남진우, 황종연

세계문학전집 011
가면의 고백

1판 1쇄 2009년 12월 15일
1판 18쇄 2025년 12월 5일

지은이 미시마 유키오 │ 옮긴이 양윤옥

책임편집 이승희 임선영 양수현 오동규 │ 독자모니터 이원주
디자인 랄랄라디자인 송윤형 한충현 │ 저작권 박지영 형소진 주은수 오서영 조경은
마케팅 정민호 서지화 한민아 이민경 왕지경 정유진 정경주 김혜원 김예진 이서진
브랜딩 함유지 박민재 이송이 박다솔 조다현 김하연 이준희
제작 강신은 김동욱 이순호 │ 제작처 영신사

펴낸곳 (주)문학동네 │ 펴낸이 김소영
출판등록 1993년 10월 22일 제2003-000045호
주소 10881 경기도 파주시 회동길 210
전자우편 editor@munhak.com
대표전화 031) 955-8888 │ 팩스 031) 955-8855
문학동네카페 http://cafe.naver.com/mhdn
인스타그램 @munhakdongne │ 트위터 @munhakdongne
북클럽문학동네 http://bookclubmunhak.com

ISBN 978-89-546-0912-8 04830
     978-89-546-0901-2 (세트)

잘못된 책은 구입하신 서점에서 교환해드립니다.
기타 교환 문의 031) 955-2661, 3580

www.munhak.com

1, 2, 3 안나 카레니나 레프 톨스토이 | 박형규 옮김
4 판탈레온과 특별봉사대 마리오 바르가스 요사 | 송병선 옮김
5 황금 물고기 J. M. G. 르 클레지오 | 최수철 옮김
6 템페스트 윌리엄 셰익스피어 | 이경식 옮김
7 위대한 개츠비 F. 스콧 피츠제럴드 | 김영하 옮김
8 아름다운 애너벨 리 싸늘하게 죽다 오에 겐자부로 | 박유하 옮김
9, 10 파우스트 요한 볼프강 폰 괴테 | 이인웅 옮김
11 가면의 고백 미시마 유키오 | 양윤옥 옮김
12 킴 러디어드 키플링 | 하창수 옮김
13 나귀 가죽 오노레 드 발자크 | 이철의 옮김
14 피아노 치는 여자 엘프리데 옐리네크 | 이병애 옮김
15 1984 조지 오웰 | 김기혁 옮김
16 벤야멘타 하인학교—야콥 폰 군텐 이야기 로베르트 발저 | 홍길표 옮김
17, 18 적과 흑 스탕달 | 이규식 옮김
19, 20 휴먼 스테인 필립 로스 | 박범수 옮김
21 체스 이야기·낯선 여인의 편지 슈테판 츠바이크 | 김연수 옮김
22 왼손잡이 니콜라이 레스코프 | 이상훈 옮김
23 소송 프란츠 카프카 | 권혁준 옮김
24 마크롤 가비에로의 모험 알바로 무티스 | 송병선 옮김
25 파계 시마자키 도손 | 노영희 옮김
26 내 생명 앗아가주오 앙헬레스 마스트레타 | 강성식 옮김
27 여명 시도니가브리엘 콜레트 | 송기정 옮김
28 한때 흑인이었던 남자의 자서전 제임스 웰든 존슨 | 천승걸 옮김
29 슬픈 짐승 모니카 마론 | 김미선 옮김
30 피로 물든 방 앤절라 카터 | 이귀우 옮김
31 숨그네 헤르타 뮐러 | 박경희 옮김
32 우리 시대의 영웅 미하일 레르몬토프 | 김연경 옮김
33, 34 실낙원 존 밀턴 | 조신권 옮김
35 복낙원 존 밀턴 | 조신권 옮김
36 포로기 오오카 쇼헤이 | 허호 옮김
37 동물농장·파리와 런던의 따라지 인생 조지 오웰 | 김기혁 옮김
38 루이 랑베르 오노레 드 발자크 | 송기정 옮김
39 코틀로반 안드레이 플라토노프 | 김철균 옮김
40 어두운 상점들의 거리 파트릭 모디아노 | 김화영 옮김
41 순교자 김은국 | 도정일 옮김
42 젊은 베르테르의 슬픔 요한 볼프강 폰 괴테 | 안장혁 옮김
43 더블린 사람들 제임스 조이스 | 진선주 옮김
44 설득 제인 오스틴 | 원영선, 전신화 옮김
45 인공호흡 리카르도 피글리아 | 엄지영 옮김
46 정글북 러디어드 키플링 | 손향숙 옮김
47 외로운 남자 외젠 이오네스코 | 이재룡 옮김
48 에피 브리스트 테오도어 폰타네 | 한미희 옮김
49 둔황 이노우에 야스시 | 임웅택 옮김
50 미크로메가스·캉디드 혹은 낙관주의 볼테르 | 이병애 옮김
51, 52 염소의 축제 마리오 바르가스 요사 | 송병선 옮김
53 고야산 스님·초롱불 노래 이즈미 교카 | 임태균 옮김

54 다니엘서 E. L. 닥터로 | 정상준 옮김
55 이날을 위한 우산 빌헬름 게나치노 | 박교진 옮김
56 톰 소여의 모험 마크 트웨인 | 강미경 옮김
57 카사노바의 귀향·꿈의 노벨레 아르투어 슈니츨러 | 모명숙 옮김
58 바보들을 위한 학교 사샤 소콜로프 | 권정임 옮김
59 어느 어릿광대의 견해 하인리히 뵐 | 신동도 옮김
60 웃는 늑대 쓰시마 유코 | 김훈아 옮김
61 팔코너 존 치버 | 박영원 옮김
62 한눈팔기 나쓰메 소세키 | 조영석 옮김
63, 64 톰 아저씨의 오두막 해리엇 비처 스토 | 이종인 옮김
65 아버지와 아들 이반 투르게네프 | 이항재 옮김
66 베니스의 상인 윌리엄 셰익스피어 | 이경식 옮김
67 해부학자 페데리코 안다아시 | 조구호 옮김
68 긴 이별을 위한 짧은 편지 페터 한트케 | 안장혁 옮김
69 호텔 뒤락 애니타 브루크너 | 김정 옮김
70 잔해 쥘리앵 그린 | 김종우 옮김
71 절망 블라디미르 나보코프 | 최종술 옮김
72 더버빌가의 테스 토머스 하디 | 유명숙 옮김
73 감상소설 미하일 조셴코 | 백용식 옮김
74 빙하와 어둠의 공포 크리스토프 란스마이어 | 진일상 옮김
75 쓰가루·석별·옛날이야기 다자이 오사무 | 서재곤 옮김
76 이인 알베르 카뮈 | 이기언 옮김
77 달려라, 토끼 존 업다이크 | 정영목 옮김
78 몰락하는 자 토마스 베른하르트 | 박인원 옮김
79, 80 한밤의 아이들 살만 루슈디 | 김진준 옮김
81 죽은 군대의 장군 이스마일 카다레 | 이창실 옮김
82 페레이라가 주장하다 안토니오 타부키 | 이승수 옮김
83, 84 목로주점 에밀 졸라 | 박명숙 옮김
85 아베 일족 모리 오가이 | 권태민 옮김
86 폭풍의 언덕 에밀리 브론테 | 김정아 옮김
87, 88 늦여름 아달베르트 슈티프터 | 박종대 옮김
89 클레브 공작부인 라파예트 부인 | 류재화 옮김
90 P세대 빅토르 펠레빈 | 박혜경 옮김
91 노인과 바다 어니스트 헤밍웨이 | 이인규 옮김
92 물방울 메도루마 슌 | 유은경 옮김
93 도깨비불 피에르 드리외라로셸 | 이재룡 옮김
94 프랑켄슈타인 메리 셸리 | 김선형 옮김
95 래그타임 E. L. 닥터로 | 최용준 옮김
96 캔터빌의 유령 오스카 와일드 | 김미나 옮김
97 만(卍)·시게모토 소장의 어머니 다니자키 준이치로 | 김춘미, 이호철 옮김
98 맨해튼 트랜스퍼 존 더스패서스 | 박경희 옮김
99 단순한 열정 아니 에르노 | 최정수 옮김
100 열세 걸음 모옌 | 임홍빈 옮김
101 데미안 헤르만 헤세 | 안인희 옮김
102 수레바퀴 아래서 헤르만 헤세 | 한미희 옮김
103 소리와 분노 윌리엄 포크너 | 공진호 옮김

104 곰 윌리엄 포크너 | 민은영 옮김
105 롤리타 블라디미르 나보코프 | 김진준 옮김
106, 107 부활 레프 톨스토이 | 박형규 옮김
108, 109 모래그릇 마쓰모토 세이초 | 이병진 옮김
110 은둔자 막심 고리키 | 이강은 옮김
111 불타버린 지도 아베 고보 | 이영미 옮김
112 말라볼리아가의 사람들 조반니 베르가 | 김운찬 옮김
113 디어 라이프 앨리스 먼로 | 정연희 옮김
114 돈 카를로스 프리드리히 실러 | 안인희 옮김
115 인간 짐승 에밀 졸라 | 이철의 옮김
116 빌러비드 토니 모리슨 | 최인자 옮김
117, 118 미국의 목가 필립 로스 | 정영목 옮김
119 대성당 레이먼드 카버 | 김연수 옮김
120 나나 에밀 졸라 | 김치수 옮김
121, 122 제르미날 에밀 졸라 | 박명숙 옮김
123 현기증. 감정들 W. G. 제발트 | 배수아 옮김
124 강 동쪽의 기담 나가이 가후 | 정병호 옮김
125 붉은 밤의 도시들 윌리엄 버로스 | 박인찬 옮김
126 수고양이 무어의 인생관 E. T. A. 호프만 | 박은경 옮김
127 맘브루 R. H. 모레노 두란 | 송병선 옮김
128 익사 오에 겐자부로 | 박유하 옮김
129 땅의 혜택 크누트 함순 | 안미란 옮김
130 불안의 책 페르난두 페소아 | 오진영 옮김
131, 132 사랑과 어둠의 이야기 아모스 오즈 | 최창모 옮김
133 페스트 알베르 카뮈 | 유호식 옮김
134 다마세누 몬테이루의 잃어버린 머리 안토니오 타부키 | 이현경 옮김
135 작은 것들의 신 아룬다티 로이 | 박찬원 옮김
136 시스터 캐리 시어도어 드라이저 | 송은주 옮김
137 고독한 산책자의 몽상 장자크 루소 | 문경자 옮김
138 용의자의 야간열차 다와다 요코 | 이영미 옮김
139 세기아의 고백 알프레드 드 뮈세 | 김미성 옮김
140 햄릿 윌리엄 셰익스피어 | 이경식 옮김
141 카산드라 크리스타 볼프 | 한미희 옮김
142 이 글을 읽는 사람에게 영원한 저주를 마누엘 푸익 | 송병선 옮김
143 마음 나쓰메 소세키 | 유은경 옮김
144 바다 존 밴빌 | 정영목 옮김
145, 146, 147, 148 전쟁과 평화 레프 톨스토이 | 박형규 옮김
149 세 가지 이야기 귀스타브 플로베르 | 고봉만 옮김
150 제5도살장 커트 보니것 | 정영목 옮김
151 알렉시·은총의 일격 마르그리트 유르스나르 | 윤진 옮김
152 말라 온다 알베르토 푸겟 | 엄지영 옮김
153 아르세니예프의 인생 이반 부닌 | 이항재 옮김
154 오만과 편견 제인 오스틴 | 류경희 옮김
155 돈 에밀 졸라 | 유기환 옮김
156 젊은 예술가의 초상 제임스 조이스 | 진선주 옮김
157, 158, 159 카라마조프가의 형제들 표도르 도스토옙스키 | 김희숙 옮김

160 진 브로디 선생의 전성기 뮤리얼 스파크 | 서정은 옮김
161 13인당 이야기 오노레 드 발자크 | 송기정 옮김
162 하지 무라트 레프 톨스토이 | 박형규 옮김
163 희망 앙드레 말로 | 김웅권 옮김
164 임멘 호수·백마의 기사·프시케 테오도어 슈토름 | 배정희 옮김
165 밤은 부드러워라 F. 스콧 피츠제럴드 | 정영목 옮김
166 야간비행 앙투안 드 생텍쥐페리 | 용경식 옮김
167 나이트우드 주나 반스 | 이예원 옮김
168 소년들 앙리 드 몽테를랑 | 유정애 옮김
169, 170 독립기념일 리처드 포드 | 박영원 옮김
171, 172 닥터 지바고 보리스 파스테르나크 | 박형규 옮김
173 싯다르타 헤르만 헤세 | 권혁준 옮김
174 야만인을 기다리며 J. M. 쿳시 | 왕은철 옮김
175 철학편지 볼테르 | 이봉지 옮김
176 거지 소녀 앨리스 먼로 | 민은영 옮김
177 창백한 불꽃 블라디미르 나보코프 | 김윤하 옮김
178 슈틸러 막스 프리슈 | 김인순 옮김
179 시핑 뉴스 애니 프루 | 민승남 옮김
180 이 세상의 왕국 알레호 카르펜티에르 | 조구호 옮김
181 철의 시대 J. M. 쿳시 | 왕은철 옮김
182 카시지 조이스 캐럴 오츠 | 공경희 옮김
183, 184 모비 딕 허먼 멜빌 | 황유원 옮김
185 솔로몬의 노래 토니 모리슨 | 김선형 옮김
186 무기여 잘 있거라 어니스트 헤밍웨이 | 권진아 옮김
187 컬러 퍼플 앨리스 워커 | 고정아 옮김
188, 189 죄와 벌 표도르 도스토옙스키 | 이문영 옮김
190 사랑 광기 그리고 죽음의 이야기 오라시오 키로가 | 엄지영 옮김
191 빅 슬립 레이먼드 챈들러 | 김진준 옮김
192 시간은 밤 류드밀라 페트루솁스카야 | 김혜란 옮김
193 타타르인의 사막 디노 부차티 | 한리나 옮김
194 고양이와 쥐 귄터 그라스 | 박경희 옮김
195 펠리시아의 여정 윌리엄 트레버 | 박찬원 옮김
196 마이클 K의 삶과 시대 J. M. 쿳시 | 왕은철 옮김
197, 198 오스카와 루신다 피터 케리 | 김시현 옮김
199 패싱 넬라 라슨 | 박경희 옮김
200 마담 보바리 귀스타브 플로베르 | 김남주 옮김
201 패주 에밀 졸라 | 유기환 옮김
202 도시와 개들 마리오 바르가스 요사 | 송병선 옮김
203 루시 저메이카 킨케이드 | 정소영 옮김
204 대지 에밀 졸라 | 조성애 옮김
205, 206 백치 표도르 도스토옙스키 | 김희숙 옮김
207 백야 표도르 도스토옙스키 | 박은정 옮김
208 순수의 시대 이디스 워턴 | 손영미 옮김
209 단순한 이야기 엘리자베스 인치볼드 | 이혜수 옮김
210 바닷가에서 압둘라자크 구르나 | 황유원 옮김
211 낙원 압둘라자크 구르나 | 왕은철 옮김

212 피라미드 이스마일 카다레 | 이창실 옮김
213 애니 존 저메이카 킨케이드 | 정소영 옮김
214 지고 말 것을 가와바타 야스나리 | 박혜성 옮김
215 부서진 사월 이스마일 카다레 | 유정희 옮김
216 사람은 무엇으로 사는가 레프 톨스토이 | 이항재 옮김
217, 218 악마의 시 살만 루슈디 | 김진준 옮김
219 오늘을 잡아라 솔 벨로 | 김진준 옮김
220 배반 압둘라자크 구르나 | 황가한 옮김
221 어두운 밤 나는 적막한 집을 나섰다 페터 한트케 | 윤시향 옮김
222 무어의 마지막 한숨 살만 루슈디 | 김진준 옮김
223 속죄 이언 매큐언 | 한정아 옮김
224 암스테르담 이언 매큐언 | 박경희 옮김
225, 226, 227 특성 없는 남자 로베르트 무질 | 박종대 옮김
228 앨프리드와 에밀리 도리스 레싱 | 민은영 옮김
229 북과 남 엘리자베스 개스켈 | 민승남 옮김
230 마지막 이야기들 윌리엄 트레버 | 민승남 옮김
231 벤저민 프랭클린 자서전 벤저민 프랭클린 | 이종인 옮김
232 만년양식집 오에 겐자부로 | 박유하 옮김
233 이상한 나라의 앨리스 루이스 캐럴 | 존 테니얼 그림 | 김희진 옮김
234 소네치카·스페이드의 여왕 류드밀라 울리츠카야 | 박종소 옮김
235 메데야와 그녀의 아이들 류드밀라 울리츠카야 | 최종술 옮김
236 실종자 프란츠 카프카 | 이재황 옮김
237 진 알랭 로브그리예 | 성귀수 옮김
238 말테의 수기 라이너 마리아 릴케 | 홍사현 옮김
239, 240 율리시스 제임스 조이스 | 이종일 옮김
241 지도와 영토 미셸 우엘벡 | 장소미 옮김
242 사막 J. M. G. 르 클레지오 | 홍상희 옮김
243 사냥꾼의 수기 이반 투르게네프 | 이종현 옮김
244 험볼트의 선물 솔 벨로 | 전수용 옮김
245 바베트의 만찬 이자크 디네센 | 추미옥 옮김
246 나르치스와 골드문트 헤르만 헤세 | 안인희 옮김
247 변신·단식 광대 프란츠 카프카 | 이재황 옮김
248 상자 속의 사나이 안톤 체호프 | 박현섭 옮김
249 가장 파란 눈 토니 모리슨 | 정소영 옮김
250 꽃피는 노트르담 장 주네 | 성귀수 옮김
251, 252 울프 홀 힐러리 맨틀 | 강아름 옮김
253 시체들을 끌어내라 힐러리 맨틀 | 김선형 옮김
254 샌프란시스코에서 온 신사 이반 부닌 | 최진희 옮김
255 포화 앙리 바르뷔스 | 김웅권 옮김
256 추락 J. M. 쿳시 | 왕은철 옮김
257 킬리만자로의 눈 어니스트 헤밍웨이 | 정영목 옮김
258 오래된 빛 존 밴빌 | 정영목 옮김
259 고리오 영감 오노레 드 발자크 | 이철의 옮김
260 동네 공원 마르그리트 뒤라스 | 김정아 옮김
261 앨리스 B. 토클러스의 자서전 거트루드 스타인 | 윤희기 옮김
262 댈러웨이 부인 버지니아 울프 | 민은영 옮김

263 인간 실격 다자이 오사무 | 홍은주 옮김
264 감정의 혼란 슈테판 츠바이크 | 황종민 옮김
265 돌아온 토끼 존 업다이크 | 정영목 옮김
266 토끼는 부자다 존 업다이크 | 김승욱 옮김
267 토끼 잠들다 존 업다이크 | 김승욱 옮김
268 노인을 위한 나라는 없다 코맥 매카시 | 황유원 옮김
269 허조그 솔 벨로 | 김진준 옮김
270 보스턴 사람들 헨리 제임스 | 윤조원 옮김
271 추억을 완성하기 위하여 파트릭 모디아노 | 김화영 옮김

● 문학동네 세계문학전집은 계속 출간됩니다